무라카미 하루키 & 나쓰메 소세키

다/시/읽/기

무라카미 하루키 & 나쓰메 소세키 **다/시/읽/기**

지은이 / 시바타 쇼지
옮긴이 / 권연수
펴낸이 / 조은경
편　집 / 이부섭
디자인 / 박민희
펴낸곳 / 늘봄

등록번호 / 제300-1996-106호 1996년 8월 8일
주소 / 서울시 종로구 동숭4길 9(동숭동 19-2)
전화 / 02)743-7784
팩스 / 02)743-7078

초판발행 2013년 7월 10일

ISBN 978-89-6555-022-8 03830

MURAKAMI HARUKI TO NATSUME SOUSEKI
—FUTARI NO KOKUMINSAKKA GA EGAITA "NIHON"

※ 값은 표지에 있습니다.

무라카미 하루키 다시읽기 나쓰메 소세키

시바타 쇼지 지음
권연수 옮김

늘봄

차 례 Contents

들어가며 9

1 두 작가의 출발점 하루키와 소세키의 시대를 향한 시선

소세키 **1장 '진실'을 파악하고자 하는 표현 16**

나는 고양이로소이다, 도련님

《나는 고양이로소이다》가 비추는 시대 **17** ::: '고양이'가 표상하는 일본과 소세키의 우울 **22** ::: 소세키가 말하고자 했던 '진정성' **25** ::: 《도련님》과 러일전쟁 **29** ::: 막부 타도파였던 소세키 **34** ::: '추한' 것을 그릴 수밖에 없는 이유 **40**

하루키 **2장 혼재하는 시간 – 1960년대와 1970년대 45**
바람의 노래를 들어라, 1973년의 핀볼

전환점이 된 1970년 **46** ::: 1960년대에 대한 친숙함 **49** ::: '쥐'와 '나'의 차이 **53** ::: 1970년이라는 전환기 **56** ::: 교차하는 시간 **59** ::: '어디에도 없는' 쥐 **65** ::: 하루키와 소세키 – 그들만의 '포스트모던' **69**

2 '거대담론' 그 이후 피지배자의 모습을 그리다

소세키 **3장 '개인주의'와 한일합병에 대한 반감 74**
그리고 나서, 문

수동적인 주인공들 **75** ::: 수동성의 문맥 **78** ::: 개인과 국가의 연대성 **81** ::: 《그리고 나서》, 《문》 속의 일본과 한국 **85** ::: 동화되지 못한 조선 **90** ::: 'K'의 정체는 무엇인가? **93** ::: 소세키의 아시아 인식 **97** ::: 개인주의와 국가 인식 **101**

하루키 **4장 정보가 지배하는 현대사회 105**
양을 둘러싼 모험

중국에 대한 관심과 '죄'의식 **106** ::: 정보사회의 새로운 폭력 **110** ::: 작품에 담긴 정보기술의 변용 **114** ::: 프로그램에 의해 움직이는 주인공 **118** ::: 정보에 조종당하는 인간 그리고 반역 **124** ::: 다양하게 보이는 '소세키의 그림자' **129**

3 '공허한' 세계 두 사람에게 포스트모던이란?

소세키 **5장 '쓸쓸함'으로 치닫는 '승리' 134**

마음

삼각관계의 승자와 패자 **135** ::: 소세키는 '연애관계'를 잘 못 그리는가? **138** ::: '아가씨'에 대한 엇갈린 평가 **141** ::: 자기 정당화를 위한 유서 **145** ::: 선생의 책략이란 **148** ::: '전유'에 대한 욕구 **152** ::: 내면과 외형의 간극 **158**

하루키 **6장 '텅 빈' 인물들 164**

세계의 끝과 하드보일드 원더랜드, 해변의 카프카

감정의 '견고한 껍데기'에 갇힌 주인공 **165** ::: '쥐'와 '그늘' – 분신적 존재의 역할 **168** ::: 순환하는 이야기 **172** ::: '어머니'로서의 1960년대 **176** ::: 예루살렘상 수상 연설의 의미 **180** ::: '텅 빔'을 품은 인간 **182** ::: '아버지 살인=왕 살인'의 비유 **186** ::: '매개체'로서의 주인공 **190**

4 미래와 과거를 왕래하는 이야기 두 사람의 일본에 대한 소망은?

소세키 **7장 '미래'의 시선 196**

마음, 미치쿠사 한눈팔기, 명암

시공을 이동하는 인물 **197** ::: '미래'로 인물을 이동시키는 소세키 **200**

::: '메이지'로서의 선생과 '다이쇼'로서의 '나' **204** ::: '메이지 정신'이란 무엇인가? **209** ::: 선생에게 '현재'란 언제인가? **213** ::: '자신'='메이지 일본'의 나약함 **218** ::: 제1차 세계대전과 소세키 작품 속 '숙부'들 **222** ::: 《명암》과 《꿈》의 속편 **226**

하루키 **8장 '마음'과 '마음'의 연결, 그리고 '이야기'에 대한 관심 230**
어둠의 저편, 1Q84

'자각'에 대한 기대 **231** ::: 《댄스 댄스 댄스》 속편으로서의 《1Q84》 **234** ::: 왜 지금 낭만적인 이야기인가? **238** ::: '1Q84'와 '1984년'의 관계 **242** ::: '이야기의 힘'에 대한 신봉 **246** ::: 문학작품 생성의 우화 **249** ::: 하루키는 '국민작가'이기를 그만두는가? **253**

마치면서 257

역자 후기 261

근대문학의 아버지 – 나쓰메 소세키 **262** ::: 1980년대의 소세키 – 무라카미 하루키 **263** ::: 시대의 격변기 – 문명개화와 정보화시대 **265** ::: 소세키와 하루키 – 낯설게 읽기 **267**

소세키 • 하루키 관련 연표 271

일러두기

1. 각주는 한국어판 편집자 주.
2. 《 》은 책 제목을, 「 」는 단편 및 기타 작품의 제목을, ' '는 강조 및 강연과 인용.
3. ( ) 안의 작품 발표 연도와 원어 표기는 처음 한 번만 쓰는 것을 원칙으로 함.
4. 밑줄은 저자 강조 사항.

들어가며

무라카미 하루키와 나쓰메 소세키 두 작가는 '국민작가'라 불러도 손색이 없을 만큼 근현대 일본을 대표하는 인기와 평가를 한 몸에 받고 있다. 모름지기 국민작가라 함은 세대와 성별을 초월한 폭넓은 독자층에게 지속적인 지지를 받는 작가라 할 수 있는데 이를 크게 두 가지 부류로 나누어볼 수 있다.

하나는 요시카와 에이지[1]나 시바 료타로[2]와 같이 그야말로 일본인에게 친숙한 역사적 인물이나 사실을 소재로 하여 소설세계를 구축하고, 그들의 이야기가 다시 새로운 방식으로 독자들을 역사적 인물이나 사건들과 친숙하게 만들어주는 순환적 측면을 갖는 작가들이다.

---

1) 吉川英治. 《나루토 비첩》(鳴門秘帖)으로 유명한 소설가. 역사소설에 뛰어난 재능을 발휘하며 많은 독자를 확보하였다. 사후에 요시카와 에이지상과 요시카와 에이지 문학상이 제정되었다.

2) 司馬遼太郎. 본명은 후쿠다 데이치. 1960년 《올빼미의 성》으로 나오키상 수상, 1966년 장편소설 《료마(龍馬)는 간다》로 기쿠치칸(菊池寬)상을 수상한 일본의 소설가이다. 일본식 역사소설의 황금기를 열며 국민작가가 되었고, 일본 역사소설을 완성시켰다.

다른 하나는 요시카와나 시바가 주인공으로 선택하는 미야모토 무사시[3]나 사카모토 료마[4]와 같은 영웅이 등장하지도 않으며, 전국시대의 천하통일이나 러일전쟁과 같은 역사적 사실을 정면으로 다루지도 않지만, 작품에 담긴 '일본'에 대한 의식을 공고히 함으로써 국민문학으로 인정받는 작가들이다.

나쓰메 소세키는 후자를 대표하는 작가이며, 그의 소설에 등장하는 주인공들의 행동에는 대부분 동시대 일본의 동향에 대한 비판적 시각이 투영되어 있다. 무라카미 하루키 또한 1970년대 이후 일본사회에 대한 시각을 등장인물을 통해 구상화시키며 작품을 써온 대표적 작가로서 이 범주에 포함된다. 이 두 작가는 단순히 메이지(1867~1912)와 다이쇼(1912~1926), 그리고 쇼와(1926~1989)와 헤이세이시대를(1989~현재) 대표하는 인기작가라는 공통점뿐만 아니라, 그들의 작품 속에 그려지는 시대의식과 표현방식에서도 많은 공통점을 찾아볼 수 있다.

말하자면 두 작가는 국가에 대한 국민의 의식과 관심이 고조되던 시대를 살았다. 그리고 그러한 시대적 흐름이 변화함에 따라 점차 구심점을 잃어가던 시점에 작가로서 출발해 성장해나갔으며, 그 시대가 안

---

3) 宮本武藏. 일본 에도시대 초기의 무사이자 이색적인 화가로 평가받는다. 쌍검을 사용하는 검도인 니토류(二刀流)를 개발하여 니텐이치류(二天一流)의 시조가 되었다.

4) 坂本龍馬. 일본 에도시대의 무사이며, 대정봉환(大政奉還)을 주도해 실질적으로 일본의 근대화를 이끈 인물. 서로 대립관계에 있던 사쓰마번(薩摩藩)과 조슈번(長州藩)의 동맹 및 막부와 번의 통일을 성사시킴으로써, 메이지유신을 통해 중앙집권적인 근대국가로 나아갈 수 있는 발판을 마련하였다.

고 있던 동시대적 문제를 다양한 비유와 우화적인 이미지를 통해 작품화했다.

소세키는 일본이 러일전쟁 중이었던 1905년 1월에 《나는 고양이로소이다》吾輩は猫である(1905~06)라는 작품으로 작가로서 그 출발을 세상에 알렸다. 이후 작품에서는 큰 전쟁이 끝난 후에 일어나는 물질적, 정신적 문제를 작품 속 주인공과 그를 둘러싼 인간관계를 통해 그려냈다.

한편 하루키는 1960년대 후반에 세계적 규모로 전개된 반체제운동의 하나였던 학원분쟁이 극에 달한 시기에 대학생활을 보냈다. 그리고 그로부터 약 10년 후에 《바람의 노래를 들어라》風の歌を聴け(1979)라는 작품으로 작가로서 출발점에 섰다. 이후 《1973년의 핀볼》1973年のピンボール(1980), 《양을 둘러싼 모험》羊をめぐる冒険(1982)으로 이어지는 3부작의 중심적 모티브는 1960년대에서 1970년대에 걸친 시대적 전환이었다. 하루키는 이 3부작을 통해 이념적으로 고양된 사회 분위기 속에서 젊은이들이 연대하여 운동을 일으킨 시대가 막을 내리고, 개인들이 각각의 개별적인 틀 속에서 일상을 보내는 냉소적 시대를 어떻게 수용하고, 그 속에서 어떤 방식으로 새로운 자신을 구축해갈 것인가라는 문제를 주인공과 그 분신적 존재가 맺는 관계를 축으로 그려내고 있다.

그 규모나 의미에서 큰 차이가 있기는 하지만 메이지시대의 러일전쟁과 1960년대 후반의 학원분쟁[5]은 광범위한 사회계층에 호소하여 민심

5) 전학공투회의(全學共鬪會議)는 1968년에서 1969년에 걸쳐 각 대학에 결성된 주요 계파의 학생이 공동

을 수렴하는 강력한 힘을 가진 사건이었다. 그리고 전쟁과 투쟁이 끝나면서 개인주의적인 삶의 방식이나 가치관이 주류를 이루게 되었다는 점에서도 두 작가가 살았던 시대는 공통점을 가지고 있다.

이렇게 소세키와 하루키가 작품을 통해 끄집어내는 일본사회의 모습이 작가의 상상력에 따라 편차가 있을 수 있음을 인식하면서도 독자들은 작품에 이끌려가며 그곳에 접근해갈 수 있었다. 두 작가는 이러한 역할을 담당해왔다는 점에서도 누가 뭐래도 명실상부한 '국민작가'임에 틀림없다.

이 책에서는 이러한 관점에서 소세키와 하루키의 작품세계를 바라보겠지만 이러한 시각이 일반적인 것은 아니다.

지금까지 소세키 문학에 대해서는 대부분 '근대적 자아'의 탐구라는 주제를 중심으로 연구되어왔고, 그가 시대와 사회를 어떻게 그렸느냐는 이차적 문제로 치부되어왔다. 또 특히 하루키의 초기작품들에서 '디태치먼트'(detachment: 괴리, 무관심) 양상을 보인다는 비판이 많았고, 사회문제에는 등을 돌리고 개인 취향의 생활을 그리는 데 주력했다는 시각이 대부분이었다.

하지만 하루키의 이와 같은 성향도 말하자면 한 시대를 비추는 모습이고, 일본 근대문학에서 이러한 인물들이 등장하는 것 또한 그다지 특

투쟁한 조직이나 운동단체를 말한다. 일본 공산당을 보수정당으로 규정하고 도쿄대를 중심으로 시작된 새로운 학생운동이다. 약칭인 전공투(全共闘)로도 불린다.

별한 일이 아니다. 서른이 되어도 일하기를 거부하고 한량과 같은 생활을 지속하는 《그리고 나서》それから(1909)의 다이스케라는 인물도, 친구의 죽음이라는 희생으로 얻은 아내와 단 둘이서 사회적 활동을 봉인한 채 소리 없이 살아가는 《마음》こころ(1914)의 '선생' 역시 'detachment'적인 인물이다.

소세키와 하루키 두 작가 모두 자신이 살고 있는 시대상과 사회가 나아가야 할 바람직한 방향성을 작품에서 꾸준히 그려냄으로써 '국민작가'에 필적한 만한 창작자라는 평가를 얻었다. 따라서 주인공들의 '근대적 자아'나 'detachment' 문제는 그것을 그리기 위한 방편이며, 오히려 우리는 이러한 주제성을 통해 드러나는 것이 무엇인가에 주목해야 한다. 또한 독자들은 두 작가의 작품을 통해 약 80년이라는 시간이 경과하는 동안 일본, 일본인의 자아, 내면, 정신 등 형태를 바꿔가며 반복되어 온 것과 새롭게 생성된 것이 무엇지를 찾아볼 수 있을 것이다.

2011년 6월 시바타 쇼지

1

두 작가의 출발점

하루키와 소세키의 시대를 향한 시선

무라카미 하루키와 나쓰메 소세키는 개인주의자라는 이미지가 강한 작가들이지만, 한편으로 그들은 작품을 통해 동시대 '일본'의 모습을 담아내고 있다.

일본은 1960년대를 특징짓는 고양된 이념의 시대에 종언을 고하며 1970년을 맞이한다. 그리고 하루키는 그 시대적 전환점을 사회 전체가 차갑게 침전된 산문적 분위기로 변화하는 양상을 통해 그려냈다. 또한 소세키는 러일전쟁 이후 일본의 자화상을 작품 속 주인공에게 투영시킴으로써 메이지시대 후반 일본의 모습을 그려나갔다.

이와 같은 관점에서 제1부에서는 두 작가의 초기 작품을 중심으로 그들이 어떤 방식으로 동시대 '일본'을 파악하고 있었는지 살펴보고자 한다.

소세키

1장 '진실'을 파악하고자 하는 표현

나는 고양이로소이다

도련님

《나는 고양이로소이다》가 비추는 시대

나쓰메 소세키의 처녀작《나는 고양이로소이다》제1장이 문예지《호토토기스》에 게재된 것은 1905년 1월 1일이었다. 잘 알려진 것처럼《나는 고양이로소이다》는 당초 1회성 단발로 발표될 예정이었는데 독자들의 호평에 힘입어 이듬해인 1906년 8월까지 연장이 되면서 현재의 작품분량에 이르렀다.

소세키가《나는 고양이로소이다》의 최초 원고를 쓰던 1904년 12월은 러일전쟁의 향방을 크게 좌우한 여순旅順 격전이 치러지고 있던 시기였다. 일본군은 같은 달 4일에 여순 공략의 요지가 되는 203고지를 함락시켰고, 그 여세를 몰아 이듬해 1월 1일에는 여순에 주둔하던 러시아군을 항복시켰다.

마침 그날《나는 고양이로소이다》가《호토토기스》에 처음 게재되었고, 이후 소설 전체 분량의 3분의 1 이상이 전쟁의 진행 상황과 궤를 같이하며 쓰였다.

작품과 러일전쟁의 평행관계는 포츠머스강화조약이 체결된 1905년 9월까지 이어졌고, 결국 같은 해 7월호에 게재된 제5장까지가 전쟁 진행 중에 집필되었다. 소설 제5장을 보면, 고양이인 '내'가 일본이 해전에서 대승한 것에 자극을 받아 부엌에서 쥐를 잡으려고 분투하지만 단 한 마리의 전과도 올리지 못하고 끝나버리는 일화가 있다.

러시아 발트함대를 격파한 해전이 있었던 시점이 1905년 5월 27일과 28일이었으므로, 《나는 고양이로소이다》에서 쥐 잡는 일화를 삽입한 것은 소세키가 이 해전을 희화화시켜 발 빠르게 작품에 반영했다는 것을 알 수 있다.

당시 일본은 러일전쟁을 수행하기 위해 증세를 감행했고, 그에 따른 물가 급등과 국채 매입 등으로 국민의 부담이 가중되어 서민들의 생활은 점점 더 피폐해져갔다. 반면 신문을 비롯한 언론을 통해 보도되는 일본의 승전보는 국민들의 사기를 한껏 고양시켰고, 전국은 등불행렬이나 각종 축하행사로 흥청거렸다. 그러나 사할린[6](남가라후토) 점유에 그친 포츠머스조약이 체결됨에 따라 격양되었던 사회 분위기가 단숨에 반전되었다. 국민들의 실망감과 정부에 대한 분노가 히비야야키우치 사건[7]으로 대표되는 전국적인 항의운동으로 분출된 것이다.

바로 이 무렵부터 러일전쟁 '전후'시대가 시작된 것이고, 소세키는 주로 이 시기에 작가로서 깊이를 더해갔다.

---

6) 사할린의 일본식 표기는 가라후토다. 포츠머스조약으로 북위 50도를 경계로 북가라후토와 남가라후토로 나뉘었고, 일본은 남가라후토를 차지했다. 제2차 세계대전 때 일본과 러시아는 이곳에서 다시 전쟁을 하였고, 이후 사할린은 소련의 영토가 되었다. 지금은 러시아의 영토다.

7) 日比谷燒討事件. 러일전쟁 후 배상에 불만을 가지고 1905년 9월 5일 도쿄 히비야공원에 모인 것을 계기로 일어난 폭동사건을 말한다. 1905년 포츠머스조약에 의해 러시아가 사할린 및 요동반도를 일본에 이양하는 것을 인정함으로써 일본은 사실상 러일전쟁을 승리로 이끌었지만, 전승국인 일본에 러시아의 배상금 지불을 의무화하지 않은 탓에 여론의 비난이 높아졌다. 폭도화된 민중에 의해 내무대신 관저, 어용신문, 파출소 등이 화염에 휩싸인 사건을 말한다.

야마자키 마사카즈[8]는 그의 저서 《언짢은 시대》(新潮社, 1976)에서 "러일전쟁 종언에 따라 일본인은 무조건적으로 자기 감정을 동일화시킬 만한 대상을 상실해버렸다. 그렇다고 해서 개인주의적 삶이 정립된 것도 아니어서 국가도 개인도 자신의 자리를 찾지 못한 채 애매한 상태에서 '언짢은 시대'로 돌입했다"라고 주장한다. 이는 거시적 관점에서는 타당성이 있지만 미시적 관점에서는 시대 감정이 러일전쟁을 경계로 명료한 변화를 보였다고 하기는 어렵다.

포츠머스조약에 대한 실망과 분노는 어떤 의미에서 국민의 고양된 사기의 이면이 폭발한 것이라 볼 수 있다. 시작하기 전에는 불리할 것이라 예상했던 러시아와의 전쟁에서 승리할 수 있었다는 사실은 일본 국민들에게 무한한 자신감을 불어넣어 주었고, 일본에 대한 해외 각국들의 인식에도 변화를 가져왔다.

또 종전 다음 해인 1906년에 이루어진 남만주철도, 이른바 만철의 창업이 보여주듯 기업 부흥의 열기가 뜨거웠고, 방직업이라든가 제당업계에서도 증자나 합병을 통한 대규모 확장이 추진되고 있었다. 당시 만철은 단순히 철도 경영에 그친 것이 아니라 일본의 제국주의적 확장을 위한 거점 역할을 수행했다. 나아가 1905년 12월에는 조선통감부가 설치되었고, 이토 히로부미가 초대 통감으로 부임하면서 한국에 대한 '식

8) 山崎正和. 1912년 도쿄에서 태어났다. 도쿄대 철학과를 졸업했고, 도쿄대 교양학부 교수, 동 대학원 명예교수를 역임, 1997년에 사망했다. 지은 책으로 《야마자키 마사카즈 전집》(전7권), 《근대 영국철학의 형성》, 《칸트 철학》 등이 있다.

민화' 작업이 강력히 추진되기 시작했다.

따라서 1905년에서 1906년에 걸친 시기에는 일본 전체가 활기에 넘쳐 있었다. 소설가 다야마 가타이[9]는 그의 자서전《도쿄의 30년》(1917)에서 '전쟁이 완전히 끝난 이듬해' 즉, 1906년의 세태에 대해 '상금을 받지는 못했지만 일본사회는 전쟁 승리의 영향으로 모든 것이 활기에 넘쳐 있었다'라고 밝혔다.

또 다니자키 준이치로[10]의 소설《봉간》(1911)도 이러한 분위기를 전하는 작품으로 볼 수 있다. 이 작품은, '1904년 봄부터 1905년 가을에 걸쳐서 전 세계를 시끄럽게 했던 러일전쟁이 포츠머스조약을 체결함으로써 겨우 끝이 나고, 국가 발전이라는 기치 아래 여러 기업들이 연이어 성공을 거두며 신흥 화교도 생기고 벼락부자도 생기고 세상은 마치 축제가 벌어진 듯 활기에 넘쳐 있던 1907년 4월 중반의 일이었다'라는 문장으로 시작해 가부토초[11]의 투기꾼이었던 남자가 봉간(술집에서 여흥을 돋우는 일이 직업인 남자)으로 변모해가는 전말을 그리고 있다.

다만 엄밀히 말하자면 1907년 초에 주가 폭락이 있었고 기업의 투자열기도 급속도로 냉각되어갔기 때문에, 1907년 4월 중반 무렵이 '축제

---

9) 田山花袋. 1907년에 작품《이불》을 발표하여 그 이후 자연주의 문학에 커다란 영향을 끼친 일본의 소설가.《고향》등 서정적인 작품을 주로 발표하였다.

10) 谷崎潤一郎. 탐미주의, 예술지상주의, 악마주의의 천재적 신인으로 지목되었던 일본의 소설가이자 극작가.《세설(細雪)》(1948)로 아사히문화상을 수상하였다.

11) 兜町. 일본 도쿄의 금융 중심가를 상징하는 말.

가 벌어진 듯 활기에 넘쳐' 있었다는 기술은 당시 사회상을 정확하게 반영했다고 볼 수는 없다. 그러나 다니자키 준이치로의 이러한 표현은 적어도 러일전쟁 후의 사회 분위기가 일률적으로 '언짢은' 기분에 사로잡혀 있었던 것은 아니었다는 방증이 될 수 있다.

이와 같은 사회 분위기는 소세키의 작품에서도 찾아볼 수 있다. 1906년에 쓰인 《도련님》은 에도(도쿄) 토박이 주인공의 리드미컬한 말투로 전개되어가는 소설이다. 위풍당당하고 싸우기 좋아하는 그의 모습은 러일전쟁이라는 '싸움'에서 갓 이긴 일본의 '위세 등등'한 모습이 반영된 것으로 읽을 수 있다.

앞으로 언급해나가겠지만 소세키의 작품에 등장하는 주인공들은 대부분 근대 일본을 비유하는 경우가 많으며, 작품 속에서 보이는 행동이나 모습은 동시대 일본의 정치적 동향을 그려내고 있다. 실제로 《나는 고양이로소이다》 제5장에서 '내'가 '쥐'를 잡으려고 혈안이 되어 분투하는 모습은 러시아와 벌인 해전의 희화적인 표상으로 그려낸 것이다.

소세키의 작품에 나타나는 인물 간의 대립이나 갈등 또한 많은 경우 일본과 서양 혹은 아시아 각국의 경쟁적 관계의 표상이다. 실제로 《도련님》의 주인공은 '그렇군. 세상에 전쟁이 끊이지 않는 이유가 있군. 결국엔 사람도 완력이 중요하다'라는 표현으로 인간 간의 대립과 국가 간의 대립을 '완력 곧 힘'에 의한 물리적 충돌에 비유하고 있다.

'고양이'가 표상하는 일본과 소세키의 우울

소설 속 주인공 혹은 작품 속 화자가 일본이라는 국가를 비유하고 있는 것은《나는 고양이로소이다》의 첫머리에 보이는 '나'의 위치 선정을 보아도 명백하다. '나'는 '나는 고양이로소이다. 이름은 아직 없소'라며 말을 시작하는데, 이는 적어도 두 개의 우의적 상징을 내포하고 있다.

하나는 일찍이 창작에 대한 강한 의욕을 갖고 하이쿠 작가로서는 어느 정도 이름을 알린 상태였지만 소설 작가로는 거의 '무명'이었던 소세키 자신이다.

이를 반증하듯 제2장은 '나는 요즘 다소 유명해져서 고양이지만 어깨가 으쓱해지는 것이 기분이 좋다'라는 문장으로 시작한다. 이는 작품이《호토토기스》에 1회가 게재된 후 호평을 받은 것을 이야기하고 있으며, 미나카와 세이키에게 보낸 편지(皆川正禧, 1905. 2. 13)에 '자네가 보내준 대대적인 찬사에 고양이도 갑자기 콧바람이 세진 것 같소. 속편도 쓰고 싶다고 하오'라고 쓴 것을 보더라도, '고양이'인 '내'가 창작가로서 소세키 자신을 말하는 것임을 알 수 있다.

'무명'성이 부여된 '나'에게 담긴 또 하나의 은유는 당시 국제사회에서 제대로 인정받지 못했던 '국가'로서의 '일본'이다. 소세키가 4년 전 영국 유학 중에 쓴 일기를 보면 서양인은 일본인에 대해 '대부분의 사람들은 놀라움도 없고 잘 알지도 못하는 것이 현실'이라고 썼다.(1901. 1. 15)

러일전쟁 중일 때도 상황은 마찬가지였다. 그렇기에 더욱 동양의 소국이 대국 러시아를 이겼다는 사실이 세계를 놀라게 했던 것이다.

'내'가 '일본'의 은유인 것은 그가 자신을 러일전쟁 때 해군제독이었던 도고 헤이하치로東鄕平八郎 장군에 견주면서 러시아군을 왜소화시킨 생쥐와 '결투'를 벌이는 일화를 봐도 알 수 있다. 이 장면에서 고양이인 '내'가 대치하고 있는 것은 부엌에 있는 쥐이기 이전에 횡포가 심한 인간들의 태도이기도 했다.

이러한 구도는 특히 제1장에서 강조되고 있으며, 고양이는 자신을 가지고 노는 구샤미 가족들의 행동에 대해 '나는 인간과 같이 살면서 그들을 관찰하면 할수록 그들이 이기적인 족속들이라고 단언할 수밖에 없게 되었다'라고 말한다. 그리고 이웃에 사는 고양이들에게 셀 수 없이 반복되는 인간들의 횡포에 대해 이야기를 듣고는 하나하나 고개를 끄덕이며 '제아무리 인간일지라도 그렇게 언제까지나 잘 먹고 잘 살 수는 없을 거야. 뭐, 긴 안목으로 고양이의 시대를 기다리면 되겠지'라며, 인간에 대한 울분을 미래에 대한 기대로 달래고 있다.

고모리 요이치[12]가 《소세키를 다시 읽다》(1995)에서 '진화라는 문맥으로 읽어보면 서구와 아시아 · 아프리카, 혹은 백색 인종과 유색 인종

12) 小森陽一. 1953년 도쿄에서 태어났다. 세이조대학 문예학부 조교수를 거쳐 현재 도쿄대학 대학원 종합문화연구과 교수로 재직 중이다. 일본 근대문학을 가르치면서 문학평론가 겸 사회운동가로 활발한 활동을 펼치고 있으며, 저서로 《나는 소세키로소이다》, 《구조로서의 말하기》, 《역사인식과 소설—오에겐자부로론》 등이 있다.

의 관계라고 볼 수 있다'라고 언급했듯이, 여기에서 '고양이'와 대비되는 '인간'은 단적으로 일본인에 대한 우월적 존재로서 '서양인'을 가리키고 있는 것이다.

소세키가 살았던 시대는 생물 진화의 종착점에서 인간이 탄생했다는 진화론이 새로운 세계관으로 지지받기 시작했던 시대였으며, 또한 이 이론은 서양인이 진화의 정점에 위치한다는 인종 차별의 근거로서도 기능했다.

바로 그러한 시대에 영국에 체류했던 소세키는 일본에 대한 차별적 무관심을 몸으로 느끼며 깊은 우울감에 빠져들 수밖에 없었다. 이러한 시대 배경을 고려하면 소설에서 인간이 고양이에게 부리는 횡포는 다름 아닌 일본을 포함한 아시아 · 아프리카 각국에 대한 서구 열강들의 모멸적 시선과 침략 행위를 가리키고 있음을 알 수 있다.

예를 들면 '우리들이 찾아낸 맛있는 음식들은 늘 그들에게 약탈당했다'라는 대목도 청일전쟁 이후 시모노세키조약을 통해 일본에게 이양되었던 요동반도를 러시아 · 독일 · 프랑스의 이른바 '삼국간섭'으로 강제 반환하게 되었던 경위, 그리고 결국에는 강제 반환시킨 요동반도에 러시아가 진출한 과정을 상기시키기에 충분하다.

따라서 '제아무리 인간일지라도 그렇게 언제까지나 잘 먹고 잘 살 수는 없을 거야. 뭐, 긴 안목으로 고양이의 시대를 기다리면 되겠지'라는 '나'의 기대는 당연히 '일본인'으로서 기대와 긍지의 표명으로 읽을 수 있다.

소세키가 말하고자 했던 '진정성'

따라서 나쓰메 소세키가 에고이즘이나 자아와 같은 근대인의 내면 문제를 추구한 작가라는 시각은 재고할 필요가 있다.

특히 제2차 세계대전 이후 소세키 연구의 계보를 살펴보면, 우선 유교적 가치관과 근대적 교양 사이에서 개인의 자아를 존중하면서도 동시에 그것을 악으로 받아들이는 인간의식을 표현했다는 관점이 있는데 에토 준[13]이 대표적이다. 그리고 소세키 작품에서 종종 보이는 작품 전개의 균열이 자연과 윤리 사이에서 흔들리며 찢겨 잘라지는 인간의 실존 문제를 반영한 인간 내면의 탐구였다는 관점이 주류를 이루며 가라타니 고진[14]으로 대표되는 2차 세계대전 이후의 소세키관을 형성해왔다.

이러한 관점이 틀렸다고 볼 수는 없다. 하지만 소세키의 작품세계를 바라볼 때 주의해야 할 점은 그가 남긴 창작에 대한 발언과 작품 내용의 관계성이다. 왜냐하면 소세키는 소설 이외에도 평론과 강연, 수필을

---

13) 江藤淳. 일본 전후세대를 대표하는 문학평론가로 본명은 에기시라 아즈오(江頭淳夫)이다. 도쿄 태생으로, 게이오대학을 졸업했고, 도쿄 공과대학과 다이쇼대학 교수를 지냈다. 메이지시대의 소설가인 나쓰메 소세키에 관한 평론 〈나쓰메 소세키론〉으로 등단했다.

14) 柄谷行人. 일본을 대표하는 문예평론가이자 사상가이다. 본명은 가라타니 요시오(柄谷善男)이다. 대표작으로 《일본근대문학의 기원》, 《은유로서의 건축》 등 다수가 있다.

남겼고 거기서 밝혔던 자신의 문학에 대한 철학을 바탕으로 작품을 썼기 때문에 그의 발언과 작품 사이에는 상당한 유기적 연관관계가 존재한다.

《나는 고양이로소이다》에서 작가로서 창작활동을 시작한 자신의 모습을 투영한 고양이인 '내'가 한편으로는 소세키의 조국 '일본'의 은유였던 것을 보더라도 소세키의 작가적 관심사는 무엇보다 자신이 살고 있는 국가와 사회의 모습을 짚어내는 것이었다.

이러한 소세키의 작가적 관심사는 고양이인 '나'에게 창작에 대한 철학을 이야기한 담론을 통해서도 명확히 들여다볼 수 있다. 아사히신문사에 입사한 이듬해인 1908년에 개최된 '창작자의 태도'라는 강연회에서 소세키는 창작자에 대해 다음과 같이 말하고 있다.

> 그래서 창작자의 태도란 앞서 말씀드린 대로 창작자가 어떠한 입장에서 어떤 시각으로 세상을 바라보느냐라는 문제로 귀착되는 법입니다. 그렇기 때문에 창작자의 태도를 검증하기 위해서는 두 가지 존재를 가정해야 합니다. 하나는 작가 자신입니다. 임시로 이를 나我라고 이름 붙여봅니다. 또 하나는 작가가 보는 세계이며 이를 비아非我라 이름 붙입니다. 이는 상식이 허용하는 것이므로 별다른 이의는 없을 것입니다.

여기서 소세키가 말하는 '상식'이라는 것은 일본 근대문학의 계보에서는 '상식'이 아니지만 소세키에게는 그만큼 자명한 일이었던 것이다.

소세키는 '나'我라는 자신의 심리적 · 감각적 체계를 통해서 '비아'非我의 세계인 '세상'의 본질을 파악하는 것이야말로 창작자의 직무라고 주장하고 있다. 그리고 창작자가 '어떤 입장에서 어떠한 시각으로 세상을 바라보느냐'라는 문제는 결국 '진실'이라는 가치로 수렴된다. 그리고 '주관 곧 오감'은 현실세계의 '진실'을 더욱 효과적으로 표현하기 위해 '미美 · 선善 · 장莊에 대한 동경을 유지하거나 함양 혹은 조장하는 것을 목적'으로 하는 것이라 밝히고 있다.

이렇게 '진실'이라는 가치를 중시하는 주장을 소세키는 한 해 전에 열렸던 '문예의 철학적 기초'(1907)라는 강연에서도 이미 강조했다. 소세키는 강연에서 '현대문예가 추구하는 이상이 아름다움美도, 선함善도 아니고, 또 장엄莊嚴함도 아니라면 오로지 진실의 진眞이라는 한 글자로 귀결되는 것이다'라고 단언하고 있다.

여기서 간과해서는 안 될 것은 두 강연에서 강조되는 '진실'이 인간의 내면 깊숙한 곳에 있는 진실을 가리키는 것이 아니라, 어디까지나 '비아'라는 객관적 세계의 '진실'을 의미한다는 점이다. 그 '진실'을 '내'가 수사적으로 표출해냄으로써 표현에 개성을 부가한다는 얘기다.

이렇게 객관적인 시각으로 외부세계를 파악하여 거기에 자신의 정서와 정감에서 발현된 색채를 가미하며 표현하는 방식은, 소세키 문학연구의 주요 저서인 《문학론》(1907) 앞부분에서 언급하고 있는 'F+f' 수식에 해당한다.

소세키에 따르면 대상의 관념적 초점인 F와 정서적 요소인 f의 결합으로 문학 표현이 성립한다고 한다. 따라서 전자만 있는 경우는 수학공식과 같은 관념적 파악이며, 후자밖에 없는 경우는 막연한 공포나 놀라움과 같은 감정 그 자체가 된다.

중요한 것은《문학론》에서 이 F와 f가 반드시 하나의 의미로 고정되어 있는 것이 아니라 다양하게 사용된다는 것이다. 예를 들면 제1편 제1장 '문학적 내용의 형식'에서 F는 '양이攘夷, 좌막左幕, 근왕勤王'[15]과 같은 시대적 관심이 되기도 하고, '일순간의 의식으로서의 F'와 같이 개인의 f에 해당해야 마땅한 대상이 되기도 한다.

이러한 혼란 양상은《문학론》이 원래 소세키가 영국 유학 중에 집필했던 문화 및 문명론적 고찰을 영문학론으로 다시 고쳐 쓰는 과정에서 원문의 성격이 잔존해 있기 때문이다. 소세키가 유학시절 집필했던《문학론 노트》는 일본의 역사와 사회문화가 세계 속에서 어느 정도의 위치를 점할 수 있는지에 대한 문명론적인 성격이 강한 저술이었기 때문에 문학작품에 대한 구체적 언급은 그리 많지 않다.

소세키는 이《문학론 노트》에서 주로 사회적 관심을 F, 그리고 그 사회적 관심에서 분화된 개인적 관심을 f로 정의하며 'F=n×f'라는 등식을

---

15) 攘夷-외국 사람을 오랑캐로 얕보고 배척함. 佐幕-막부 말기 격변기 때 자주 사용된 말로, 막부를 보좌한다는 의미. 勤王-임금이나 왕실을 위하여 충성을 다함.

통해 f의 집합을 F로 인식하고 있음을 보여주고 있다.

《도련님》과 러일전쟁

'외부세계의 진실'을 추구하고자 한 창작활동의 방향성을 소세키의《문학론》을 중심으로 살펴보면 집합적 관심이었던 F에서 핵심을 적출해낸다는 것이며, 구체적으로는 소세키가 살았던 메이지와 다이쇼시대에 걸쳐 발생한 시대적 상황의 '진실'을 작품에서 그리고자 했다.

수필 「마독 선생의 일본 역사」(1911)에서 '유신혁명이 일어난 해에 태어난 내 입장에서 보면 메이지의 역사는 곧 나의 역사이다'라고 밝히고 있듯이, 소세키는 메이지 일본과 자신의 인생 궤적을 동일시하려는 경향이 강했다. 그의 관심은 오로지 메이지유신 이후의 일본이 근대국가로서 서구 열강들과 어깨를 나란히 하는 성숙된 국가로 발전하는 것에 모아졌다. 그러나 영일동맹을 맺고 러일전쟁에 승리했음에도 현실에서는 여전히 서구 열강의 수준에 도달하지 못했다고 생각되었기 때문에 소세키는 그러한 상황에 초조함을 느낄 수밖에 없었다.

영국 유학 중에도 런던 하숙집에서 소외감과 고독감으로 괴로운 나날을 보냈던 소세키는 아직도 서구 열강들과의 관계에서 '낭패'를 보는 단계에 머물러 있는 일본이 '진정 정신을 차리지 않으면 안 된다'(1901. 3. 16)라는 경구를 일기에 적고 있다. 이러한 비판의식은 그 이후에도 소세키의 내면에 살아 숨 쉬며 끊임없이 창작활동의 모티브가 되었다. 1906년에 집필한《단편》에서도 그러한 소세키의 내면의식을 엿볼 수 있다.

> 1906년에는 과거가 없다. 단순히 과거가 없을 뿐 아니라 현재도 없다. 단지 미래만 있을 뿐이다. 청년은 이것을 모른다.

> 먼 미래에 지금의 1907년을 돌아보면 그저 찰나의 순간일 뿐이다. 이른바 원훈(메이지유신 공신)들은 벼룩과도 같은 소인배들로 변해버린 것을 모르느냐. 메이지의 국가사업은 지금부터 시작되는 것이다. 지금까지는 동트기 전이었을 뿐이다. 이제 채비를 해야 할 때이다.

이와 같이 소세키가 보기에 1906년의 일본은 이제 막 '채비'를 마친 미성숙 단계의 국가에 지나지 않았으며, 앞으로 어떻게 하면 '미래'의 일본이 성숙한 근대국가로 나아갈 수 있을 것인가라는 문제가 중요 과제였다. 이러한 문제의식은 앞서 인용한《단편》과 같은 해에 발표된《도련님》(1906)에도 반영되어 있다.

《단편》에서 일본이 근대화 준비 단계를 갓 마친 미성숙한 국가인 것처럼, 소설 속 주인공인 도련님은 도쿄에서 물리학교를 졸업하고 지방의 한 중학교에 부임한 신참 수학교사였다. 그는 사사건건 주위에서 일어나는 사건들에 반사적으로 대응하여 충돌을 일으키는 인물로 그려진다. 또한 그는 모름지기 교사란 사람들의 모범이 되어야 한다는 교장의 훈계에 자신은 그런 그릇이 못 된다고 대답하고 그 자리에서 교사직을 그만두겠다고 나선다.

그의 이러한 행동들은 대나무 자르듯 명쾌한 인상을 주는 한편, 교사회의에서 발언을 하기 위해 씩씩하게 일어섰지만 제대로 말을 하지 못하고 웃음거리가 되어버리는 모습을 통해 역시 그가 사회인으로서 아직 미숙하다는 사실을 드러낸다. 이렇게 성숙하지 못한 인물을 자기 생각대로 행동하는 직정경행[16]의 꾸밈없고 사랑스러운 존재로 그리고 있는 것은 소설가로서 소세키의 수완이라 할 수 있다. 그리고 그 근저에는 이 인물과 동시대의 일본을 함께 상대화시키는 냉철한 시각이 존재한다.

이를 단적으로 말해주는 것이 작품 제목과 주인공에게 주어진 '도련님'이라는 이름이다. 당시 39세였던 소세키가 '23년 4개월' 나이의 청년을 주인공으로 해서 그에게 소년을 의미하는 '도련님'이라는 호칭을 부여하고 있는 것은, 미래에 백지와 같은 시간을 갖고 있으면서도 지금은 아직 시작 단계일 뿐인 존재로 그를 설정하고자 한 것이다.

도련님은 자신과 적대관계에 있는 교감 '빨간셔츠'의 심복인 미술교사 '노다이코'가 자신을 '의협심 강한 도련님'이라고 부르는 것에 격분하며 그렇게 불리는 것을 싫어하는 모습으로 그려진다. 이는 소세키의

---

16) 直情徑行. 자신의 감정이 내키는 대로 앞뒤 분별없이 행동하며 절제할 줄 모른다는 뜻으로, 예의에 벗어난 행동을 비유하는 말.

눈에 비친 당시의 일본이 아직 미성숙 단계에 머물러 있음에도 스스로를 '일등 국가'로 여기고 있는 현실의 괴리를 표현한 것이다.

이뿐 아니라 러일전쟁 종결 이듬해에 쓰인 이 작품은 그야말로 개화에서 러일전쟁까지 근대 일본과 소세키 자신의 인생 궤적이 응축되어 있다고 해도 과언이 아니다. 《도련님》은 시코쿠 마쓰야마 지방을 무대로 펼쳐지는 이야기지만, 소세키 자신이 마쓰야마 중학교에서 경험했던 교사생활보다는 5년 뒤 영국에서 경험한 유학생활을 바탕으로 쓴 측면이 더 강해 보인다.

항상 주위 사람들에게 감시당하고 있다고 느끼는 도련님의 피해망상적인 감각도 소세키가 런던에서 경험했던 정신 상태와 연결된다. 또 도련님이 시코쿠란 도시와 사람들에 대해 적개심을 갖는 것도 소세키가 '영국을 싫어하게' 된 이유 즉, 런던에서 느꼈던 강한 위화감과 닮아 있다.

따라서 지역 중학교를 주름잡고 서양물이 든 사람으로 교감 빨간셔츠가 그려지고 있는 것도 일본과 대치하고 있는 서구 열강에 대한 우의적 상징이며, 소설 종반에서 도련님과 빨간셔츠가 대립하는 설정 또한 한 해 전에 종결된 러일전쟁의 비유인 것이다. 게다가 소설의 무대인 마쓰야마에 당시 대규모 러시아군 포로수용소가 있었던 것은 대내외적으로 알려져 있는 사실이며, 현실적으로도 '러시아'와 밀접한 관계가 있었던 곳이다.

또 도련님이 자신의 분노를 풀 대상으로 빨간셔츠를 지목한 것은 그가 영어교사였던 '우라나리'의 약혼녀 '마돈나'를 빼앗아버렸기 때문이다. 작품 속에서 도련님이 늘 우호적인 태도를 보였던 이 '우라나리'라는 남자는 다름 아닌 도련님의 이면을 표상하는 분신이다.

소심하고 조용한 남자로 그려지는 '우라나리'의 인물 조형은 곧 서구열강들에게 저자세로 일관하며 제대로 상대를 못하는 근대 일본의 부정적 측면이 투영된 결과이다. 그리고 그가 잃어버린 약혼녀 마돈나는 곧《나는 고양이로소이다》에서 인간에게 빼앗긴 고양이의 성찬과 같은 의미로, 삼국간섭으로 강제 반환할 수밖에 없는 요동반도의 환유인 것이다.

러일전쟁 중인 1905년에 만들어진 '여염집 아가씨의 노래'라는 제목의 노래가 이러한 해석을 뒷받침한다. 이 노래의 가사를 보면 요동반도의 요충지였던 여순을 아름답고 '자랑스러운 딸'에 비유하고 있으며, 이 딸이 삼국간섭으로 지금은 '여염집 아가씨'가 되어 있다면서 이번 전쟁에서 '쉽사리 마음을 주지 않기로 유명한 아가씨를 일본 남아가 빼앗아 보자꾸나'라고 마무리하고 있다.

그 시대에 이 노래가 어느 정도 알려졌느냐는 차치하고라도 이런 노래 가사가 있었다는 것만으로도 당시 여순을 여염집 아가씨에 비유하는 일이 일반적이었다는 근거가 될 수 있다. 더군다나 이 노래 가사를 쓴 작가는 문학가이자 군의관이었던 모리 오가이[17]였다. 그렇다면 더더욱 소세키가 여순을 포함한 요동반도를 '마돈나'로 비유한 것 또한 전혀 이상할 것이 없다.

막부 타도파였던 소세키

《도련님》의 종반부에 배치된 도련님과 야마아라시가 합심해서 빨간셔츠와 야다이코에게 제재를 가하는 장면은, 일반적으로 막부 측이었던 아이즈번이 사쓰마 · 조슈[18]를 중심으로 하는 신정부군에게 패했던 무진전쟁[19]의 앙갚음을 하기 위한 것으로 해석되어왔다. 야마아라시가 아이즈 출신이기 때문에 그와 손을 잡은 도련님은 그와 공감대를 형성하는 막부 지지파가 된다. 따라서 그들이 대적하는 빨간셔츠 무리들은 사쓰마 · 조슈를 의미한다고 보는 것이다.

그러나 소세키에게 무진전쟁을 자신의 작품에서 표상화할 동기는 전혀 없었던 것으로 보인다. 왜냐하면 그가 《도련님》과 같은 해에 집필했던 《단편》에서 '1906에는 과거가 없다. 단순히 과거가 없을 뿐 아니라

17) 森鷗外. 일본의 소설가, 평론가, 군의관. 19세기 후반 당시 신문학의 개척기였던 일본 문단의 대표 작가로서 많은 업적을 남겼다. 평론집과 역사물 등 다방면에 저술이 있다.

18) 에도시대 후기인 1866년에 막부 말기의 사쓰마번과 조슈번 사이에 체결된 정치적 · 군사적 동맹.

19) 戊辰戰爭. 일본 메이지정권이 도쿠가와 막부(德川幕府)에게 권력 반환을 요구하자 이에 불복하여 친 에도 막부(江戶幕府) 세력이 무진년(戊辰年)인 1868년에 일본 전역에서 벌인 내란 사건.

현재도 없다. 단지 미래만 있을 뿐이다'라고 서술했듯이 소세키는 늘 미래를 응시하며 그 흐름 속에서 자신과 국가의 존재방식을 생각해보고자 했던 문학가였기 때문이다.

그렇기 때문에 소세키에게 에도시대를 회고하는 감정은 거의 없었다고 보는 것이 타당하다. 따라서 그런 미래지향적 성격의 작가가 40년 전에 일어났던 무진전쟁을 작품에 등장시켜 굳이 도쿠가와 막부 측에 설 이유는 없는 것이다.

그렇다면 근대 일본의 환유이자 사쓰마 · 조슈 편에 서 있는 도련님이 아이즈 출신 야마아라시와 함께 공동투쟁을 하는 의미는 무엇인가 라는 문제인데, 오히려 이 대목이야말로 소세키의 미래지향적 시선을 감지할 수 있는 부분이다. 요컨대 사쓰마 · 조슈 대 아이즈라는 국내적 반목 상황을 극복하고 서로 연대할 만한 도량이 없다면 영국이나 러시아 같은 서구 열강에 대적할 수 없다는 인식이 소세키 마음속에 자리하고 있었음을 시사하는 것이다.

현실적인 관점에서 보더라도 사쓰마 · 조슈와 아이즈가 합심하여 공동투쟁한다는 설정이 그리 모순되는 것은 아니다. 예를 들어《가인의 기우》佳人之奇遇(1885~97)의 작가인 시바 고로柴五郎는 도카이 산시東海散士라 불리는 시바 시로柴四朗의 동생으로, 아이즈 출신임에도 대부분 사쓰마 · 조슈 출신자들로 구성되었던 육군에 소속되어 러일전쟁 당시 포병연대장으로 용맹을 떨치고 훗날 육군대장까지 승진한 인물이다. 또 무진전쟁 당시 아이즈번 군인으로 참전했던 인물이 육군의 요직에 중용된 경우도 있다. 데와 시게토出羽思遠는 아이즈 출신으로는 처음으로 해군대장 자리에 올랐고, 쓰노다 히데마쓰角田秀松 또한 해군중장으로 발탁되었다.

이렇게 보면 《도련님》에서 설정된 도련님과 빨간셔츠의 대립을 무진 전쟁에 비유하는 착상은 소세키를 막부 지지파로 파악한 데서 비롯된 것인데 이러한 시각에도 의문을 던질 수밖에 없다.

지금까지 많은 논자들이 소세키를 막부 지지파 문학가로 평가해왔다. 문학평론가이자 메이지 문화사가인 기무라 기木村毅는 메이지문학을 '막부 측의 산물'로 간주하고, 사쓰마와 조슈 세력에 의해 소외되었던 지방의 비판정신들이 소세키를 포함한 쓰보우치 쇼요,[20] 후타바테이 시메이,[21] 기타무라 도코쿠,[22] 히구치 이치요[23] 같은 메이지시대 문학가들을 관통하고 있다고 평가했다.(《신문학의 무적》新文学の霧笛, 至文堂, 1975) 히라오카 도시오平岡敏夫 역시 이러한 시각을 계승하면서 《소세키, 어느 막부 지지파 딸의 이야기》(오후, 2000)에서 소세키와 막부 지지파를 연

---

20) 坪内逍遥. 메이지 다이쇼시대의 영문학자이자 극작가, 소설가, 평론가. 서양의 문학이념을 소개하고 신체시운동을 일으켰다. 대표작으로 《소설신수(小說神髓)》가 있다.

21) 二葉亭四迷. 작가. 말과 글을 일치시키는 언문일치체와 사실주의를 바탕으로 《부운(浮雲)》을 발표하였고, 투르게네프의 《밀회》와 《해후》를 번역하는 등 근대 일본문학의 선구자가 되었다.

22) 北村透谷. 메이지시대의 시인이자 평론가, 사상가로 1893년 문예잡지 《문학계》를 창간하였고 낭만주의 문학의 선구자로 꼽힌다. 그는 현실세계(現世界)와 상념세계(想世界)를 대치시키는 사상을 바탕으로 깔고 있다.

23) 樋口一葉. 일본 근대소설의 여명기에 고전에 대한 교양을 바탕으로 독자적인 작품세계를 구축한 여성 소설가이다. 대표작으로 《탁류にごりえ》가 있다.

결하는 도식을 반복적으로 제시하고 있다.

히라오카가 말하는 막부 지지파란, 요컨대 시대의 권력에 굴복하지 않는 반골정신의 주체를 가리킨다. 그리고 소세키 작품 중에서 이러한 반골정신이 가장 강하게 표출되는 대표작으로《도련님》을 뽑았다. 고야노 돈小谷野敦의《나쓰메 소세키를 에도의 시각에서 읽다》夏目漱石を江戸から読む(中公新書, 1995)에서도 도련님이 막부 지지파 무사를 형상화한 것으로 보고, 그가 대치하는 빨간셔츠와 그의 심복 야다이코가 무사문화를 함몰시킨 '근대화 정책'을 상징하고 있다고 주장한다.

소세키에 관한 수필을 많이 쓴 작가이자 역사연구가인 한도 가즈토시半藤一利도 소세키를 막부 지지파로 분류하는 논자이다. 한도는 사쓰마 출신자를 중심으로 판을 짠 메이지 정부가 '도쿄 여기저기에서 활개를 치고 다니는 역겹고도 짜증스런 시대'에 소세키가 소년시절을 보냈다면서 이에 대해 '막부 지지파인 소세키는 참패한 것이다'라는 표현을 쓰고 있다.(《소세키 선생 오랜만입니다》, 平凡社, 2003)

이러한 논자들의 공통점은 사쓰마 · 조슈 정부가 추진한 근대화의 방향에 소세키가 비판적인 시각을 갖고 있었기 때문에 '반 사쓰마 · 조슈 =막부 지지파'라고 본다는 데 있다. 그러나 소세키가 일본의 근대화 과정에 대해 비판적이었던 것은 사실이지만, 그러한 입장에 '막부 지지파'라는 말을 붙이는 것은 오해의 소지가 있다.

왜냐하면 앞서 인용한 대로 소세키는 미래지향적인 문학가이며 그가 가지고 있는 메이지 근대화에 대한 비판적 시각은 근대화 달성이 불충분하기 때문이지, 에도시대나 도쿠가와 집권 당시로 회귀하고자 하는 것은 아니기 때문이다. 이를 반증하듯이 소세키는 오가이와는 다르게 에도시대를 무대로 한 작품을 한 번도 쓰지 않았다.

오히려 소세키는 반복적으로 사쓰마 · 조슈의 막부 타도파에 공감을 표명하고 있는 반면, '에도'나 '도쿠가와'에 대해서는 지극히 모멸적인 시선을 보내고 있다. 작가로서 첫발을 내딛은 1906년에 스즈키 미에키치에게 보낸 10월 23일자 편지에서 소세키는 '목숨을 내놓고 투쟁하는 유신 지사들처럼 맹렬한 정신으로 문학을 해보고 싶다'라고 밝히고 있다. 물론 여기서 말하는 '유신 지사'들이 막부의 가신이 아니라 사쓰마 · 조슈의 막부 타도파를 가리키고 있는 것은 분명하다.

또 소세키는《문학론 노트》에서도 막부 타도파 정신을 긍정적으로 평가했다. 소세키는 '서구 열강보다 한참 뒤떨어져 있던 메이지유신 이전'의 일본이 그들을 따라잡을 수 있게 된 것에 대해 '현 단계'에 이르기까지 '솔선하여 국가의 방향 전환을 단행했던 사람들에게 감사해야 한다. 이들의 결단이 오늘날 일본의 운명을 바꾼 것이다'라고 주장한다. 여기서 '솔선하여 국가의 방향 전환을 단행했던 사람들'이란 결국 사쓰마 · 조슈의 막부 타도파를 뜻하며, 소세키는 그들에게 '감사해야 한다'라는 소회를 밝히고 있는 것이다.

물론 이 내용이 영국 채류 당시 서양과 일본의 격차에 직면한 상황에서 쓰인 것이라 하더라도, 적어도 이 시점에서 소세키가 막부를 지지하는 입장이 아니었다는 점에는 의심의 여지가 없다.

이러한 소세키의 입장은 귀국 후에도 변함없었다. 소세키는 만년에 가까운 1914년에 쓴 수필 「아마추어와 현인」素人と黒人에서 '일본의 가부키 연극을 가차 없이 비난'했다. 이에 제자인 고미야 도요타카小宮豊隆가 가부키를 변호하는 반론을 제기하려고 하자 소세키는 그에 대꾸도 하지 않고 다음과 같은 반응을 보였다고 한다.

> 나는 막부를 타도한 사쓰마 · 조슈의 촌놈 사무라이가 막부보다 얼마나 더 야만적이었는가 생각해보라고 말했다. 그런 변호를 하는 사람은 마치 우에노역에서 농성하며 관군에게 저항한 창의대[24]와 같다고 말했다. 로마를 멸망시킨 것은 결국 야만인들이 아니었던가라고도 했다.

이 말은 얼핏 보면 사쓰마 · 조슈의 촌놈 사무라이가 '막부보다 더 야만적이었다'는 것을 비난하고 있는 것처럼 보이지만 사실은 정반대다. '그런 변호를 하는 사람'이 가부키를 옹호하려는 고미야임에 반해, 여기서 '야만'이라 함은 당연히 오랜 역사와 전통을 가진 고유문화를 일축해버리는 소세키 측을 가리킨다.

---

24) 우에노공원 안의 창의대(彰義隊) 충혼탑. 에도 막부(도쿠가와 막부) 말기 막부 편에 서서 지금의 우에노공원 자리에서 유신파와 싸우다 괴멸당한 무사들의 영을 기리는 충혼탑. 여기서는 그 무사들을 가리킨다.

이렇게 다이쇼시대가 되어서도 소세키는 자신을 '사쓰마 · 조슈의 촌놈 사무라이'에 견주고자 했으며, 그들의 '야만적인' 에너지야말로 시대적 변혁을 도모할 수 있었던 원천이라고 생각했다. 《도련님》의 주인공은 바로 이러한 에너지를 체현하고 있는 것이다.

소세키는 가부키라는 에도시대를 대표하는 무대예술에 전반적으로 냉담한 반응을 보이고 있다. 가부키 교겐[25]을 감상한 1909년 5월 12일자 일기에서도 '도쿠가와 천하는 기껏 가부키나 만들어낸 그런 수준의 시대여서 태평하고 유치하게, 바보처럼 부질없이 메이지유신 때까지 유지가 된 것이다'라며 이런 문화를 만들어낸 에도시대를 매도하고 있다.

'추한' 것을 그릴 수밖에 없는 이유

소세키가 이렇게 막부 타도파적인 심성을 갖고 있었던 사실과 일본 근대화를 추진해온 사쓰마 · 조슈 정부에 비판적이었던 것이 서로 모순되는 일은 아니다. 오히려 사쓰마 · 조슈 정부에 비판적이었기 때문에 막부 말기의 정치구도에서 막부 타도파와 같은 입장을 취했던 것이라고 볼 수 있다.

왜냐하면 사쓰마 · 조슈 정부에 비판적이라는 것은 현 정치체제에 이

25) 狂言. 중세 일본에서 생겨난 교겐은 노(能), 분라쿠(文樂), 가부키(歌舞伎)와 함께 일본 4대 연희의 하나이다.

의를 제기하는 자세이며, 그것을 막부 말기와 결부시켜 보면 기존 체제인 도쿠가와 막부를 부인하는 입장을 취하는 것과 같기 때문이다.

물론 소세키는 에도시대 말년에 태어나 막부 말기의 소용돌이를 직접 경험하지 않았기 때문에 막부 지지, 막부 타도와 같은 정치구도 자체에 큰 의미를 두고 있지는 않았을 것이다. 《도련님》의 주인공을 막부 타도파의 성향이 강한 인물로 설정한 것도 결국 그 세력이 근대 일본을 형성해왔기 때문이다. 무엇보다 소세키가 가장 주안점을 둔 것은 자국을 둘러싼 국제관계를 주인공의 인물 조형이나 그들의 행동을 통해 비판적인 시각으로 표상하는 것이었다.

도련님이 빨간셔츠에게 제제를 가한다고 해도 중학교에서 쫓겨나는 것은 빨간셔츠가 아니라 도련님 쪽이다. 그러므로 결국 이 장면을 통해 일본이 러일전쟁에서 승리해서 '일등 국가'가 되었다고 해도 국제사회의 패권 구도에는 변화가 없다는 소세키의 냉철한 인식이 드러난다. 이것이 소세키가 작품에 담고자 했던 '진실'이었다.

또한 도련님은 소설 말미에서 도쿄로 돌아와 '도쿄전철 기술자'가 된다. 이러한 결말은 그에게 투영된 근대 일본이 '싸움' 곧 전쟁의 주체에서 벗어나 산업기술의 기수로 전환됨을 시사하고 있다. 물론 현실세계에서도 일본은 그로부터 약 40년 뒤에 찾아오는 제2차 세계대전의 패전으로 같은 길을 선택하게 된다.

여기에도 소세키의 미래지향적인 시각이 내재되어 있는 것을 볼 수 있다. 또한 이는 역설적으로 당시 일본의 시대적 상황이 큰 변혁을 요구하는 시점에 있었음을 말해준다.

소세키가 만년까지 희구했던 것은 무엇보다 일본이 전쟁이나 침략이라는 방법에 의존하지 않고 성숙한 근대국가가 되는 것이었다. 러일전쟁이 끝나고 승전의 흥분이 가라앉은 이후에도 현실 속의 일본은 성숙한 근대국가라는 이상과는 다른 방향으로 나아가고 있었다. 소세키는 이러한 상황을 작품 속에 반영하며 비판 대상으로서 일본의 모습을 반복적으로 짚어내고 있다.

다시 말해서 소세키는 그만큼 조국에 대해 끊임없이 강한 애착을 가지고 있었다. 또한 그러한 사실이 소세키가 근대 일본 최고의 국민작가로 인정받는 바탕이 되었음은 말할 나위도 없다.

앞서 살펴본 바와 같이 소세키에게 창작의 주안점은 '비아의 세계'인 바깥세계에서 관찰한 있는 그대로의 '진실'을 본인의 작품으로 표상화하는 것이었는데, 그 '진실'이란 것이 언제나 아름다울 수만은 없다는 사실 또한 잘 인식하고 있었다.

소세키는《창작자의 태도》에서 진실을 탐구하는 자가 자기 자신이 좋아하는 아름다운 것만을 대상으로 하기 어려운 사정을 다음과 같이 이야기하고 있다.

> 적어도 진실을 본위로 하여 펜을 든 이상 호불호의 관념이 끼어들 여지는 없

> 어집니다. 따라서 취사선택을 할 수 없다는 결론이 됩니다. 예를 들면 옆에 추녀가 있다고 합시다. 보기만 해도 짜증이 난다고 말씀하시겠지요. 물론 그거야 어떻게 생각하든 본인의 자유겠지만 아무리 추녀라 해도 현재 존재하고 있는 사람임에는 틀림없습니다. 못생겼으니까 호적에 올리지 않는다는 날이 온다면 구청의 호적조사는 신뢰를 잃게 되겠지요. 거짓이 되어버립니다. 마음에 안 드는 학생이라고 해서 성적표에서 이름을 없애버린다면 학교처럼 신용하지 못할 곳도 없다는 얘기가 나오겠지요. 그렇게 생각해보면 진실을 그려내는 문자만큼 공평한 것은 없습니다.

그리고 소세키가 창작활동을 통해 짚어내고자 했던 것은 동시대의 세상사이자 사회상이었고, 또 그것은 비판의 대상이기도 했기 때문에 작품에서는 늘 뭔가 '마음에 들지 않는' 부족한 그 무엇에 초점이 맞춰질 수밖에 없었다.

그 결과, 소세키는 주로 러일전쟁 이후 일본의 '추한' 상황을 그려냈고, 그 기조에는 이중성이 존재할 수밖에 없었다. 요컨대 전쟁 승리로 한껏 달아올랐던 민심이 전쟁 이후 찾아온 불경기와 함께 점차 사그라지면서 야마자키 마사카즈가 말하는 '언짢고' 침체된 분위기가 감돌고 있었지만, 국가 차원에서는 아시아 국가들에 대한 제국주의적 침략이 계속 진행되고 있었다. 그중에서도 한국의 식민지화가 강력히 추진되고 있었다.

그렇기에 메이지 40년대의 일본은 민심을 하나로 수렴했던 거대 사건이 끝났지만 그럼에도 여전히 끝나지 않은 제국주의적 이데올로기의 확장 추세가 서로 중첩되어 있던 시기였다. 바로 이러한 시대에 소세키는 아사히신문사 입사를 계기로 전업작가로서 시대적 '진실'을 짚어내는 역작들을 잇달아 세상에 내놓았던 것이다.

하루키

2장 혼재하는 시간 – 1960년대와 1970년대

바람의 노래를 들어라

1973년의 핀볼

전환점이 된 1970년

나쓰메 소세키와 무라카미 하루키는 각각 러일전쟁과 전공투를 포함한 반체제운동 같은 거대담론이 시대정신 형성에 지대한 영향을 미쳤던 시대에 작가로서 첫발을 내딛었다는 점에서 공통점을 갖고 있지만 그 담론에 관여하는 방식은 서로 달랐다.

앞서 언급한 바와 같이 소세키가《나는 고양이로소이다》로 문단에 등단했을 당시 일본은 러일전쟁 중이었으며 국민들의 모든 의식과 관심이 전쟁이라는 쟁점으로 수렴되고 있었다.

그러니까 소세키가 아사히신문사에 입사하여 직업작가의 길을 걷기 시작한 1907년 무렵의 일본은 미국의 중재 덕분에 간발의 차로 러시아에 승리했다. 그러나 승리의 벅찬 여운은 점차 시들해지고 전쟁비용 조달을 위해 방대한 규모의 부채를 떠안은 일본사회는 심각한 불경기에 빠져들었다. 그로 인해 국민들은 더 이상 국가와 동일화될 수 없다는 괴리감을 자각하기 시작했다.

한편 무라카미 하루키는 1979년《바람의 노래를 들어라》로 군조 신인문학상을 수상하면서 작가로서 출발점에 섰다. 작품 속 시간인 1970년에서 약 10년이라는 세월이 경과한 시점이다. 하루키는 자신이 직접 관여한 것은 아니지만 강한 교감을 느끼고 있던 1960년대 후반 반체제운동이 이미 끝난 시점, 그 1970년이라는 해를 자신의 처녀작과 그 속편인《1973년의 핀볼》에서 시대의 전환기로 설정했다.

이 두 작품의 밑바탕에는 이제 일본 젊은이들이 1960년대의 종식과 함께 체제와 권력에 저항하는 이념적 고양감을 공유하고 연대할 수 있었던 시대가 저물고 개개인이 각자의 삶에 집중하는 시대로 이행하게 되었다는 감회가 자리하고 있다.

그러한 감회가 더욱 두드러지게 나타나고 있는 작품이《1973년의 핀볼》이다. 이 작품은 앞선《바람의 노래를 들어라》의 시간적 무대였던 1970년에서 3년이 지난 시점에서 이야기가 전개된다. 번역을 생업으로 하는 작품 속 화자의 생활이 그려지는 가운데 그가 몇 년 전 경험한 과거 장면들이 수놓아져 있으며, 1960년대 말의 학원분쟁 광경도 지난날에 대한 그리움으로 묘사된다.

예를 들어, '내'가 다니던 대학 건물을 점거한 그룹은 '2천 장의 레코드 컬렉션을 소장하고 있을 정도의 음악 애호가였으며, 이 건물에 기동대가 돌격했을 때는 비발디의 「조화의 영감」이 최대 볼륨으로 울려퍼지고 있었다고 하는데 진위 여부는 확인할 수 없다'라는 얘기와 함께 그것이 '69년을 둘러싼 마음 훈훈한 전설 중 하나다'라고 마무리하고 있다.

1969년은 도쿄대학 입학시험 취소가 상징하듯이 학원분쟁이 전국 대학으로 확산되어 절정에 달했던 해였다.

그 한 해 전인 1968년 1월, 등록의사제도에 반대하는 도쿄대학 의학부 학생자치회가 무기한 파업에 돌입하면서 전국 각지에서 학원분쟁의 불이 붙기 시작했고, 같은 해 6월에는 학생들이 도쿄대학 야스다강당을 점거하여 기동대를 투입하는 조치가 내려졌다. 나아가 9월에는 니혼대학 건물을 점거한 학생 130여 명이 체포되는 사태가 벌어져 10월 21일 국제 반전데이를 맞아 전국 집회에 29만 명 가까운 참가자가 운집했다. 이날 반공산당 계열의 활동가 학생들은 국회에 난입하였고, 신주쿠역에서는 약 1,500명의 학생들이 역 구내에 돌진해 투석, 방화한 이른바 '신주쿠소란사건'이 일어났다.

1969년에는 학원분쟁이 대학뿐 아니라 고등학교로까지 확산되었다. 전국 각지에서 개학식이나 졸업식이 학생들의 방해로 무산되는 사태가 빈번히 일어났다. 무라카미 하루키보다 3살 아래인 무라카미 류村上龍는 당시 사세보에 있는 고등학교에 재학 중이었고, 자전적 작품인 《69》sixty nine(1987)에서 밝히고 있듯이 학교봉쇄사건을 일으켜서 근신처분을 받았다.

학교건물을 봉쇄당한 대학에 기동대를 투입하는 일도 전국적으로 일어났고, 《1973년의 핀볼》 첫 장의 무대인 와세다대학에도 10월 중순에 기동대가 진입하여 봉쇄를 해제시켰다. 또 이 무렵부터 운동권 내 분파 간 권력투쟁이 빈발하여 사망자가 속출하기 시작했다.

학원분쟁의 구체적인 원인으로 '베이비 붐' 세대의 학생 수가 급격히 증가해 대학교육이 규격화되고 양산체제로 변질되어가는 상황에 대한 불만과 의과대학 레지던트제도에 대한 비판 등을 들 수 있다. 그런데 여기에 대학으로 상징되는 사회제도나 체제에 대한 항의의 목소리가 합쳐져 학생들을 움직였다고 볼 수 있다. 단적으로 학원분쟁의 주축이었던 전공투가 대학의 '개혁'이 아닌 '해체'를 소리 높여 주창했던 것을 보면 더욱 그러하다.

나아가 미국에서 시작하여 세계 각지로 확산되어갔던 베트남 반전운동과 흑인 민권운동, 혹은 프랑스의 5월 혁명과 같은 반정부운동 등의 영향도 무시할 수 없다. 1960년대 후반은 국가를 막론하고 청년층을 중심으로 한 세계적 규모의 반체제운동이 활발히 일어났던 시대였으며, 전공투가 주도한 일본의 학원분쟁도 그 한 부분을 차지하고 있었다.

1960년대에 대한 친숙함

1968년에 와세다대학에 입학한 무라카미 하루키도 당연히 학원분쟁을 목격하게 된다. 하루키 자신이 전공투 일원은 아니었지만 당시 들끓고 있던 젊은이들의 이념에 공감했던 것으로 보이며, 《바람의 노래를 들어라》 작품 속 화자를 통해 기동대와 충돌해 앞니가 부러지는 경험담을 이야기하고 있다.

《1973년의 핀볼》에는 '1969년, 우리들의 해'라는 글귀가 보인다. 하루키 자신도 한 인터뷰에서 1960년대에 대해 '그야말로 재미있는 시대였다. 활기가 넘쳤고 적어도 지루할 틈이 없었다'('무라카미 하루키 인터뷰',《생각하는 사람》, 新潮社, 2010 여름)라고 말하며, 이 시대를 관통했던 기류에 친숙함을 드러내고 있다. 그는 이러한 '재미있는 시대'가 종언을 고하고 사람들이 개인단위의 삶으로 돌아가는 산문적인 시대로 1970년대를 설정하고 있다.

그는 특히 그 전환점을 1970년으로 보고 있다. 1970년을 시작으로 '70년대'라는 새로운 시대로 이행하면서 그때까지 젊은이들을 움직였던 이념적 열정과 고양된 의식이 갈 곳을 잃어버린 구도를《바람의 노래를 들어라》,《1973년의 핀볼》,《양을 둘러싼 모험》3부작에 담고 있다.

이들 작품에서 잃어버린 1960년대를 상징하는 존재로 등장하는 것이 작품 속 화자의 분신적인 존재이자 '쥐'라는 별명으로 불리는 '친구'이다. 작품 속 화자인 '내'가 1970년대적 시대 흐름 속에서 나름대로 자신이 존재할 곳을 찾아가는 것과는 대조적으로 친구는 사회 속에서 안정적인 위치를 차지하는 것을 거부하며 살아왔다. '나'와 거리는 점차 멀어져갔고,《양을 둘러싼 모험》마지막 부분에서 쥐는 홋카이도 별장에서 목을 매어 자살하기에 이른다.

그러나 작품에서 보이는 1960년대에서 70년대로 이행하는 전환점은 어디까지나 70년대 후반을 사는 작가에 의해 명확히 설정된 것이다. 첫 작품의 시간적 무대인 1970년도 실제로는 그해를 경계로 사회상이나 사람들의 의식이 눈에 띄게 변화한 것은 아니었다.

1970년은 오사카 만국박람회 개최를 그해의 상징으로 꼽는 것을 보더라도 알 수 있듯이 1950년대부터 시작된 전후 경제성장에 박차를 가했던 시기였다.

일본이 서독(현 독일)의 국민총생산(GNP)을 추월하여 자유주의 경제권에서 제2위의 경제대국 자리에 오른 것이 1968년이었으며, 이후에도 오랫동안 그 순위를 유지했다. 무역 면에서도 1960년대 전반까지는 무역적자인 해가 많았지만 60년대 후반에 들어와서는 무역수지 흑자가 일반적이었고, 70년에 이르러서는 60억 달러의 외화준비금을 보유한 채권국이 되었다.

한편 전공투 활동가들도 1970년 시점에서는 지속적인 활동을 펼치며 혁명을 향한 큰 그림을 그리고 있었다. 《중앙공론》 1970년 3월호에 게재된 도쿄대학 전공투 이마이 기요시今井澄의 수필 「야스다강당 하옥 그리고 지금」을 보면, '전후 민주주의를 타파하고 무장투쟁과 국제주의를 내세운 투쟁을 이론이 아닌 사상과 실천의 문제로 실현'하고자 하는 그들의 의지를 읽을 수 있다. 또 같은 잡지 5월호에는 전공투가 '대중적 기반'을 확보하면서 '학원 밖의 우익'과 투쟁해나가야 한다는 결의를 밝힌 니혼대학 전공투, 아키타 아케히로秋田明大의 인터뷰를 게재했다. 당시 인터뷰어는 그의 이야기를 들어보니 '투쟁이 끝날 기미가 전혀 보이지 않는다'라는 소회로 마무리했다.

일본에게 큰 전환기가 찾아온 것은 오히려 《1973년의 핀볼》의 시대적 무대인 1973년이었다. 이해는 석유수출기구(OPEC)가 수출 제한 방침을 발표함에 따라 제1차 석유파동이 전 세계를 강타하여 일본에서도 석유 가격이 급등하였다. 이듬해에는 전반적인 물가 상승이 30% 이상에 이르러 국민 생활에 막대한 타격을 주었다. 석유 관련제품의 가격 인상이 예상되면서 전국적으로 화장지 사재기 소동이 일어난 것도 이때이다. 이러한 광경은 쇼와 역사의 한 장면으로 우리에게도 이미 친숙한 광경이다. 또한 광공업 생산지수도 1973년부터 75년에 걸쳐 18% 하락하는 등 일본은 전후 최대의 경제 위기에 직면했다.

1960년대 후반에 크게 고양되었던 신좌익운동도 70년대에 들어서면서 당파 간 투쟁이 격화되기에 이른다. 덧붙여 경찰이 강력한 진압 태세를 취하지 않았기 때문에 중핵파와 혁마루파로 대표되는 참담한 내부 권력투쟁으로 사상자가 속출했다.

원래 1960년대 신좌익운동은 어떠한 건설적인 전망을 갖고 추진되었다기보다는 기존의 가치관이나 그에 따른 체제 타파를 목적으로 전개된 측면이 강했다. 그래서 학교가 평정을 되찾자 폭력적인 성향이 점차 내부로 파고들어 상호 파괴적인 양상을 띠게 된 것이다.

이러한 흐름 속에서 1972년 2월에 일반인을 인질로 삼아 10일간 산장에서 농성을 벌인 연합적군의 아사마산장 사건이 일어났다. 그 전 단계에서는 '총괄'이라고 불리는 폭력으로 그룹 내 12명이 사망하였다.

'쥐'와 '나'의 차이

《1973년의 핀볼》은 이렇게 사회의 여러 국면에서 출구 없는 폐쇄감이 팽배해진 1973년을 중요한 시대적 무대로 삼고 있다. 하지만, 작품 속 주인공을 둘러싼 상황들에서는 그러한 시대적 느낌을 전혀 찾아볼 수 없다.

'나'는 1972년 봄에 친구와 둘이서 번역사무소를 차리고 사업도 어느 정도 궤도에 오르면서 나이에 비해서는 넉넉한 수입을 얻고 있었다. 친구는 '우리들은 성공했다'라고 말했고, '나'도 '매우 만족스럽다'라는 느낌을 갖는다. 물론 '내'가 번역 일에 알찬 보람을 느끼고 있었던 것은 아니었다. '동전을 왼손에 쥐고 오른손과 포갠다. 그리고 왼손을 빼면 동전은 오른손에 남는다. 뭐 그런 단순한 것일 뿐이지'라는 다소 자조적인 표현과 함께 번역을 무기력한 작업이라 술회하고 있다.

이 작품의 후반부에서 '나'는 1970년에 '스페이스십'이라는 핀볼머신에 광적으로 집착했던 당시의 감각을 환기시킨다. 대학 스페인어 강사와 함께 핀볼머신 탐색에 몰두하는데, 그것은 그야말로 일을 하는 과정에서 자신의 내면세계에 움트는 공허함을 메우는 작업이었다.

이 작품에는 폐쇄적 심성을 갖고 살아가는 인물이 등장한다. 바로 '나'의 친구이자 그의 분신적 존재인 '쥐'이다. 쥐는 1960년대의 이념에 사로잡혀 살면서 1970년대에도 자신이 사회에 등록되는 것을 거부하려는 듯이 전 작품인《바람의 노래를 들어라》에서는 소설을 쓰기 시작했고,《1973년의 핀볼》에서는 연상의 여인과 관계를 가지면서도 만족하지 못하고 이별을 하게 되는 경위를 단편적으로 제시했다.

'쥐'의 마음속에 요동치는 '희희낙락 허무함으로 빠져드는 녀석들에게 손톱만큼의 애정도 호의도 가질 수 없었다'라는 감회는 원래 '나'의 내면에도 있었지만 '나'는 그것을 봉인함으로써 자신을 사회적 존재로 만들어나갔던 것이다.

이러한 '나'의 사회화 과정은 정신분석학자인 라캉의 이론 '상징적 거세'의 단적인 예라고 할 수 있다. 라캉에 따르면 인간은 유아기에 형성된 원초적인 자신을 상실하고 언어로 대표되는 사회의 상징체계를 내재화시킴으로써 자신을 사회화한다고 하며, 이를 '상징적 거세'라 명명했다.

무라카미 하루키의 주인공들이 전반적으로 온건한 성격의 소유자인 것은 그들이 스스로 상징적 거세를 한 인물이기 때문이다. 그 대신 잃어버린 자신을 형상하는 존재로서 3부작에서는 '쥐'라는 이념적인 인물을 주인공과 대비시켜 그려내고 있다.

실제로 '나'와 쥐의 관계가 그려지는《바람의 노래를 들어라》와는 달리《1973년의 핀볼》에서는 그들이 만나는 장면이나 쥐에 관한 이야기 구성이 없다. 그럼에도 '쥐'가 등장한다는 것은 그가 '나'의 내면에서 잘려나간 분신이라는 사실을 말해주고 있다.

다시 말하면 '나'와 거리를 두는 방식으로 '쥐'가 등장함으로써 '쥐'에게 의탁된 낭만적 자아집착을 '나'도 완전히 상실하지 않았다는 사실을 시사하는 것이다. 쥐는 자신과 맞지 않는 시대라 느끼는 1970년대의 흐름 속에서 점차 자신의 자리를 잃어갔고, 《양을 둘러싼 모험》에서는 자살하기에 이르지만 그것은 '나' 자신에게 주어졌을지도 모르는 결말이었다.

이처럼 쥐가 출구 없는 폐쇄성의 상징인 것은 첫 장에 나오는 '쥐잡기' 삽화에서도 단적으로 나타난다. '모든 것에는 입구가 있고 출구가 있는 법이다. 대부분 그렇게 만들어져 있다. 우편함, 전기청소기, 동물원, 소스 스푼. 물론 그렇지 않은 것도 있다. 예를 들면 쥐덫'이라는 짧은 문장 뒤에 '내'가 '아파트 싱크대 밑에 쥐덫을 놓은 적이 있다'라고 말하고 있는데, 그때 그는 '페퍼민트 껌'을 미끼로 '아직 어린 쥐'를 잡았다고 했다.

이렇게 '입구'는 있지만 '출구'가 없는 공간에 잡혀버린 '아직 어린 쥐'가 친구인 '쥐'를 암시하는 것임은 두말할 나위도 없다. 그리고 '내'가 낭만적인 이념에 경도되는 것을 스스로 봉인한 것은 폐쇄적인 상황 속에서 '출구'를 찾고자 함이었다. 만약 그렇게 하지 않았다면 그 또한 출구를 봉쇄당해 '쥐덫'에 걸렸을지도 모를 일이다. 물론 그렇게 되면 분신인 '쥐'는 필요 없어지고 소설에 등장하는 일도 없었을 것이다.

1970년이라는 전환기

《1973년의 핀볼》이 일본사회에 폐쇄감과 종말감이 팽배했던 1973년을 주 무대로 하면서도 그 시간에 사는 주인공들에게 그러한 느낌을 부여하지 않은 것은 그들 대신 분신적 존재인 쥐에게 그 역할이 주어졌기 때문이다. 또한 작가가 소설 속 시간에서 몇 년 경과한 1980년에 존재함으로써 당시의 시대 분위기가 더욱 상대화되었기 때문이기도 하다.

그리고 '나' 자신이 시대의 전환기를 맞이하면서 뭔가 삐걱거림을 느끼는 시기가 3년 전으로 설정된 1970년이다. 이를 통해 1970년이라는 경계에 전환점을 부여함으로써 60년대와 70년대의 차별화 공식이 도출되고 있다.

《1973년의 핀볼》에서 1970년은 많은 청년들이 좌절을 맛보고, 고립되고, 스스로 목숨을 끊어버리거나 도쿄라는 지역을 떠나는 해로 그려지고 있다.

> 우리 모두 감당 못할 골칫거리들을 끌어안고 있는 것 같았다. 그것들은 비가 오듯 하늘에서 흩뿌려졌고 우리들은 뒤도 안 돌아보고 그것들을 주워 모아 주머니에 가득 집어넣었다. 왜 그랬는지 지금도 모르겠다. 뭔가 다른 것으로 착각해서 그랬겠지. 사람이 몇 명씩이나 목숨을 끊었고, 미쳐버렸고, 시간의 물구덩이 속에 스스로 마음을 묻었다. 쓸데없는 사념에 애를 태우며 서로에게 민

폐를 끼치고 있었다. 1970년은 그런 해였다.

이 작품에서 1970년은 청년들이 대상을 잃은 이념을 끌어안은 채 고립되는 전환기로 설정되었다. 당시 '나' 자신은 그다지 '골칫거리들을 끌어안고' 있는 것 같지는 않았지만, 그때를 추억하는 장면에서 '나에게 그것은 고독한 계절이었다. 집에 돌아와 옷을 갈아입을 때마다 몸 속 뼈들이 살을 뚫고 튕겨 나올 것만 같았다'라는 심정이 묘사되고 있는 것을 보면 이러한 심성과 무관하지 않았던 것을 알 수 있다.

앞서 언급한 대로 현실을 직시해보면 전공투들이 투쟁했던 신좌익운동은 1970년대 시점에도 미래에 대한 전망을 펼치며 활동을 계속 이어나가고 있었지만, 한편으로 그러한 운동 따위에 전혀 관심이 없는 청년들도 늘어만 갔다.

당시 학생들을 취재한 가토 다이조加藤諦三의 《젊은이들의 사상과 행동》(마이니치신문사, 1971)을 보면, '전공투 사람들도 우리랑 똑같이 자기가 하고 싶은 일을 하고 있는 거잖아요', '정치엔 관심없어요'라는 의식을 보이며 자신의 취미활동에 몰두하고자 하는 1970년대 초반 청년들의 모습이 소개되어 있다. 이 책에서 새로운 청년상으로 언급되고 있는 이른바 '김빠진 세대'가 탄생한 것도 이 무렵이다.

1970년에 일어났던 미일안전보장조약 자동연장에 대한 반대투쟁이 10년 전에 있었던 1960년대 안보투쟁과 비교할 때 파급력이 부족한 반대운동이 된 배경에는 이러한 청년층의 의식 변화가 자리하고 있다.

무라카미 하루키 자신도 가와이 하야오[26]와 진행한 대담(《무라카미 하루키, 가와이 하야오를 만나러 가다》, 岩波書店, 1995)에서 '당시는 저희들 세대들에게 참여와 헌신comitment의 시대였죠. 그런데 패배할 수밖에 없는 상황에서 실제로 패배를 맛본 이후 한순간에 방관detachment적으로 바뀌어버린 거죠'라며, 이와 같은 변화가 1960년대 이후에 일어난 것임을 밝히고 있다.

초기 3부작의 주인공도 이러한 'detachment'적 성향으로 변화된 인물로 볼 수 있다. 하지만 지금까지 살펴본 것처럼 그의 내면에는 낭만적이거나 고양된 이념에 대한 동경을 거세해버린 상실감이 남아 있었고, 그 공허감이 분신인 쥐나 핀볼머신 같은 존재로 표출되는 것이다.

그리고 사회적으로 성공한 자신과 마주하면서 이제는 반대로 '내' 안에 있는 그 감각이 되살아 나오기 시작한다.《1973년의 핀볼》후반부에서 '내'가 핀볼머신 '스페이스십' 찾기에 몰두하는 것도 잃어버린 시대로 역행하는 의미를 갖는다.

그와 동시에 1970년에 밀월이 찾아온다고 쓰여 있는 스페이스십에 대한 열정은《상실의 시대》에서 그해에 죽었다는 사실이 밝혀지는 나오코를 향한 진혼이다. 그렇기 때문에 '내'가 해후한 '스페이스십'은 '당신은 지금 무슨 일 해?'라는 식의 여성적인 말투로 '이야기'한다. 하지만

---

26) 河合隼雄. 융학파 심리학자.《모성사회 일본의 병리》(1976) 등의 책을 썼다.

'그녀'와 짧은 만남 이후 '나'는 뒤도 돌아보지 않고 헤어짐으로써 1970년대의 산문적인 시대로 회귀하고자 한다.

이렇게 1970년이라는 해를 청년의 심성이라는 관점에서 보면, 1960년대의 이념적인 연대감은 남아 있으면서도 70년대라는 산문적 개인시대의 도래를 예감하게 하는 과도기적 전환기였음을 알 수 있다. 현실사회에서는 전환기였다고 볼 수 없지만 1970년이라는 해로 거슬러 올라가 그 위치를 부여하고 있는 것은, 무라카미 하루키의 의식이 현실세계의 현상보다는 청년층의 심성 쪽에 더 중점적으로 맞추어져 있다는 것을 말해준다.

나쓰메 소세키가 '비아'의 입장에서 외부세계의 '진실'을 짚어내어 표현하는 것을 작가의 직무라고 생각하고 그것을 작품에서 비유적으로 표현한 것과 같이, 무라카미 하루키도 'detachment'적 심성을 가진 인물을 중심에 두고 그 모습을 그려냄으로써 시대상을 짚어내고자 했다. 이는 역시 표현자로서 사회에 대한 'detachment'가 아닌 'comitment'하는 자세이며, 외부세계를 바라보는 통찰의 결과인 것이다.

교차하는 시간

1970년을 시간적 무대로 하는 그의 첫 작품《바람의 노래를 들어라》에는 두 시대가 혼재하면서 경계선 역할을 하는 1970년의 하루키다운 색채가 매우 기교적으로 그려져 있다.

대학생인 '내'가 자폐성을 띠었던 유년기의 추억을 이야기하고 나서 그해 여름방학을 고베 지방의 아시야芦屋를 상기시키는 바닷가 마을에서 보낸 얘기가 전개되는 이 작품에서 중요한 것은 바로 시간의 구성이다.

이 작품의 주요 줄거리가 되는 이야기는 '1970년 8월 8일에 시작되어 18일 후에, 그러니까 같은 해 8월 26일에 끝난다'라고 2장에 명시되어 있음에도 그 이후 장면은 결코 1970년에 한정된 것이 아니다. 즉, 이 19일간의 이야기에는 '내'가 친구가 될 '쥐'와 만난 3년 전 1969년의 장면이 몇몇 포함되어 있어 처음에 밝힌 시간 설정과 모순된다.

표면적으로는 8월로 설정되어 있는 이야기가 시간적 혼란을 일으키며 전개되는 것을 볼 수 있다. 즉, 이 작품을 구성하는 40장의 이야기들은 시간 흐름에 맞춰 직선적으로 나열된 것이 아니다.

'1970년 8월 8일'에 시작하는 이야기는 회상하는 장을 포함하여 3장에서 39장에 걸쳐 전개되어가는데, 그 사이에 내용에서 전후관계가 역전되는 부분이 여럿 보인다.

예를 들면, 5장에서는 '쥐는 지독히도 책을 읽지 않는다. 그가 스포츠 신문과 광고전단지 이외의 활자를 읽고 있는 것을 한 번도 본 적이 없다'라고 하고, 쥐는 플로베르의 《감정교육》을 읽고 있는 '나'에게 '책 같은 걸 왜 읽는 거야?'라며 의아한 듯 묻는다. 그리고 쥐는 '마지막으로 책을 읽은 건 작년 여름이었어'라는 말에 이어 '패션디자이너'인 여자가 '바닷가 피서지에 와서 처음부터 끝까지 자위만 한다'는 책 내용을 넌더리나는 듯이 설명한다. 나아가 쥐는 자신이 소설을 쓴다는 가정 아래 타고 있던 배가 조난당한 후 튜브에 의지해 바다를 표류하다 여자를 만나 맥주를 마시는 남자 이야기를 '나'에게 풀어놓는다.

이 장까지는 쥐가 책을 싫어하는 청년이며 적어도 소설을 써본 경험이 없다는 것은 명백해 보인다. 그런데 다음 6장에서는 난데없이 '쥐가 쓴 소설에는 두 가지 훌륭한 점이 있다. 우선 섹스 장면이 없는 것과 죽는 사람이 한 사람도 없다는 것이다'라며 쥐가 이미 몇 편의 소설을 쓴 것으로 되어 있다.

물론 소설을 읽는 것을 싫어하는 작가도 있을 수 있겠지만 5장의 쥐의 말에서 미루어 보면 쥐가 일부러 숨기고 있었다고 보기는 어렵다. 또 작품 후반부 31장에서는 쥐가 소설을 쓰게 된 동기가 밝혀지기도 하는데, 그것은 1960년대 말 들끓었던 학원분쟁을 가리키는 것으로 보이는 소란이 진정되는 과정에서 혼자 고립된 결과라는 얘기가 쥐의 말을 통해 제시되고 있다.

"… 하지만 말이야. 난 나대로 열심히 했어. 내가 생각하기에도 신기할 정도로 말이야. 나를 생각하듯 남을 생각했고. 덕분에 경찰한테 맞았지만 말이야. 그래도 때가 되면 결국 다 자기 자리로 돌아가지. 나만 돌아갈 곳이 없었어. 의

자빳기 게임 같은 거지."

"이제 뭐 할래?"

쥐는 수건으로 발을 닦으면서 잠시 생각에 잠겼다.

"소설을 써볼까 해. 어떻게 생각해?"

"당연히 쓰면 되지."

아마도 이러한 경위로 쥐는 소설을 쓰는 사람이 되었을 것이다. 이 두 장의 전후관계는 당연히 31장 다음이 6장이어야 마땅하나 작품에서는 거꾸로 나열되어 있다. 그리고 시간적으로 이 두 장 사이에 끼어 있는 장도 있다.

16장이 그런 경우인데, 이 장은 '내가 제이스 바에 들어갔을 때 쥐는 카운터에 팔꿈치를 괴고 잔뜩 찌푸린 얼굴로 전화번호부만큼이나 두꺼운 헨리 제임스의 진절머리나게 긴 소설을 읽고 있었다'라는 문장으로 시작한다. '재미있어?'라는 질문에 쥐는 고개를 저었지만 '그래도 꽤 많은 책을 읽었어. 지난번에 너와 얘기하고 나서부터 말이야'라고 대답한다.

'지난번'이라 함은 5장에서 '책 같은 걸 왜 읽는 거야?'라고 쥐가 물어서로 얘기가 오갔던 일을 말한다. 그때 '나'는 플로베르가 '이미 죽은 사람이니까'라고 대답했고, 쥐는 '그럼 살아 있는 작가 책은 안 읽어?'라고 물었다. 나는 '살아있는 작가 따윈 아무런 가치가 없어'라고 단언했다.

쥐는 '나'의 대답을 이해한 것은 아니었지만 이 대화를 통해 책을 읽는다는 행위에 새롭게 관심을 갖게 된 것으로 보인다. 어울리지도 않게 긴 소설을 읽기 시작하고 더구나 그 작가가 헨리 제임스라는 '이미 죽어 버린 인간'인 것은 그가 '내'게 감화되었기 때문일 것이다.

이렇게 보면 지금 거론한 4개 장에서 벌어지는 일들은 시간적으로는 5장→16장→31장→6장의 순서로 일어난 것임을 알 수 있다. 두 사람이 처음 만난 것은 4장에 '3년 전 봄'이라는 내용이 있으므로 1969년 귀경했을 때로 추정되며, 5장의 대화는 '내'가 쥐를 알게 되고 아직 서로의 취향을 잘 모르는 단계에서 이루어진 것으로 보인다.

나아가 이 장에 시간을 시사하는 단서가 숨겨져 있는 것을 지나칠 수 없다. 그것은 방금 인용한 '살아 있는 작가 따윈 아무런 가치가 없어'라는 '나'의 발언 다음에 이어지는 부분에서 그가 보고 있었던 '포터블 TV 「루트 66」의 재방송'이다.

「루트 66」은 토드Tod와 버즈Buz라는 이름의 두 청년이 여러 사건들을 겪으며 자동차로 북미대륙횡단구도로인 루트 66을 여행하는 드라마이다. 1960년 CBS에서 방영되었다.

일본에서는 1962년에 NHK에서 처음 방영된 후 후지TV에서 재방송되었는데, 재방송 시기가 뒤쪽 프로그램 편성표에서도 볼 수 있듯이 1970년이 아니라 쇼와 42년 즉, 1967년이다. 「루트 66」은 1967년 8월부터 12월까지 매주 토요일 오후에 후지TV에서 재방송되었다.

단 이 TV 편성표는 도쿄 지방용이며 '나'의 고향으로 추정되는 고베 아시야를 포함한 간사이 지방에서는 「루트 66」이 재방송되지 않았다. 그러나 소설에서 작품의 무대를 고베로 특정한다는 내용은 어디에도 없으며, 등장인물도 간사이 지방 사투리가 아닌 도쿄 말씨를 쓰고 있는 이상 이 도시를 관동지역권에 있는 가공의 항구도시라고 가정한다 해도 큰 무리는 없어 보인다.

(9) 8版 昭和42年8月19日 土曜日 朝日新聞

NHKテレビ / NHK教育テレビ / 日本テレビ / TBSテレビ / フジテレビ / NETテレビ / 東京12チャンネル

30 文芸映画ブームを探る
45 牧伸二のいたずらカメラ
0 ルート66「愛憎の水平線」
西ジョージ・マハリス
西納谷悟朗、愛川欽也ほか
0 奥さまニュース上坂冬子
15 スピードレース

1967년 8월의 TV 편성표에서 「루트 66」이 재방송된 것을 알 수 있다.

또한 1970년 8월에는 도쿄에서도 고베에서도 이 프로그램이 재방송되지 않았으므로, 5장의 시간이 1970년이 아니라 1967년일 가능성이 높다는 사실은 부정할 수 없다.

'어디에도 없는' 쥐

《바람의 노래를 들어라》는 '내'가 자주 가는 '제이스 바'J's Bar 화장실에 쓰러져 있었던 왼손 새끼손가락이 없는 여자아이와의 만남과 헤어짐이 주요 골자를 이루고 있다. '1970년 8월 8일에 시작되어 18일 후에, 그러니까 같은 해 8월 26일에 끝난다'라는 시간 설정은 이러한 이야기 전개와 궤를 같이한다.

한편 쥐와의 관계는 대부분 1960년대에 있었으며, 1970년 8월에 '내'가 '쥐'를 만난 것을 확인할 수 있는 장면은 전혀 없다고 해도 과언이 아니다. 그럼에도 이 작품의 서술방식이 자연스러운 것은 나와 쥐의 관계가 화제는 바뀌어도 표면적으로는 같은 장소에서 같은 시기에 반복되어 다른 해에 이루어진 대화가 섞여 있어도 앞뒤 장의 내용에 별다른 위화감이 느껴지지 않기 때문이다.

그 결과 두 사람이 1960년대에 만난 장면들이 작품 진행에 잡음으로 작용하여 처음에 명시된 19일간이라는 시간 설정과 모순을 불러일으킨다. 작품에 언급된 시간과 관련 정보들을 하나하나 살펴보면 귀경 때 일어난 일들이 19일간에 모두 이루어진 것이라 보기 어렵기 때문이다.

가토 노리히로加藤典洋는 《옐로우 페이지 무라카미 하루키》(아라치출판사, 1996)에서 이 시간적 모순을 지적하고 있다. 가토는 이 책에서 작품의 시간적 모순을 해결하기 위해 쥐를 현실세계가 아닌 '다른 세상'異界에 사는 '유령'이라 보고, 나는 쥐가 있는 곳으로 가서 얘기를 나누고 있다는 설정이기 때문에 현실 시간에서는 그 부분이 삭제된 것이라는 해석을 내놓았다.

구체적으로는 16장에서 '내'가 쥐의 생일을 축하하기 위해 제이스 바에서 베토벤의 피아노협주곡 레코드를 선물하는 장면이 '다른 세상'에서 일어난 일이기 때문에 1970년 8월의 현실 시간에서는 생략된 것이라고 한다. 그렇게 보지 않으면 같은 달의 이야기가 그려진 18장에서 '내'가 제이스 바에 '일주일이나 오지 않았다'라는 여자아이의 말과 충돌하기 때문이라는 논리이다.

이는 흥미로운 가설이지만 여기서 살펴본 작품의 생성논리에서 보자면 쥐를 굳이 '다른 세상'에 사는 '유령'으로 설정할 필요는 없다. 단지 1960년대의 대화가 삽입됨으로써 시간 관련 정보에서 혼란이 일어난 것에 지나지 않는 것이다. 예를 들어 앞서 살펴본 바와 같이 제이스 바에서 이루어졌던 16장의 대화들은 1967년 여름의 일로 추정되므로 18장에서 여자아이가 한 말과 전혀 상충되지 않는다.

이와 같은 《바람의 노래를 들어라》 읽기는 필자의 자의적인 관점이 아니라 작가인 무라카미 하루키 자신이 이야기하고 있는 작품의 생성 과정과 맥을 같이하는 것이다. 하루키는 1994년 7월 프린스턴대학에서 열린 가와이 하야오와의 공개대담 자리에서 이 작품에 대해 다음과 같이 이야기하고 있다.

> 이 작품을 쓸 때 처음에는 ABCDE라는 식으로 순서대로 썼어요. 이른바 기존의 소설 형식을 따른 것이지요. 그런데 그렇게 써놓고 보니 뭐 하나 재미있는 구석이 없었습니다. 그래서 이것들을 섞어봤습니다. 즉 BCDAE, 예를 들면 이런 식으로 순서를 바꿔보는 것입니다. 그렇게 하니 재미가 생기더군요. 하지만 뭔가 여전히 무겁다고 생각했어요. 그래서 저는 예를 들면 D와 A를 빼버린 겁니다. 그렇게 해보니까 뭔가 특이한 모멘트라고 할까 움직임이 나오게 되더군요.

이 설명에 따르면 하루키는 이 소설을 쓰기 시작했을 때는 1969년 봄에 '내'가 쥐를 만나는 장면부터 1970년 여름 왼쪽 새끼손가락이 없는 여자아이와 헤어짐에 이르는 이야기 전개를 순서대로 진행해나갔던 것이다. 그러나 그것으로는 '뭐 하나 재미있는 구석'이 없었기 때문에 60년대 장면을 70년 여름 전개 부분에 삽입하는 형식으로 순서를 섞어버리고, 나아가 무거움을 없애기 위해 70년 여름 쥐와 관련된 몇 개 장을 누락시킴으로써 최종적으로 작품을 완성한 것이다.

다만 그렇게 보게 되면 16장의 앞 장인 15장에서 1970년 8월이라는 시간에 있는 '내'가 여자아이가 일하는 레코드가게에서 똑같은 베토벤 레코드를 구입하고 있다는 사실을 어떻게 설명할 것인가라는 문제가 있다. 여기서 생각해볼 수 있는 가설은 '내'가 1967년에 쥐에게 선물했던 레코드를 쥐가 분실했거나 손상을 입어서 1970년 여름에 다시 선물을 하려고 했다는 것이다. 그렇게 본다면 약간 부자연스럽기는 하지만 전후 내용과 정합성이 보장될 수 있다.

또 다른 해석으로 가토 노리히로의 논리와는 다른 의미에서 '내'가 '다른 세상'에 간 것이라 생각해볼 수 있다. 즉, 이날 '내'가 1970년에서 60년대라는 '다른 세상'으로 이동해서 거기서 쥐에게 레코드를 선물했다고 본다면 두 장이 연결될 수 있다. 무라카미는 소설 속에서 등장인물을 시간 이동시키는 경우가 왕왕 있는데 이 작품에서도 그 기법을 사용했을 가능성이 있는 것이다.

원래 이 작품은 소설 속 시간들의 순서를 섞어 바꿈으로써 성립된 것이므로 등장인물이 자신들이 사는 시간을 스스로 뒤섞고 있는 것도 그러한 서술방식의 연속선상에 있는 것이라고 볼 수 있다. 처음에 썼던 1960년대 장면을 뒤로 빼거나 누락시켜 편집함으로써 '나' 옆에 있는 쥐의 존재감을 경감시키는 효과를 가져올 수 있는 것이다.

그래서 쥐가 명백히 1970년 여름에 존재했다는 것을 확인할 수 있는 장이 보이지 않는 것이며, 덧붙여 귀경 시기라고 볼 수 있는 장면들에서도 '내'가 제이스 바에 갔을 때 쥐가 보이지 않는 경우가 많다. 예를 들어 9장은 새끼손가락이 없는 여자아이와의 대화가 있기 때문에 1970년 8월이라고 볼 수 있지만, 그녀가 화장실에서 쓰러진 날에도 '그 녀석은 없었다'라고 되어 있으며, 같은 달의 이야기로 보이는 다음 장에서도 제이스 바에 '쥐의 모습은 보이지 않았다'라고 되어 있다.

하루키와 소세키 – 그들만의 '포스트모던'

이러한 기법으로 쥐는 1970년 여름을 살면서도 그곳에 살지 않는 양면성을 가진 존재로 부상한다. 이는 앞서 살펴본 1960년대적인 이념이 잔존해 있으면서도 동시에 그것을 상실해가는 1970년이라는 해의 특징을 나타내는 절묘한 기법이라고 할 수 있다.

이러한 과도기적 전환기를 지나 다음 작품《1973년의 핀볼》에서는 이미 1960년대적인 이념을 거의 포기한 인물로 주인공 '내'가 설정되어 있다.

이 작품에서는 '내'가 쥐와 대화를 나누는 장면이 없어 이념적인 분신과 거리가 설정되어 있다. 또한 '내'가 24세가 되어 친구와 번역회사를 차린 후 나름의 성공을 거두고 있다는 점에서도 '포스트 60년대'라는 색채가 명확히 드러나는 작품이다.

그리고《1973년의 핀볼》과 다음 작품인《양을 둘러싼 모험》의 주제는 다양한 은유적 표상을 통해 쥐로 형상화된 1960년대적인 이념을 어떻게 묻어버리느냐 하는 문제였다.

특히 그러한 은유가 돋보이는 것이 《1973년의 핀볼》이다. 핀볼머신인 '스페이스십', '내'가 살고 있는 아파트에 있었던 '배전반', 나아가 마지막 삽화에서 '내'가 귀 안으로 밀어 넣어버려서 일시적인 난청상태가 되어버리는 '귓밥' 등은 모두 더 이상 현대와 맞지 않는 것이 되었거나 갈 곳을 잃어버린 것들의 은유이며, 그것들은 제거당하거나 매장되는 운명으로 그려지고 있다. 그리고 《양을 둘러싼 모험》에서는 결국 쥐가 스스로 목을 매고 자살하기에 이른다.

《1973년의 핀볼》 곳곳에 삽입된 제거하거나 장사를 지내는 삽화들은 모두 지나간 시대에 대한 집착을 끊어냄으로써 산문적인 '포스트 60년대'를 살아내기 위한 지혜의 표출이었다. 이 구도가 포스트모던의 한 전형을 이루는 것은 말할 것도 없으며, 이로써 무라카미 하루키는 1970년대 이후 포스트모던 사회를 사는 문제성을 끊임없이 탐색하는 대표 작가로서 활동을 이어나가게 된다.

포스트모던이란 그야말로 '모던'의 '포스트=이후'에 오는 시대 혹은 현상이라는 의미이다. 따라서 '모던'을 어떻게 파악하느냐에 따라 당연히 '포스트'의 모습도 달라진다.

예를 들어 《역사의 종언》(1992)의 저자 프란시스 후쿠야마는 본인이 이 용어를 사용한 것은 아니지만 사회주의 혁명의 환상이 희미해져가는 한편 자유민주주의와 글로벌 자본주의가 확장되어간 1970년대 후반 이후를 포스트모던 사회에 해당하는 것으로 보고 있다.

또 문화적 차원에서는 린다 허천Linda Hutcheon이 《포스트모더니즘의 이론과 전략》(1989)에서 언급하고 있는 것처럼 독자적인 개성의 표현이 아니라 선행 작품을 전략적으로 끌어들이는 현대예술의 패러디도 명백히 포스트모던적이다.

그리고 이들 시각의 저변을 관통하고 있는 어떤 명확한 가치를 지닌 보편적 흐름에 대해 주로 과학적 담론의 변전의 대상으로서 것은 장 프랑소와 리오타르Jean-François Lyotard의 '거대담론'이다. 그는 《포스트모던의 조건》(1979)에서 어떤 명확한 가치를 가진 보편적 흐름을 주로 과학적 담론의 대상으로서 '거대담론'으로 규정한다. 그 '거대담론'이 종언을 고하거나 약화될 때를 현대적 포스트모던 사회로 보았다.

이러한 '거대담론' 내지 '메타서사'의 종언이라는 시각은 현대에서도 포스트모던 사회를 설명할 때 매우 유효하며, 그것을 부연함으로써 20세기 후반 이후 시대로 한정되지 않는 포스트모던의 편재성을 부각시키는 힘을 갖는다.

보편적 가치로 사람들을 끌어안는 '거대담론'과 그 종언은 20세기 후반 이전 시대에서도 반복적으로 일어나고 있었다. 그리고 이러한 지평에서 무라카미 하루키와 나쓰메 소세키라는 근대 일본을 대표하는 두 작가를 서로 마주하게 할 수 있는 것이다.

1960년대 후반의 반체제, 반권력 담론이 거대 흐름으로 청년들을 끌어안았듯이 소세키가 살았던 시대에는 국운을 걸고 싸웠던 러일전쟁이라는 '거대담론'이 사람들을 움직였다. 규모의 차이는 있을지언정 그것들이 당시 사람들을 끌어들일 만한 담론이었다는 것은 사실이다. 그 거대한 흐름 속에 살면서 점차 그로부터 이탈되어간 '감각으로서의 포스트모던'의 문제성을 소세키와 하루키 양자에게 공통적으로 찾아볼 수 있다.

물론 두 작가가 그러한 '담론'에 거리를 두는 방식은 서로 다르다. 무라카미 하루키가 60년대라는 모던담론이 종언을 고하고 시대적 전환기가 명료해진 시점에 창작활동을 시작한 것과는 달리, 소세키는 제국주의적 확장이라는 모던담론이 종식되기를 소망하지만 그것이 쉽게 이루어지지 않는 어려움이 창작활동의 동기가 되었다.

바꾸어 말하면 하루키에게 모던은 잃어버린 시간 속에서 향수를 찾아가는 담론인 것에 반해 소세키에게 모던은 오히려 극복해야 할 비판의 대상이었다. 하지만 어느 쪽이든 이러한 모던담론은 광범위하게 국민감정을 고양시킨 계기가 되었고, 그 행방을 모티브로 한 작품을 발표함으로써 두 사람은 '국민작가'가 된 것이다.

2

'거대담론' 그 이후

피지배자의 모습을 그리다

소세키와 하루키는 각각 '거대담론'으로서 러일전쟁과 1960년대 후반을 뜨겁게 달구었던 반체제운동이 끝난 이후 시대를 창작의 축으로 둔 작가이다.

러일전쟁이 끝난 뒤에도 일본은 아시아 국가들에 대한 제국주의적 침략을 멈추지 않았고, 결국 1910년 한국 강제병합에까지 이른다. 그 상황을 찍어내듯 동시기에 쓰인 소세키의 《그리고 나서》와 《문》에는 주인공이 '남의 것'인 여성을 빼앗는 행위가 그려진다.

한편 하루키는 정보사회의 발전을 1970년대 이후의 시대조류로 파악하고 있다. 초기 3부작에는 이러한 하루키의 시각이 녹아 있다. 《양을 둘러싼 모험》에서는 정보화사회에서 자신도 모르는 사이에 주체성을 갈취당하는 인간군상이 그려져 있다.

소세키

3장 '개인주의'와 한일합병에 대한 반감

그리고 나서

문

수동적인 주인공들

나쓰메 소세키의 작품 속 중심 인물들은 수동성과 능동성이 혼재된 가운데 상호순환적 관계를 형성하고 있는 것이 특징이다. 대표적인 예로 《도련님》의 주인공을 꼽을 수 있다. 도련님을 상징하는 과감하고 무모한 행동들은 거의 외부세계에서 오는 작용에 대한 반사적 대응에서 비롯된 것이다.

특히 작품 초반에서 밝혀지는 유소년기의 이야기들은 그의 성향을 단적으로 말해준다. 학교건물 2층에서 머리를 내밀어 보는데 '그렇게 잘난 척해도 거기서 뛰어내릴 용기는 없겠지'라며 놀리는 친구들 말에 충동적으로 2층에서 뛰어내려 다친다거나, 친척한테 받은 나이프를 친구에게 보여줬는데 친구가 '빛은 나는데 칼날이 무뎌 보이는데?'라고 하자 스스로 '엄지손가락을 비스듬히 베어'버려 '죽을 때까지 지워지지' 않을 상처를 남기기도 한다. 주인공의 이러한 행동들은 남에게 무시당하고 싶지 않다는 주체성의 발로라는 측면과 함께, 외부로부터 받은 작용에 대한 즉각적인 반응이라는 점에서 지극히 수동적인 행동이기도 하다.

이뿐 아니라 시코쿠 지방 중학교에 교사로 부임한 이후의 행동들도 대부분 깊은 생각 없이 상황에 이끌려 한 것이다. 그가 숙직이었던 밤에 누군가 메뚜기를 이불 속에 집어넣었을 때도 주모자로 동료인 야마아라시를 지목한 것은 교감인 빨간셔츠가 낚시 장면에서 속삭였던 말을 그대로 믿어버린 결과였다.

또한《마음》(1914) 하권에서도 같은 특징을 볼 수 있다. 주인공 '선생'이 학창시절 기거하던 하숙집 '아가씨'를 놓고 친구인 K와 경쟁관계에 있을 때 자신이 선수를 쳐서 '아가씨'의 모친에게 결혼 승낙을 받았던 일, 또 그 사실을 안 K가 절망에 빠져 자살해버리는 경위를 들여다보면 선생은 결코 '아가씨'에 대한 깊은 사랑을 실현하기 위해 그런 행동을 한 것이 아니었다.

제5장에서 상세하게 언급하겠지만 그는 K가 '아가씨'를 진심으로 사랑하고 있음을 알게 되면서 그녀를 뺏기지 말아야겠다는 위기감에 K를 제쳐놓고 먼저 청혼을 함으로써 그녀를 얻은 것이었다. 이 행동 역시 K라는 외적 존재의 작용으로 발생된 수동적인 반응이라고 볼 수 있다.

이와 같이 내면의 감정과 외적인 상황을 서로 순환시키면서 등장인물들의 행동을 움직여가는 이야기 구성방식은《그리고 나서》의 다이스케에게도 뚜렷이 적용되고 있다.

주인공 다이스케는 사랑했던 미치요를 친구인 히라오카에게 중매를 선다. 그로부터 3년이라는 세월이 지나 미치요와 재회하면서 다이스케는 그녀에 대한 애욕을 다시 불태우고 종국에는 가문과 친구를 배신하고 미치요를 빼앗아버린다.

이때 중요한 것은 그가 미치요와 관계를 회복시키고자 했던 선택의 배경에 그의 아버지가 자산가의 딸과 결혼시키려고 했던 외적 상황이 작용하고 있다는 점이다. 다이스케는 그러한 상황에서 도망치기 위해서라도 다른 여성을 자신의 결혼 상대로 만들어야 했다. 그러한 흐름 속에서 미치요에 대한 감정을 스스로 인식하게 된 것이다. 만약 아버지가 정략결혼을 강요하지 않았다면 다이스케가 미치요를 히라오카에게서 빼앗아오는 일은 없었을 가능성이 크다.

여기서 주목해야 할 점은 소세키의 대표작으로 평가되는 《도련님》, 《그리고 나서》, 《마음》 세 작품 모두 주체성 내지 능동성과 수동성이 순환되며 그려지고 있다는 점과 이러한 구성요소가 소세키 문학의 중심 위치를 차지하고 있다는 점이다.

아울러 소세키의 다른 작품에서 보이는 주인공들도 이러한 수동성을 내면에 간직하고 있다.

《산시로》(1908)의 산시로, 《문》(1915)의 소스케, 그리고 소세키 자신의 모습이 투영된 《미치쿠사》(1915)의 겐조까지 모두 전형적인 수동형 인물들이다.

산시로는 먼 시골 구마모토에서 상경하여 제국대학에 입학하지만 학업과 이성관계 모든 면에서 늘 주변에 휩쓸려 살고 있는 인물이다. 하급 관리인 소스케 또한 주6일 근무하는 공무원 생활에 피폐해진 마음을 오로지 일요일의 한가로움에서만 위로받는 인물이다. 겐조도 예외가 아니다. 돈을 빌려달라는 의붓아버지의 접근을 적극적으로 차단하지 못해 끌려다닌다는 점에서 그 역시 수동적 인물이다.

수동성의 문맥

소세키 작품에 등장하는 주인공들에게 대부분 이러한 수동성이 깊이 내재되어 있는 배경으로 크게 두 가지 문맥을 상정해볼 수 있다. 하나는 동시대의 철학이나 심리학에 심취하면서 소세키 내면에 배양된 인간 행동에 대한 인식이며, 또 하나는 메이지유신 이후 걸어온 근대 일본의 족적에 대한 비판적 시각이다.

전자에 대해서는 《문학론》이나 그 바탕이 된 《문학론 노트》를 통해 소세키의 인식을 엿볼 수 있다. 그중에서도 소설작품 속 등장인물들 간의 행동관계를 생각할 때, 인간이 외부의 작용을 하나의 '암시'로 받아들여 그 암시에 따라 'F'로 표현되는 관념적 초점으로 변화시키는 인과성을 중시한다.

소세키의 《문학론》에 따르면 인간 f가 변화해서 'F'로 이행할 때는 외부의 자극과 정보인 'S'의 작용이 필요하며, 또 S는 '뇌의 반응상태'인 C(의식)에 대해 직접적으로 작용한다는 것이다. 즉, 외부세계인 S가 C에 작용하지 않는 한 F는 명확해지지 않으며, S를 받아들이는 존재인 인간은 어쩔 수 없이 수동성 속에서 살아가게 된다는 것이다.

소세키의 작품에서 자주 등장하는 수동적인 인물들 역시 이러한 소세키의 인간관과 상통한다. 《마음》의 선생에게는 K라는 외적 존재뿐 아니라 인간에게 작용하는 시대상황 또한 S의 하나임에 틀림없다.

《그리고 나서》의 다이스케도 적절한 예가 될 수 있다. 다이스케가 소설 속 시간의 3년 전인 1906년에 미치요를 히라오카에게 중매를 서고 심지어 그것을 '빛나는 명예'로 받아들이고 있는 것은 기묘한 상황으로 보인다. 아마 그 시점의 다이스케는 뭔가 흥분된 기분에 사로잡혀 희생적인 자신의 행위를 하나의 '명예'로 받아들인 것으로 보인다.

그리고 그토록 다이스케의 기분을 들뜨게 했던 것은, 제1장에서 인용했던 다야마 가타이의 《도쿄의 30년》에서 '사회는 전쟁에 승리함으로써 그 영향으로 모든 것이 생동감 있게 활력에 넘쳐 있었다'라고 표현했던 메이지 29년의 시대적 분위기였을 것이다. 그러나 그것은 결코 다이스케가 자각한 행동이 아니었기 때문에 승리의 여운이 사라져버린 3년 뒤 현재에서는 그 의미가 이미 상실되어 '왜 미치요를 양보했는가라는 소리'를 들어야만 했던 것이다.

이렇게 유형무형으로 S를 수용함으로써 인간은 행동을 변화시켜가는 것이며, 다이스케가 그랬듯이 때때로 주체가 자각하지 못하는 차원에서 그것이 작용한다는 점에서 인간은 수동성을 거부할 수 없는 존재로 살아가게 된다. 물론 작가 자신은 외부세계의 사상이나 시대적 분위기를 S로 수용하면서 작품을 쓰기 때문에 그런 점에서 소세키는 지극히 의식적인 작가였다.

그리고 소세키의 작품세계에서 수동성을 갖고 움직이는 인물이 다수 등장하는 또 하나의 문맥은 소세키가 살았던 메이지유신 이후의 일본 자체가 서양 각국을 모방하고 추종하는 수동성을 갖고 있었기 때문이다.

도련님과 같은 전형적인 소세키의 주인공들은 대부분 정도의 차이는 있을지언정 동시대 일본에 대한 풍자이자 은유이다. 아울러 그들에게는 메이지유신 이래 서양의 모방을 통해 이루어진 일본의 근대화 과정이 투영되어 있었기 때문에 그들은 수동적 존재로 조형될 수밖에 없었다.

잘 알려진 바와 같이 소세키는 '현대 일본의 개화'(1911)라는 강연회에서 일본의 근대화 과정에 대해 '우리가 이룬 근대화는 내부로부터가 아닌 외부로부터 이루어진 것이다. 이것을 한마디로 말하자면 현대 일본의 개화는 결국 수박 겉핥기식 개화에 지나지 않는다'라고 말했다.

도련님이 보여주는 일견 과감한 행동들도, 혹은 '아가씨'를 얻기 위한 선생의 행동도 모두 '외부로부터'인 성격이 짙은 것이었다. 이는 결코 우연이 아니다. 소세키에게는 개인의 문제와 국가와 사회의 문제가 늘 하나로 연결되어 있었기 때문에 양자 간에 연관관계가 생기는 것이다.

이러한 착상은《문학론》에서도 명료하게 나타난다. 앞서 언급한 바와 같이《문학론》에 보이는 F는 'F+f' 수식에서 관념적 초점으로 정의되어 있지만, 점차 집합적 관심으로 정의되는 경우가 많아지면서 같은 항목 안에서 개인과 사회 양자에 연쇄적으로 쓰이는 일도 적지 않다.

제1부 제1장에서 살펴본 '문학적 내용의 형식'에서는 F의 구체적인 사례로 '완구인형'이나 '연애', '금전'과 같은 개인적 관심사와 '양이, 좌

막, 근왕'과 같은 당시의 사회적 관심이 하나로 연결되어 설정되어 있다. '암시'에 의한 F의 추이를 논한 제5부 제5장의 '원칙의 응용(3)'에서도 '남녀의 사랑'이라는 개인적 사상事象을 '프랑스혁명'이라는 국가적 사건이 각각 격변의 밑씨를 서서히 키워간 것과 거의 같은 차원에서 언급하고 있다.

개인과 국가의 연대성

이렇게 개인과 국가를 연결시키고자 하는 착상은 소세키뿐 아니라 메이지 지식인들에게서 보편적으로 볼 수 있다.

후쿠자와 유키치[27)]가 전형적인 경우이며, 그의 저서《학문의 권유》學問のすすめ(1872~76)에서 강조하는 '일신 독립하여 일국 독립한다'라는 명제는 그야말로 자립적 정신의 주체인 개인이 모임으로써 비로소 국가의 진정한 독립이 실현된다는 사상의 표출이었다.

또한 러일전쟁 당시 비전론非戰論 입장을 고수한 기독교 사상가 우치무라 간조[28)]도 '두 개의 J'(Jesus와 Japan)라는 이념을 표명하며 기독교인

27) 福澤諭吉. 일본의 계몽가이자 교육가로, 에도에 네덜란드 어학교인 난학숙(蘭學塾)을 열었고, 메이로쿠사(明六社)를 창설한 후 동인으로 활약하며 실학과 부국강병을 강조하여 자본주의 발달의 사상적 근거를 마련하였다.

28) 內村鑑三. 일본 메이지 · 다이쇼시대의 그리스도교 대표 지도자. 무교회주의 그리스도교 사상가를 배출하여 현대 일본문화에 큰 영향을 끼쳤다. 김교신, 함석헌을 통하여 한국에도 영향력을 미쳤다.

과 나라를 사랑하는 사람을 동시에 연결시키고자 했다.

주인공과 동시대 일본을 중첩시켜 표현하고자 한 소세키의 착상도 이러한 맥락에서 이해할 수 있다. 특히 《그리고 나서》와 《마음》의 주인공들이 보여주는 수동성과 능동성이 결합된 행동들은 근대 일본이 서양문화를 수용하는 과정에서 근대화의 윤곽을 선명하게 만들어간 경위와 맞아떨어지며 동시대 일본과 외국의 관계를 보여주는 구체적인 표상이다.

개국 이래 서구 열강의 위협 속에서 일본은 스스로 제국주의 국가가 되는 길을 선택함으로써 식민지화라는 위기를 회피할 수 있었으며, 이는 메이지시대 일본의 수동성과 능동성이 단적으로 결합된 결과였다.

특히 에도시대 말기부터 존재했던 러시아의 위협에 대처하기 위해 일본은 한국과 만주를 식민지화함으로써 러시아의 남하를 저지하는 전략을 취했다. 청일전쟁 때에는 청국에 종속되는 것을 피하기 위한 명목으로 한반도를 군사적 거점으로 확보하고자 했고, 러일전쟁 때에는 기존 노선을 계승하는 방식으로 러시아의 만주 진출을 직접적으로 저지하고자 했으며, 러일전쟁 후에는 '대한제국'이 된 조선의 식민지화에 박차를 가했다.

이렇게 러일전쟁이라는 '거대담론'이 종언을 고하고 불경기가 심화되어 국가와 개인의 동일화 의식이 약화되어가는 '포스트모던'적인 상황에서도 제국주의적 확장이라는 '모던'적 담론은 고갈되는 일 없이 진행되어갔다.

이시카와 다쿠보쿠[29]는 1910년 8월, 당시 일본 청년층이 미래에 대한 전망을 갖기 어려웠던 시대상황을 그의 저서《시대 폐쇄적 상황》에서 이야기하고 있다. 그는 '오늘날 우리 청년들이 내홍적이고 자멸적인 경향을 띠고 있는 것은 이상을 상실한 슬픈 상황을 명료하게 드러내고 있다. 이는 그야말로 시대 폐쇄적 결과인 것이다'라고 규정하고 있다. 이 저서가 집필된 1910년 8월에 한일합병조약이 체결되어 바야흐로 일본은 제국주의적 확장에 박차를 가한다.

러일전쟁이 끝난 이후 일본은 국가적 차원에서는 끊임없는 확장적 담론을 유지하고 민중 차원에서는 담론의 상실과 폐쇄감이 심화되는 이중성을 띠고 있었다.

이를 소세키의 작품세계에 적용해보면 전자의 국가적 담론이라는 바탕 위에 후자의 개인적 담론을 그리고 있다고 볼 수 있다. 무라카미 하루키가 반체제 · 반권력으로 상징되는 1960년대 후반의 모던담론에 친근감을 갖고 있었던 것에 반해, 소세키는 메이지시대의 모던담론에 회의적이자 비판적인 시선을 보내왔다.《도련님》의 말미에서 보듯이 소세키는 모던담론에서 탈피하는 것을 소망하였다. 이에 반해 현실에서 모던담론에서 포스트모던으로 변화되는 상황은 끝내 찾아오지 않았다.

---

29) 石川啄木. 가인(歌人), 시인, 평론가. 사회주의사상을 추구했으며 청년 계몽을 위해 노력하기도 했다. 1910년에 처녀가집《한 줌의 모래》를 간행하여 가단의 주목을 끌었다. 특히 사후에 간행된 가집《슬픈 완구》(1912)의 비평정신을 매개로 한 '생활의 노래'는 이후의 가단에 많은 영향을 주었다.

일본이 러일전쟁 이후 한일합병에 이르는 과정을 살펴보면, 우선 1905년 11월에 체결된 제2차 한일협약(을사늑약)으로 일본정부의 중개를 거치지 않고 타국과 국제조약을 맺을 수 없다는 조항이 명시됨에 따라 자주적 외교권을 상실한다. 또 이 조약에 따라 한국은 같은 해 12월에 조선총독부가 설치되고 이토 히로부미가 통감으로 취임하면서 한국을 '식민지화'하려는 일본의 방침은 더욱 강화되었다. 1907년 7월에 체결된 제3차 한일협약에서는 한국에 대한 일본의 지배권이 한층 더 확대되어 한국은 외교와 내정 양면에 걸쳐 자율성을 박탈당하게 되었다.

한국의 식민지화는 그 후에도 가속화되어갔다.《그리고 나서》가 탈고되기 한 달 전인 1909년 7월에 일본은 한일합병의 대방침을 결정했고, 결국 한국은 사법 및 감옥사무 위탁에 관한 각서에 조인함으로써 주체적 사법권까지 약탈당했다.

두 달 전 합병에 소극적이었던 이토 히로부미의 조선통감 사임결정은 일본이 기존의 보호국화에서 합병으로 방향을 튼 것을 의미한다.《문》이 발표된 이듬해인 1910년 초반 일본은 러시아와 영국에게 한일합병에 대한 합의를 이끌어냄으로써 국제사회에서 한일합병을 기정사실화하고자 했다. 그리고 같은 해 5월에 육군대신 데라우치 마사타케寺內正毅가 겸임으로 통감부 통감에 취임한 후 8월 22일 합병 조인에 이르게 된다.

《그리고 나서》, 《문》 속의 일본과 한국

한일 강제합병은 러일전쟁이 끝난 이후에 대두된 중심적 F(집합적 관심)이다. 따라서 《나는 고양이로소이다》와 《도련님》에서 러일전쟁을 표상화한 것처럼, F의 핵심인 외부세계의 '진실'을 파악하는 것도 '창작자'로서 먼저 해야 할 책무라고 생각했던 소세키가 당시 집필 중이던 작품의 소재로 한일합병이라는 거대담론을 담아내지 않을 이유가 없었다.

특히 《그리고 나서》와 《문》은 그야말로 한일합병이 강력히 추진되고 있던 시기에 쓰인 작품이어서 더욱 명료하게 F가 그 모습을 드러내고 있다.

이 두 작품은 공통적으로 친구의 아내나 동거하고 있는 여성을 빼앗는 행위와 그 귀추에 관한 내용을 그리고 있다. 《그리고 나서》에서 다이스케는 친구 히라오카의 아내가 된 미치요와의 관계에 다시 불을 지펴 종국에는 그녀를 히라오카 품에서 빼앗아오기에 이른다. 후일담적인 성격을 띠고 있는 《문》에서는 친구 야스이의 동거녀였던 오요네를 빼앗은 소스케가 하급관리로서 절벽 아래 집에서 궁핍한 생활을 보내고 있는 남자로 등장한다.

소세키의 작품들에서 이와 같이 긴밀한 상호 연속성을 통해 이야기가 연결되는 것은 이 두 작품 사이에서만 보이는 현상이다. 이러한 연결성은 무엇보다 같은 시기에 F가 진행 중에 있었던 한일합병이라는 상황과 맞물려 있다. 무엇보다 두 작품의 주인공이 다른 남자의 아내 혹은 동거녀를 빼앗는다는 이야기 전개 자체가 한국이라는 '남의 나라'를 빼앗아 자국에 예속시키려는 일본의 모습과 전혀 다를 바가 없다.

《도련님》에서 러시아, 프랑스 그리고 독일의 삼국간섭으로 청나라에 반환할 수밖에 없었던 요동반도의 환유로서 '마돈나'가 등장하는 것처럼, 앞서 언급한 두 작품에서 주인공에게 빼앗겨버린 미치요와 오요네라는 두 여성 또한 한국에 대한 은유로 읽을 수 있다.

실제로 뒤의 그림에서 볼 수 있듯이 당시 일본 잡지들은 남녀의 결혼에 빗댄 그림을 통해 한일합병을 표현했다. 당시 이러한 그림은 잡지에 반복적으로 게재했는데, 위의 그림은 합병 조인 이전에 게제되었던 것이다. 한일합병을 내연관계에 있던 남녀가 호적신고가 아닌 '국적신고'를 하는 것에 비유하면서 한국의 자율성이 이미 상실된 상황을 보여준다.

또 조인 후에 게재되었던 아래 그림은 한일합병 이후 상황을 '결혼 당시'에 비유한 것이다. 이 그림에는 일본인 남성이 한복을 입은 여성의 손톱을 깎아주는 모습이 그려져 있으며, 그림에는 두 사람에게 보이는 친밀감이 곧 '할퀴지 않기 위한 준비'라는 조롱하는 듯한 설명이 달려 있다. 여기서 '할퀴지 않기 위한 준비'란 즉, 한국 민중들의 저항운동에 대한 우려를 시사하고 있는 것이다.

이와 같은 비유적 표상이 소세키의 작품에서도 그대로 표출되어 있는 것을 볼 수 있다. 이는 결코 소세키의 상상력이 통속적이라는 것을 의미하는 것이 아니다. 오히려 세간에서 통용되는 감각을 소세키가 공유하고 있었다는 반증이며, 이를 모티브로 했다는 사실이 소세키를 '국민작가' 반열에 오르게 한 이유이다.

미치요와 오요네가 한국에 대한 은유라는 것은 여인의 작명에서도 명백히 드러난다. 미치요라는 이름의 한자 '三千代'를 보면 '三'이 '三國', '三韓'이라는 한국의 옛 이름을 연상시키고 있으며, '三千'이라는 한자는 오랜 세월 한국의 국토를 의미하는 말로 사용되어온 '三千里'를 상기시킨다.

또 오요네御米라는 이름도 마찬가지이다. 소세키가 1909년에 만주와 한국을 여행하고 남긴 일기에 수수밭이 펼쳐지는 만주에서 한국으로 들어갔을 때 '처음으로 논을 보다. 안동쌀은 조선미朝鮮米이다. 순백의 안동쌀은 히고(肥後: 현재의 구마모토현) 지방 쌀과 비슷하다'(9월 27일), '벼가 영글다'(10월 5일)라는 기술이 있는 것으로 보아, 한국의 '쌀'에 강렬한 인상을 가졌던 경험이 오요네의 이름에 반영된 것으로 볼 수 있다.

따라서 주인공의 아내 혹은 동거녀를 빼앗기는 입장인 히라오카와 야스이 같은 남자들은 의병 궐기를 통한 항쟁운동을 일으켰으나 결국에는 나라를 빼앗기고 마는 한국 민중을 상징하는 존재라는 얘기가 된다.

다른 주인공들에 비해 특히 이러한 문맥 속에서 등장하는 인물이 바

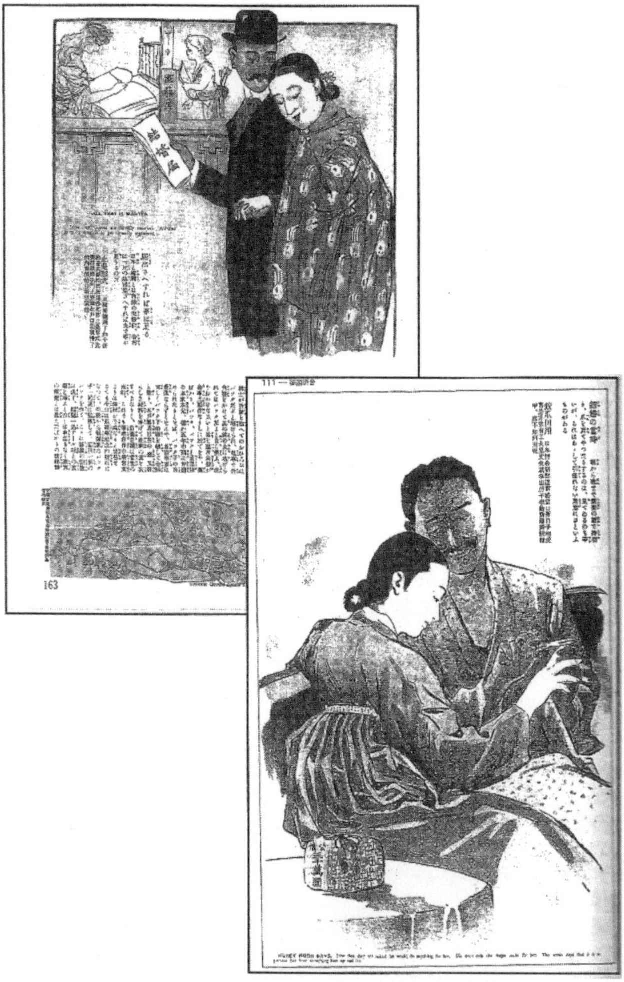

한일합병 당시 일본 잡지의 그림이다. 일본과 한국의 관계가 남녀관계로 비유되고 있다. 물론 여기서 남자는 일본, 여자는 한국을 상징한다.

로 야스이安井이다. 이 야스이라는 이름 중 '安'이라는 한자는《문》이 발표되기 한 해 전인 1909년 10월 26일, 하얼빈에서 이토 히로부미를 암살한 안중근을 상기시키기에 충분하다. 실제로 야스이는 오요네를 빼앗긴 후 중국대륙으로 건너간 인물로 설정되어 있어 식민지와 연관관계를 여실히 보여주고 있다.

또한 이름 한자에서 '종주국'이라는 의미를 풍기는 소스케宗助는 야스이가 일본으로 돌아온다는 정보를 집주인에게 전해들은 후 공황상태가 되어 가마쿠라로 참선을 하러 가는데, 이러한 이야기 전개는 야스이의 기호성을 여실히 보여준다. 즉, 소스케가 소세키 작품의 다른 주인공들과 같이 메이지 일본의 표상이라면, 그것을 위협하는 인물을 상징하는 야스이에게 공포를 느끼지 않을 수 없기 때문이다.

작가는 이토 히로부미 암살사건을 제3장이라는 매우 이른 단계에서 등장인물 간의 이야기로 등장시킴으로써 이 사건을 염두에 두고 작품을 썼음을 명시하고 있다.

여기서 매우 흥미로운 것은 소스케가 오요네에게 이토 암살의 의미에 대해 '이토 히로부미는 암살을 당했기 때문에 역사적 위인이 될 수 있었던 거야'라고 이야기하는 장면을 통해 작가 자신의 생각을 미래에서 현재를 바라보는 시각으로 제시하고 있다는 점이다. 이에 대해 같이 사는 동생인 고로쿠가 '아무튼 만주니 하얼빈이니 하는 곳은 위험한 곳이야. 내가 보기엔 왠지 상당히 위험해 보여'라는 말을 하고 있다. 여기서 '위험함'이란 그야말로 '만주니 하얼빈이니 하는 위험한 곳'에 부임한 야스이가 일본으로 귀국한다는 정보가 소스케에게 영향을 미치고 있었기 때문일 것이다.

동화되지 못한 조선

《문》을 발표하고 2년 후에 쓰인 《행인》(1912~13)에서는 주인공인 이치로가 아내 오나오와 지로라는 남자의 관계를 의심하는데, 여기서 지로는 친구가 아닌 '동생'으로 설정되어 있다. 이러한 설정도 《그리고 나서》 이후 소세키 작품에 등장하는 주인공과 여성들의 관계가 당시 한일관계를 그대로 보여주는 측면이 있다는 사실을 염두에 두면 이해가 쉬워진다. 즉, 이 시점에서 한국은 이미 일본의 식민지로서 '조선'이라 불리고 있었기 때문에 근대 일본의 은유인 주인공들에게 한국은 적어도 표면적으로는 '타자'가 아니었던 것이다.

합병 이후 오쿠마 시게노부[30]가 '한국인도 동화되어 일본인이 될 수 있을 것이라 믿고 있다'('조선인에게 일본은 어떤 방식으로 일본 혼을 불어넣을 것인가', 《실업의 일본》, 1910. 9)라고 밝히고 있듯이, 일본은 한국의 문화적 독자성을 말살하고 일본문화에 동화시키려는 정책을 강

30) 大隈重信. 근대 일본의 토대를 마련하고, 와세다대학의 전신인 도쿄전문학교를 설립한 일본의 정치가. 입헌개진당(立憲改進黨)을 조직하여 민권운동을 추진하였고, 두 차례에 걸쳐 내각총리대신을 역임하였다.

화해나갔다.

그리고 '일본인은 조선인을 사랑하는 남동생처럼, 조선인은 일본인을 경애하는 형처럼 대하면 되는 것이다'(고마쓰小松三保松, '다이쇼의 신세대를 맞이하는 잡감',《조선 및 만주》, 1912. 1)라는 기술처럼 일본인과 한국인을 '형제'에 비유하는 표현도 흔하게 볼 수 있다. 이 경우 항상 일본이 '형'이고 한국이 '동생'으로 비유된다는 것은 말할 나위도 없다.

따라서 이치로가 동생과 아내의 관계를 의심하는 이야기 전개는 합병으로 일본의 일부가 된 한국이 오히려 그로 인해 일본과 동화될 수 없는 타자성과 한민족의 귀속성을 강화해가는 상황을 시사한다.

실제로 합병 전후에 한국으로 건너간 대부분의 일본인은 문화적 차이에 대한 강한 위화감을 드러냈다. 그러한 감정은 대부분 부정적인 감정이었는데, 위생관념과 노동 의욕의 결여, 무뚝뚝한 태도 등이 오랜 세월 관료나 양반들에게 착취당한 결과일 것이라 추정하며 대부분 공통적인 소감을 술회하고 있다.

이치로가 오나오에게 느끼는 심적 거리감은 '자국민'이 됨으로써 새롭게 부상한 한국인의 타자성을 상징하는 것이며, 그러한 한국인에 대한 이미지와 오나오의 인물 조형도 닮아 있는 것을 볼 수 있다.

예를 들어 '애교가 부족한 것은 한국 여인이 보이는 공통적인 폐단'(구도愚堂, '내가 처음 본 조선',《조선》, 1911. 3)이라는 표현처럼 소설 속 오나오도 '태생이 애교가 없는' 여성으로 그려지고 있다.

또 오나오는 이치로가 '한 번 때려도 그냥 맞고 있다. 두 번 때려도 그렇다. 세 번째는 저항을 하려니 생각했지만 역시나 저항하지 않았다'라고 말할 만큼 반항심 없는 태도를 보이지만, 그 속마음을 도저히 읽을 수가 없어 이치로는 오나오에게 의심을 품는다. 이러한 오나오의 성격은 '조선인은 적개심이 적고 반항심이 약한 것치고는 순종적이지 않은 기질을 가지고 있다'(고마쓰, '합병의 목적은 동화에 있으며 동화되지 않는다면 피차 친선융화하지 말아야 한다',《조선》, 1911. 9)와 같은 기술에서 보이는 조선인의 인상과 중복된다.

이치로가 지로에게 '내가 영혼도, 이른바 스피릿도 없는 여자와 결혼했다는 사실만큼은 확실하다'라고 말한 것은 합병 후의 한일관계를 일본의 입장에서 표현한 것이라 할 수 있다.

한편 거만하고 괴팍한 학자이면서 필요 이상의 의구심을 품으며 자신의 현재 모습에 안주하지 못한 채 고통의 나날을 보내고 있는 이치로는 '외부로부터'의 개화 끝에 피폐해져가는 일본인을 상징한다. 이는 소세키가 '현대 일본의 개화'라는 강연에서 메이지유신 이후 숨 쉴 틈 없이 서양을 추종해온 일본인이 '지금에 이르러 숨을 헐떡이며 길바닥에서 신음하는 것은 필연적 결과이며 당연히 나타나기에 마땅한 현상일 것입니다'라고 말한 것을 보더라도 명백히 알 수 있다.

또한 이 작품에서는 근대 일본의 병폐를 주인공에 의탁하여 그리고자 했던 작가의 의도가 다분히 노골적으로 드러나 있어 그만큼 소세키의 창작기법을 선명히 보여준다. 그리고 지로와 오나오를 경멸하는 이치로의 거만한 눈빛은 다름 아닌 '동양 최고'의 대국이 된 일본인의 마음에 아로새겨진 아시아 국가들에 대한 우월의식을 비추고 있는 것이다.

'K'의 정체는 무엇인가?

소세키의 작품 속에 내재된 한국(조선)의 표상들을 이해한다면《행인》다음에 쓰인《마음》의 등장인물 'K'에 Korea 혹은 Korean의 함의가 담겨 있음을 눈치챌 수 있을 것이다.

《문》에서 소스케를 위협하는 상대가 대륙에서 귀환하는 야스이였듯이, K 또한 선생을 위협하는 존재이며 선생은 그 위협에 대항하기 위해 '아가씨'를 둘러싼 K와의 경쟁에서 어떻게 하면 선수를 쳐서 아가씨를 얻을 수 있을까 궁리하며 애를 태운다.

선생 소개로 같은 하숙집에 살게 된 K는 원래부터 학문이 깊어 선생과는 상대가 안 되는 수준이었다는 점에서도 충분히 위협적인 존재였다. 하지만 이성에 전혀 관심이 없을 것이라 생각했던 K가 하숙집 '아가씨'를 연모하고 있다고 털어놓음으로써 선생에게 더 큰 위협으로 다가온다. 게다가 K는 하숙방에서 아가씨를 빼앗긴 절망에 스스로 목숨을 끊는다. 그의 자살은 선생에게 큰 충격을 주었고, 그리하여 K는 죽어서까지 그를 옭아매어 선생으로 하여금 매달 묘지를 찾게 만든다. 이러한 위협적 존재의 계보를 염두에 둔다면 K의 인물 조형 기점에 메이지 일본을 대표하는 정치가를 암살한 인물이 떠오를 수밖에 없을 것이다.

또한 여기서 흥미로운 것은 《마음》 상권에서 K가 '외국인'으로서 기호성을 갖는다는 것을 시사하고 있다는 점이다. 선생은 매달 K의 기일에 성묘를 하는데 조시가야 묘지에서 '나'를 만난 선생이 '나'와 함께 다양한 국적의 묘비 사이를 지나가는 장면이 있다.

> 선생님과 나는 큰 길로 나가기 위해 묘지 사이를 걸어 나왔다. 이자베라 아무개의 묘라든가 종복 론긴의 묘라는 묘비 옆에 일체중생실불성이라 쓰인 팻말 같은 것이 세워져 있었다. 전권공사 아무개라고 쓰여 있는 것도 있었다. 나는 安得烈이라고 새겨진 작은 묘 앞에서 "이 이름은 뭐라고 읽는 걸까요?"라고 선생님한테 물었다. 선생님은 "앙드레쯤으로 읽는 게 아닐까 싶네요"라며 쓴웃음을 지었다.

조시가야 묘지는 아오야마와 소메이, 야나카 묘지와 함께 1876년에 조성된 도쿄부 관할 공공묘지로 대부분 일본인이 안치되었으며, 소세키를 포함한 저명인들의 묘도 많았다. 작품에서 선생과 '내'가 외국인 묘가 모여 있는 곳을 지나갔다고 되어 있으나 실제로 외국인 묘가 있었다는 사실은 확인되지 않는다.

K가 묻힌 곳이 조시가야 묘지인 것은 소설에서 그가 '일본인'으로 등

장하고 있는 이상 부자연스러운 일은 아니지만 K의 묘지가 직접 작품에 등장하지는 않는다. 만약 K의 묘를 구체적으로 묘사하면 묘비에 새겨진 K의 본명을 밝혀야 하므로 작가는 이를 회피하는 대신 외국인 묘지를 설정한 것으로 보인다.

인용 부분에서 거론되는 외국인 이름들은 선생과 '내'가 참배하는 대상이 '외국인'임을 암시하는 작용을 한다. '내'가 어떻게 읽는지 모르는 외국인 이름은 '안득렬'安得烈이며 야스이와 K의 모습에 투영된 것으로 보이는 '안중근'과 성씨가 같다.

나아가 이 이름을 한문식으로 읽어보면 '안安, 열烈을 얻다得'가 된다. 안중근이 1910년 2월 처형된 후 바로 조국에서 '의사' 혹은 '열사'로 추앙받은 것을 고려한다면, '安得烈'이라는 이름에 '안중근이 열사의 이름을 얻다'라는 의미가 담겨 있는 것으로 읽을 수 있다. 결국 작가는 여기에서 K의 진정한 '신분'을 밝히고 있다고도 볼 수 있다.

묘비에 세워진 '安得烈'을 '앙드레'라고 읽을 수도 있겠지요'라며 쓴웃음을 짓는 선생의 모습은 그 이름을 오히려 다르게 읽을 수 있다는 여지를 남기며, '安得烈'이라고 새겨진 묘지의 주인이 적어도 '안'이라는 성씨를 가진 동양인일 가능성이 매우 크다는 것을 시사한다.

그리고 K에게 부여된 함의를 염두에 두고 보면 또 다른 'K'가 소환된다. 이토 히로부미를 암살한 안중근은 교수형으로 사형이 집행된 데 반해 K는 스스로 목 동맥을 끊어 선혈을 뿜으며 절명한다. 이렇게 안중근과 K의 죽음의 양상은 다르지만 한편으로 한일합병에 반대하며 K처럼 스스로 '목'을 베어 자결한 'Korean'이 있었다는 사실을 지나칠 수 없다.

여기서 우리는 고종 때의 문신 민영환의 존재를 떠올리게 된다. 그는 1905년 11월 말에 제2차 한일협약에 반대하며 칼로 '목'을 베어 자결했다.

외무대신까지 역임했던 정부고관 민영환의 처절한 자살은 한국 민중들의 마음을 울렸으며, 그의 올곧은 신념을 상징하듯 선혈로 물든 그의 하의에서 아홉 그루의 대나무가 피어올랐다는 이야기도 전해지고 있다. 이 사건은 당시 일본에서도 보도되었다. 아사히신문 1905년 12월 2일자에는 '민영환 자살'이라는 제목으로 '이전부터 부하를 부추겨 신협약 반대운동을 주도했던 민영환은 몇 일 전부터 갑자기 우울증으로 정신이상 증상을 보이다 오늘 아침 칼로 목을 베어 장렬히 자결했다'라고 보도되었다.

'우울증으로 정신이상 증상을 보'인 끝에 '칼로 목을 베어 장렬히 자결했다'라고 전해지는 민영환 생의 마지막과, '아가씨'를 향한 연정 때문에 자기 파괴의 위기에 몰려 '이상과 현실' 사이에서 방황하다 종국에는 칼로 목을 베어 한순간에 목숨을 끊은 K의 죽음은 그리 다르지 않다.

또한 고쿠민신문國民新聞 1905년 12월 3일자에서는 민영환을 '사욕을 채우지 않았던 강골한이었다'라고 소개하고 있다. 이 부분 역시 K를 상기시키기에 충분하다.

소세키의 아시아 인식

작가론적인 관점에서는 K의 이니셜에 담긴 Korean의 함의에 대해 의구심이 들 수도 있다. 왜냐하면 소세키는 중국과 한국(조선) 같은 아시아 주변 국가에 대해 경멸과 천시로 일관해왔다는 평가를 받아왔기 때문이다.

소세키가 이러한 평가를 받는 것은 주로 만주견문록인《만한 여기저기》満韓ところどころ(1909) 때문이다. 이 책은 당시 만철(남만주철도) 총재였던 나카무라 요시코토中村是公의 초청으로 만주를 방문하게 된 소세키가 당시 만주에서 보고 느꼈던 것을 정리해 집필한 것이다. 소세키는 이 책에서 중국인을 비하하는 '짱'이라는 말을 즐겨 쓰고, '강변에 많은 사람들이 줄지어 서 있다. 대부분 쿨리(중국인 하층 노동자)들이라 혼자 있어도 더러운데 둘이 있으면 더 보기가 흉하다. 더구나 이렇게 많이 모여 있으니 꼴사납기 그지없다'라는 표현으로 차별의식을 드러내고 있다.

하지만 차별적 표현에 뿌리내린 소세키의 의식이 작가라는 그의 입장과 모순되는 것은 아니다. 지금까지 언급한 대로 소세키의 주요 관심사는 일본이 근대국가로서 어떻게 존재할 것이냐이며, 일본인이든, 중국인이든, 한국인이든 국적과 상관없이 소세키는 사회 밑바닥에 사는 서민에 대해서는 그다지 큰 관심을 보이지 않았다.

1905~06년경에 발표된《단편》에는 '민중의 목소리가 하늘의 말씀이라면 하늘의 말씀은 어리석음이다'라는 글이 보이고, '문예의 철학적 기초'라는 강연에서는 '평민에게 생존의 의의를 깨우치는 일'이 '문예인'의 책무라고 말하기도 했다. 이처럼 소세키는 근본적으로 세간의 '평민'들을 냉정한 시선으로 바라보고 있었다. 이러한 의식을 중국인, 한국인에게 표출한 예가《만한 여기저기》였다.

역설적이게도 기행문에서 보이는 중국인과 한국인에 대한 멸시는 한편으로 국가주의와 거리를 두고자 하는 소세키의 개인주의적 세계관과 연결된다.

어려서부터 한학에 심취했던 소세키는 청년기에 영문학을 배우면서 동서 간의 차이를 이어주는 문학적 보편성 탐구에 몰두했다. 이것이 개인주의적 세계관을 형성하는 출발점이 되었다. 이에 대해《나의 개인주의》에서는 '이때 나는 문학이 무엇인지, 그 개념을 근본적으로, 그리고 자력으로 구축해가는 것 외에 나를 구원하는 길은 없다는 사실을 처음으로 깨달았다'라고 밝히고 있다. 그렇게 축적된 지식 기반에 근거한 자신의 감각적 판단에 대한 강력한 믿음이 소세키를 '개인주의자'로 인도했던 것이다.

참고로 무라카미 하루키의 주인공들도 개인주의적 가치관의 소유자들이지만, 그들은 '디태치먼트'detachment(방관) 즉, 자신의 영역을 고수하고 타인의 삶에는 함부로 간섭하지 않는 입장을 취하고 있다.

'○○주의'를 표방하지 않는 하루키는 타자에 대한 비판을 회피하는 입장을 취하지만 소세키의 '개인주의'는 오히려 비평의 기점이 된다. 따라서 소세키는 정치적 혹은 윤리적인 인식과는 별개로 자신의 감각을 매우 중요시하며 그 감각이 긍정하지 않는 것에 대해서는 부정적 언사를 던진다. 쿨리 즉, 중국인 하층 노동자들에 대한 '더럽다' 혹은 '보기 안 좋다'라는 평가는 이러한 소세키의 감각적 판단에서 비롯된 것임에 틀림없다.

하지만 이러한 감각적 판단은 당연히 긍정적인 평가를 내릴 때도 있는 법이어서 소세키가 늘 중국인과 한국인에 대해 부정적 평가로 일관했던 것은 아니다.

예를 들어 다롄의 두유공장 노동자에 대해 '쿨리는 얌전하고 신체건강하며 힘도 세고 일도 열심히 하니 그저 보고만 있어도 기분이 좋다'라고 평하는 대목이 있다. 먹는 것이 부실한데도 장시간 중노동을 견뎌내는 노동자들의 체력에 감탄해 마지않는 모습을 보이며, 소세키는 그들의 튼튼한 육체에 대해 '예전 한나라 한신을 가랑이 밑으로 지나가게 한 패거리들도 분명 이런 놈들이었을 것이다'라는 소회를 밝히고 있다.

또한《만한 여기저기》에는 보이지 않지만 한국에서 있었던 일을 기술한 일기에는, 일본인 장인들끼리 서로 싸움이 벌어져 '전혀 해결의 기미가 보이지 않는' 상황에서 '고아한 한국인' 선비가 '갓을 쓰고 그곳을 지나는' 것을 '실로 모순적인 모습'이라 느꼈다는 내용이 있다.

종주국 국민은 저급한 무뢰한의 모습을 보이고, 그 나라의 지배를 받고 있는 민족이 오히려 우아한 모습을 보인 것에 대해 '모순의 극치'라고 표현한 것은 그야말로 소세키의 감각적 평가의 한 예였는데 그 안에는 한국인의 존재가 긍정적으로 자리하고 있음을 알 수 있다.

앞서 인용한 '쌀'에 관한 글에서도 볼 수 있듯이 소세키의 일기에는 전반적으로 한국에서 만나는 풍물에 대해 친근함이 묻어나 있다. 단 소세키는 기본적으로 일본과 비슷한 부분에 대해서만 긍정적으로 평가하고 있을 뿐, 일본의 자연이나 문화와 거리가 먼 부분에 대해서는 낯설음을 드러내고 있다. 그 밑바탕에는 소세키의 마음속에 일본의 한국 침략을 긍정하는 감각이 있었다는 점 또한 부정할 수 없는 사실이다.

이러한 부분과 관련하여 아마도 소세키는 양가적 의식 속에 있었던 것 같다. 국제사회에서 자국의 안녕을 확보하기 위한 조건으로서 일본의 제국주의적 팽창을 반기는 마음과 함께 타국의 주체성을 짓밟는 행위에 대해서는 부정하는 시각이 공존하고 있는 것이다. 이러한 소세키의 양가적 의식은 고미야 도요타카에게 보낸 1907년 7월 19일자 편지에도 잘 드러나 있다.

조선 왕이 물러났다. 일본 입장에서는 이보다 경사스러운 일은 없을 것이다.

더 강경하게 나가도 될 일이다. 그러나 조선 왕을 생각하면 참으로 불쌍하다. 세상에 조선 왕을 동정하는 사람은 아마 나밖에 없을 것이지만 국왕의 폐위가 조선 멸망의 단서가 된다면 왕은 조국에 얼굴을 들 수가 없게 될 것이다. 참으로 가여운 일이다.

이 편지는 이른바 헤이그 밀사사건과 관련이 깊다. 일본이 한국을 식민지화하려는 제2차 한일협약의 부당함을 전 세계에 호소하기 위해 한국의 고종이 네덜란드 헤이그에서 개최된 만국평화회의에 밀사를 파견한 것이다. 이에 조선통감이었던 이토 히로부미는 매우 격분하여 일본 정부에 고종 폐위를 건의하여 이를 관철시켰다.

이 글을 보면 소세키는 일본의 국가정책이 관철된 것은 긍정하면서도 동시에 이웃나라가 '멸망하는 단서'가 만들어진 것에 대해 우려를 표하고 있다.

개인주의와 국가 인식

여기서 짚고 넘어가야 할 것은 개인의 심미적 시각을 중시하는 개인주의 성향의 소세키가 한편으로는 중국과 한국에 대한 일본의 침략행위를 부정적으로 생각하고 있다는 점이다. 이와 같은 관점은 소세키의 개인주의와 국가 인식을 생각할 때 매우 중요한 단서가 된다.

친구의 동거녀를 빼앗아버린《문》의 '소스케'와 친구가 연모하는 여성을 부인으로 맞이한《마음》의 '선생'은 모두 자식을 얻지 못하였고, 그들의 삶은 늘 외롭고 쓸쓸했다. 바로 이 두 사람이 메이지 일본의 환유라면 활력 잃은 쓸쓸함은 일본의 제국주의적 확장이 부질없는 일임을 시사하고 있다. 또 선생이 K의 묘지를 매일 찾는 것은 한일합병에 대한 죄스러움의 의미를 담고 있다고 볼 수 있다.

《행인》의 이치로도 마찬가지다. 조선을 표상하는 아내와 남동생을 대하는 이치로의 태도는 한없이 오만방자하나 한편으로는 신경쇠약 증세를 보이며 고통을 받는다. 이 또한 근대 일본의 행보에 대한 작가의 비판적 시각이 담겨 있는 것이다.

앞서 말한 바와 같이 소세키의 개인주의는 한문학 혹은 영문학과 같은 학문의 틀을 넘어선 자신의 감각적 판단에 대한 강한 믿음에서 출발하였다. 그러나 여기서 주목할 것은 이러한 개인의 주체성 회귀가 국가에 대한 의식을 강화한다는 점이다.

소세키의 내면에는 개인과 국가가 하나로 연결되어 있기 때문에, 의식적 주체로서 개인의 존재가 명확해진다는 것은 그 개인을 포섭하고 있는 국가 존재의 비중을 높이는 일이 된다. 실제로 소세키는《나의 개인주의》에서 그로 인해 도달한 '자기 본위'라는 경지에 대해 다음과 같이 밝히고 있다.

자백하자면 나는 이 '자기 본위'라는 네 글자로 새롭게 출발을 한 것입니다. 사람들이 지금처럼 부화뇌동하며 야단법석을 떠는 것은 매우 우려스러운 일이므로 그런 식으로 서양인 행세를 하지 않아도 된다는 확고부동한 메시지를 던져보면 나 자신은 물론이고 그들도 대단히 유쾌하고 좋아할 것이라 생각하여, 저서 혹은 다른 기회를 통해 '자기 본위'를 이루는 것을 나의 평생 사업으로 삼아보고자 했던 것입니다.

그리고 소세키는 '자기 본위'의 경지를 통해 '경쾌한 마음으로 음울한 런던을 바라본다'라고 할 정도로 서양을 상대화시켜 바라볼 수 있었다고 밝히고 있다. 이러한 맥락에서 생각해보면 소세키 나름의 개인주의와 국가의 관계를 이해할 수 있다.

말하자면 소세키에게 국가는 이른바 확장된 개인이었다. 감각적 판단의 주체로서 개인이 존중받아야 한다면 개인 의식활동의 문화적 기반이 되는 각 나라의 독자성 또한 존중되어야 하기 때문이다.

《나의 개인주의》에서 소세키는 '우리들은 타인이 자신의 행복을 위해서 그들 나름의 개성을 발전시켜나가는 것을 별다른 이유 없이 방해해서는 안 되는 것입니다'라고 말하고 있다.

직접적으로 밝히지는 않았지만 이는 곧 '자국이 발전을 하려면 타국이 발전하고자 노력하는 것을 방해해서는 안 된다'라는 주장이 된다.

이 점에 대해서는 고모리 요이치가 《소세키를 다시 읽다》(치쿠마신서, 1995)에서, '국가가 자신의 자유를 확장하기 위해서 타국을 침략하는 것은 허용될 수 없다. (중략) 개인주의의 윤리를 국가 간의 윤리로 바꿔 생각해보면 제국주의에 대한 비판적 논점이 명백히 드러난다'라고 지적한 바 있다.

말하자면 소세키가 '개인주의자'로 존재하고자 한다면 일본이라는 국가가 한국이라는 또 하나의 국가의 진로를 저해해서는 안 되며, 나아가 식민지화하는 것에 이의를 제기할 수밖에 없는 것이다. 이것은 호불호의 문제가 아니라 이념의 문제이며, 아무리 소세키가 한국이라는 나라 혹은 민족과 문화를 좋아하지 않았다 할지라도 그 나라의 주체성을 빼앗아 일본의 영토로 편입시키는 것에 대해서는 부정적인 입장을 표명할 수밖에 없는 것이다.

원래 소세키는 현실세계의 '진실'을 파악해야 한다는 신념을 가진 작가였으며, 근대화에 매진한 결과로 파생된 여러 모순이나 문제를 안고 있는 일본의 부정적인 면을 그려왔다. 또한 감정적인 호불호와는 다른 차원의 문제의식으로 대상을 파악하는 자질을 갖고 있었기 때문에, 그러한 시각에서 소세키는 지배당하고 짓밟히는 약자의 시각을 작품에 투영할 수 있었던 것이다.

하루키

4장 정보가 지배하는 현대사회

양을 둘러싼 모험

중국에 대한 관심과 '죄'의식

나쓰메 소세키는 자신의 작품에서 '한국'을 반복적으로 비유의 대상으로 삼고 있는데, 무라카미 하루키의 작품에서 비유의 대상으로 '중국'이 종종 등장한다. 물론 작품에서 차지하는 비중은 소세키 작품에서 보이는 한국만큼 크지 않지만, 중국이라고 국가명을 명시하는 경우도 적지 않아 하루키의 관심 영역을 읽을 수 있다.

다만 소세키에게 한일관계가 동시대적 관심사였다면, 하루키에게 중일관계는 동시대적 측면을 갖고 있으면서도 오히려 과거의 역사를 되돌아보는 성격이 더 강하다는 차이가 있다.

하루키의 주된 의식은 중국을 비롯한 아시아 각국을 향한 근대 일본의 침략행위를 비판적으로 재해석하는 것이며, 이러한 측면에서는 소세키와 매우 유사하다고 할 수 있다. 단 태어난 시대가 다른 만큼 소세키가 실시간으로 그렸던 문제들이 하루키에게는 과거를 돌아보는 문제로 나타나고 있는 것이다.

이러한 시대적 차이는 매우 큰 의미가 있다. 하루키는 제2차 세계대전 이후에 태어난 작가이므로 전쟁을 직접 경험한 적이 없으며, 전쟁에 대해 동시진행형으로 보고 들은 바도 없다. 그러나 그의 심성에는 원래 1960년대 후반의 반체제운동에 대한 공감과 함께 국가 차원의 폭력에 대한 혐오감이 자리하고 있었다.

2009년 예루살렘상 수상 강연에서 밝힌 것처럼 하루키는 군인이었던 아버지가 중국대륙에서 경험한 전쟁의 잔혹함을 어려서부터 듣고 자랐다. '아버지 세대가 저지른 일은 우리들이 책임져야 합니다. 그들이 만들어낸 기억들을 우리들도 공유하고 있기 때문입니다'(《문학계》 2007. 7)라고 밝힌 외국잡지 인터뷰를 통해서도 하루키 자신이 아시아 각국에 나름의 죄의식을 갖고 있음을 짐작할 수 있다.

그러나 그 심성의 강도는 아마도 소세키가 한국을 '딱하다'라고 생각하는 것보다 훨씬 더 미미한 정도이다. 그렇기 때문에 작품에서도 현 시점에서 눈에 보이지 않는 것이 주위의 사상이나 인간관계에 투영되는 방식을 통해 소세키보다 한층 은유적인 기법으로 표현되었음을 볼 수 있다.

초기 작품인 《중국행의 슬로 보트》(1980)도 이러한 주제와 기법으로 쓰인 작품이다. 내용은 '나'와 일본에 사는 여러 중국인들의 관계 혹은 교류에 관한 추억을 담고 있는데, 그러한 추억들이 하루키의 기억에 남아 있는 것은 그 과정에서 어떤 경미한 타격이나 상처를 줬다는 느낌이 있기 때문이다.

특히 아르바이트를 같이 했던 중국인 여자아이를 데려다주다 반대방향 전철을 태워버려 귀가시간을 못 지키게 만들었다는 얘기라든가, 백과사전 판매원이 된 중국인 동창의 부탁을 거절한 이야기 등 상대가 일본인이었다면 예전에 잊어버렸을 것 같은 삽화적인 이야기가 그의 의식에서 사라지지 않고 남아 있었던 것 역시 상대가 중국인이었기 때문이다.

후지이 쇼조는 무라카미 하루키에게 보이는 중국의 표상에 대해 논한 《무라카미 하루키 안의 중국》(아사히신문사, 2007)에서 이 작품의 기저에 '중국인에 대한 죄라는 테마'가 있다고 주장한다. 그러나 이러한 표현은 어느 정도 맞기는 하지만 다소 강한 단정이다. 작가는 느낌상 '죄'라고 의식하기 어려운 역사적 문제를 은유적으로 현대의 이야기 속에 녹여넣고자 한 것이다.

그러한 경향이 더욱 두드러지게 나타나는 작품이 같은 시기에 나온 「가난한 아주머니 이야기」(1980)라는 단편소설이다. 자기도 모르는 사이에 등에 업혀 있는 '가난한 아주머니'를 계속해서 업고 간다는 우화적인 작품에서 '나'는 이러한 상황에 대해 '실은 고생이라고 할 정도는 아니다'라고 말하면서도 그 존재를 지워 없애버리는 것은 '불가능'하다고 TV방송 사회자에게 잘라 말하고 있다.

그녀를 업는다는 것 자체는 결코 '고생'이 아니지만 인연을 끊을 수 없는 '가난한 아주머니'란 다름 아닌 일본의 침략으로 '가난하게' 된 '중국'을 의미한다.

가난한 아주머니가 중국을 의미한다는 것은 '내'가 그 존재를 알아차린 시기가 '8월 중순'이었다는 내용을 통해서도 알 수 있다. '8월 중순'이란 말할 나위도 없이 일본이 패전한 시기이며, 그 1945년 이후 일본은 침략 대상국이었던 중국과의 관계를 짊어지고 가야만 하는 운명이 되었다.

또 '내'가 사회자에게 '가난한 아주머니'와 인연을 끊기 어렵다는 이야기를 할 때를 보면, 무라카미 하루키 자신이 전쟁에 대해 이야기 할 때와 유사한 표현을 쓰고 있다. 즉, '나'는 사회자에게 '가난한 아주머니'의 존재를 지워 없애버리는 것은 '불가능'하며 '한 번 생긴 것은 나의 의지와 상관없이 계속 존재하는 것입니다'라고 말한다. 이것은 앞서 인용한 '아버지 세대가 저지른 일은 우리들이 책임져야 합니다. (중략) 전쟁 중에 일어났던 일에 대해 우리들은 책임이 있습니다'라는 인터뷰 내용과 맥락을 같이한다. 결국 자신의 의지와 상관없이 생겨버린 '무거운 짐'인 상대와 결코 무관할 수 없다는 인식이 제시되고 있는 것이다.

2004년에 발표된 《어둠의 저편》에서는 러브호텔에서 일본인 고객에게 폭행을 당한 중국인 매춘부와 만나는 일본인 여대생의 시각을 통해 더 직접적인 방식으로 중일관계에 대한 문제의식을 드러내고 있다.

주인공 마리는 중국어를 전공하는 대학생으로 설정되어 있는데, 그녀가 중국어를 배우게 된 계기는 어린 시절의 왕따 경험이었다. 중국인 학교로 전학을 가서 겨우 왕따로부터 벗어날 수 있었던 마리는 그때부터 이웃나라 중국에 관심을 갖기 시작한다. 이 설정에도 나타나듯 마리 자신이 왕따라는 폭력에 노출되었던 경험이 있었기 때문에 폭행당한 중국인 매춘부에게도 강한 친근감을 느꼈던 것이다. 여기서 작가의 문제의식이 마리의 의식에 투영되어 있음은 자명한 일이다.

정보사회의 새로운 폭력

《어둠의 저편》이 발표된 2004년은 중일관계의 긴장감이 다시금 고조되던 시기였다.

한 해 전인 2003년에는 일본인 유학생이 연기한 촌극이 부도덕하다는 이유로 시안에서 중국인 학생들의 폭동이 일어났고, 이듬해 2004년 아시안컵 축구대회에서는 중국인 관객들이 일본 국가대표팀에게 심한 야유를 보내기도 했다. 또 2005년 4월에는 베이징에서 일본대사관을 비롯한 많은 일본 관계시설들에 돌을 던지는 등 대규모 반일폭동이 일어나기도 했고, 홍콩과 선양에서 반일데모가 일어났던 것 역시 아직 기억이 생생하다.

그러한 점에서 보면 소세키가 갖고 있던 한일관계의 문제의식처럼 하루키가 느끼던 중일관계의 문제의식도 동시대성을 띠고 있다는 사실을 부정할 수는 없다. 하지만 그러한 문제의식이 하루키의 작품세계에서 중심적인 주제로 놓이는 경우는 없다.

소세키는 러일전쟁이 끝난 후 국가와 국민이 동일화되는 느낌은 점차 사라져가면서도 국가는 제국주의적 확장에 박차를 가하는 이른바 이중성을 담아내는 것이 작품의 기조를 이루었다. 반면 하루키가 그리는 1970년대 이후의 세계에는 이러한 이중성은 보이지 않고, 1960년 후반의 이념에 사로잡힌 흥분과는 다른 별개의 문제에 큰 비중을 두고 있다.

별개의 문제란 하루가 다르게 발전하는 정보사회를 살아가야만 하는 인간의 존립방식에 관한 것이며, 거기에는 폭력의 문제가 대외적 침략과는 다른 형식으로 떠오른다. 즉, 하루키가 작가로서 활동을 시작한 1970년대 말 이후에 급속도로 진행된 정보화사회는 개인을 관리하는 권력으로 기능하는 것이며, 그 속에서 인간으로서 주체성을 박탈당하는 상황 역시 하나의 폭력형태로 보고 있는 것이다.

이러한 작가의 의식은 1985년에 발표한《세계의 끝과 하드보일드 원더랜드》에도 단적으로 나타난다.

이 장편소설은 숫자 정보를 자신의 뇌에서 변환시켜 암호화하는 '계산사'라는 직업을 가진 '나'를 둘러싼 '하드보일드 원더랜드' 이야기와, 유니콘이 오가는 평온한 도시에서 동물의 두개골에 새겨진 꿈을 해석하는 '해몽가' 일을 하는 '나'에 대한 '세계의 끝' 두 이야기가 한 편씩 서로 교차하며 전개된다.

주요 줄거리를 이루는 '하드보일드 원더랜드'의 '나'는 직업적 특수성 때문에 서로 정보 쟁탈전을 벌이는 조직 간 대립에 말려든다. 결국 상대 조직원이 '내'가 사는 아파트를 찾아와서 방을 부수고 칼로 그의 배에 상처를 내는 등 물리적인 폭력까지도 행사한다.

그뿐 아니다. 그의 업무 중 하나이기도 한 '셔플링'이라는 정보처리기술을 개발한 박사가 그의 뇌에 어떤 회로를 이식했는데 그것을 해제할 수 없게 되면서 그는 현실세계에 살고 있다는 의식을 영원히 잃고 만다. 이 또한 주인공이 정보사회에서 받은 폭력의 한 형태로 볼 수 있다.

또 나중에 더 자세히 언급하겠지만 이 작품이 나오기 3년 전에 발표했던 《양을 둘러싼 모험》은 특수한 무늬가 있는 양을 찾으러 홋카이도로 간다는 '시크 앤 파인드'(보물찾기) 줄거리로, 주인공은 정보조작으로 자기도 모르는 사이에 주체성을 빼앗긴다. 이 또한 정보사회의 폭력성을 내포한 이야기로 성립되었다.

《세계의 끝과 하드보일드 원더랜드》의 '나'는 계산사라는 직업의 특성상 《1973년의 핀볼》에서 번역사업을 했던 '나'의 계보를 잇는 인물이다. 이 두 작품의 주인공이 번역자 혹은 계산사라는 직업을 선택한 것은 아마도 자율성이 높은 직업이라는 점과, 자본주의사회의 시스템 안에서 톱니바퀴 같은 존재로 기업에 혹사당하는 삶을 살지 않아도 생계를 유지할 수 있는 직업이었기 때문이다.

그런데 역설적인 것은 그들이 이러한 전문직을 가짐으로써 오히려 자신의 주체성이 위기에 빠지는 상황에 놓였다는 것이다. 이 두 직업은 모두 정보의 매개자적인 성격을 갖고 있으며, 정보의 유통에 몸을 내맡김으로써 비로소 완성되는 성격을 갖는다. 또한 그 파생적 결과로서 그들은 당연히 확보되어야 할 자신의 주체성을 점점 잃어가는 것이다. 그 모습이 그들이 살고 있는 20세기 후반 산업사회의 양상과 중첩되고 있음은 새삼 언급할 필요도 없다.

정보사회가 잉태한 폭력성을 생각하기 전에 이 시대의 변화에 대해 잠시 살펴보기로 하자.

《바람의 노래를 들어라》부터 《양을 둘러싼 모험》에 이르는 3부작의 시대적 배경인 1970년대에는 제1차 석유파동이 일어났던 1973년경을 기점으로 조강이나 알루미늄, 면사와 같은 소재산업의 생산량이 감소 혹은 정체되는 반면, 자동차나 전기기기 등 기계산업의 성장이 두드러지기 시작했다. 이러한 변화의 흐름을 타고 컬러 TV나 탁상 전자계산기와 같이 사람들이 정보를 입수하고 정리하기 위해 필요한 기기들도 이 시기에 급속도로 보급되었다.

《양을 둘러싼 모험》의 주인공은 전 작품에서 번역회사에 다녔지만 이번에는 광고회사를 친구와 함께 운영하고 있다. 현실사회에서도 당시 광고업계는 규모 확장이 활발히 이루어지면서 상위 20개 사의 총 매출액이 1971년 약 4200억 엔에서 1980년에는 1조 3,700억 엔 이상으로 상승하는 비약적인 성장세를 보였다.

공장 및 사무 자동화가 본격적으로 도입되기 시작한 것도 1970년대부터였다. 이러한 자동화 추세와 함께 컴퓨터도 빼놓을 수 없는 도구가 되었다. 1974년 1월에는 마이크로프로세서 8800을 장착한 제1호기 '아르떼아'가 인텔사에서 발표되었다.

또 19살이었던 빌 게이츠가 폴 알렌과 함께 마이크로소프트사를 창립한 것도 1974년이며, 뒤이어 1976년에는 애플사가 설립되었다. 당시 일본의 컴퓨터 출하 대수도 1978년에는 1만 대에 불과했으나 2년 후인 1980년에는 11만 대로 급증했다.

작품에 담긴 정보기술의 변용

이렇게 보면 1970년대가 3차 산업의 발전과 더불어 고도 정보사회가 실현되기 시작한 시대였음을 알 수 있다.

여기서 놓쳐서는 안 될 것은 1970년대에 등단한 무라카미 하루키는 작가로서 그 시작점부터 인간과 인간을 둘러싼 정보의 관계성을 작품에 담고자 했다는 사실이다. 그의 처녀작《바람의 노래를 들어라》를 보면 주인공이 관여하는 모든 정보는 라디오 DJ의 말이나 그 DJ에게 걸려오는 전화 음성에 의한 것이었다.

이렇게 '사람의 목소리'로 주인공에게 전달되는 청각 정보는 다음 작품인《1973년의 핀볼》에서도 변함없이 높은 비중을 차지한다. 그것을 전하는 도구 또한 앞선 작품에서도 등장했던 전화이며, 특히 '내'가 회상하는 1970년의 광경에서 청각 정보는 더욱 전면에 부각된다.

여기서 학생인 '나'는 아파트 관리인의 옆집에 사는 바람에 아파트에서 하나밖에 없는 관리실 전화를 받아 다른 주민에게 연결해주는 일을 많이 했다. 때로는 아파트 주민들에게 그들의 고향 가족이나 친구의 목소리를 전해주는 매개자 역할을 하기도 했다.

이렇게 《바람의 노래를 들어라》를 계승하는 《1973년의 핀볼》에서 정보는 '육성'의 감촉을 기반으로 사람과 사람을 연결하는 청각 정보의 성격을 가지고 있다. 그런데 이 작품에는 오히려 이러한 신체적 감촉이 기반이 되는 청각 정보는 점차 시대에 적합하지 않는 정보가 될 것이라는 하루키의 감회가 담겨 있다. 작품 중반에 나오는 배전반에 대한 애도 장면은 바로 이러한 정서를 상징적으로 나타낸다. 1973년 현재 '내'가 어딘가에서 찾아온 쌍둥이 소녀와 함께 살고 있는 아파트에 전화국 사람이 와서 낡은 배전반을 교환하자, 쓸모없어진 배전반을 집어든 '나'는 '배전반이여, 저수지 바닥에서 편히 잠들거라'라는 말과 함께 던져버린다.

배전반이란 일반적으로는 전력을 배분하기 위한 장치를 말하지만 여기에서는 오히려 기호적인 의미로 기능하고 있다. 쌍둥이 소녀가 배전반이 무엇이냐고 묻자 전화국 남자는 '전화회선을 관장하는 기계야'라고 대답하며 '어미 개'와 '강아지'에 빗대어 설명했다. 여기서 배전반이란 외부에서 전달되는 정보를 한곳에 모아서 그것을 수신자들에게 개별적으로 배분하는 정보발신 본부와도 같은 것이다. 이는 바꿔 말하면 '어미 개'와 같은 정보 전달자 혹은 매개자가 없으면 개인들이 정보를 입수할 수 없다는 것이다.

'나' 자신이 회상하는 1970년의 생활 장면에서 '나'는 외부로부터 걸려온 전화를 아파트 주민들에게 연결해주는 '배전반' 같은 역할을 하고 있다. 또《바람의 노래를 들어라》에 등장하는 DJ 역시 '배전반'처럼 자신에게 보내온 엽서가 전하는 말들을 소개하면서 거기에 담긴 정보를 청취자에게 전하고 있다.

이런 관점에서 보면《1973년의 핀볼》에서 배전반을 애도하는 의식이 거행되는 장면이 어떤 의미를 갖는지 명료해진다. 이 의식이 갖는 의미는 누군가가 매개자가 되어 청각 정보를 불특정 다수의 개인들에게 전달하는 형식의 커뮤니케이션이 이제는 과거의 산물이 되어가고 있다는 것이다.

물론 여기에는 작품 속 시간인 1973년이 아니라, 작품의 집필 시점인 1979년에서 80년에 걸친 작가의 인식이 담겨 있다. 1973년에는 주택용 전화기의 보급률이 아직 50%에 달하지 않은 상태였다. 라디오 DJ도 음악을 중심으로 진행하는 형식에서 이야기를 내세우는 형식으로 변화해가면서 라디오 융성기에 이르는 중간지점에 있었다.

한편 하루키가 소설을 쓰던 시점은 워드프로세서나 PC가 보급되기 시작하면서 라디오나 전화로 전달되는 청각 정보가 이미 주류에서 밀려나는 시기였다.

사람들의 마음은 더 빠르고 대량으로 전해지는 TV나 컴퓨터 화면의 시각적 정보로 향하고 있었다. 작가는 정보화시대에 살면서 '목소리'를 통해 사람과 사람이 연결되던 시대의 종언을 거슬러 올라가 그리고 있는 것이다. 그런 의미에서 이 작품은 분신인 쥐에게 투영된 1960년대적인 어두운 이념에 거리를 두고자 하는 이야기임과 동시에, 오래된 '로우테크'low tech적인 정보기술의 종언을 확인하는 이야기이기도 했다.

한편으로 작품 속 시간에서 약 6년이 경과한 시점에 쓰인 이 작품에는 그 이후에 진전된 무기적이고 비신체적인 정보기술의 흐름을 암시한다. 그 단적인 예가 '내'가 아파트에서 함께 사는 쌍둥이 소녀의 존재이다.

가와무라 미나토川村湊는 이 쌍둥이가 얼굴을 구별할 수 없는 동일성을 갖고 있다는 점에서 '귀'의 비유로 해석하고 있다.(《비평이라는 이야기》批評という物語, 國文社, 1985) 그러나 필자는 그녀들이 인간에게 전해진 획일화된 시각적 정보의 은유라고 생각한다.

쌍둥이 소녀는 '내'가 어느 날 아침 '눈을 떴을 때' 양쪽 옆에 있었으며, 그가 집착하는 핀볼머신의 '스페이스십'과 재회하고 이별을 한 후에는 '원래 있던 곳'으로 돌아간다며 그의 곁을 떠났다.

출신도 귀속된 곳도 알 수 없는 그녀들을 살아 있는 인간이라고 보기는 어렵다. 그렇다면 그녀들은 누구인가?

이 쌍둥이 소녀들은 집필 당시에 과거 시간으로 보내진 존재이며, 《바람의 노래를 들어라》와 같이 여기에서도 작가가 인물을 시간 이동시키는 기법을 사용했다. 오히려 《1973년의 핀볼》에서는 《바람의 노래를 들어라》보다 이 기법이 더 명료하게 쓰이고 있다.

그녀들이 원래 1973년을 살고 있는 것이 아니라는 사실은 당시 끝나가고 있던 베트남 전쟁에 대해 아무것도 모르는 것으로 묘사되는 것을 보면 알 수 있다. 또한 그녀들에게 부여된 '208', '209'라는 숫자 부호에서도 작가의 의도를 엿볼 수 있다.

이 부호가 의미하는 바를 찾아내는 것은 그리 어려운 일이 아니다. 두 숫자 중 주로 의미를 갖는 것은 '208'이다. 이 숫자의 순서를 뒤집으면 '802'가 된다. 즉, 이 숫자는 작품이 게재된 《군조》群像 1980년 3월호의 발매일인 1980년 2월이라는 '현재 시점'을 가리키고 있는 것이다. '209'는 이 함의를 도드라지게 하지 않기 위해 옆에 붙인 부호이다. 그리고 그녀들은 더 고도화된 정보화사회에서 각각의 개별성을 알아볼 수도 없이 대량으로 유통되는 '정보'의 은유인 것이다.

프로그램에 의해 움직이는 주인공

《1973년의 핀볼》에 이어 3부작의 완결편인 《양을 둘러싼 모험》은 이러한 정보기술의 발전이라는 테마를 바탕에 두고 있으며, 앞서 언급한 것처럼 때로는 개인을 농락하고 주체성을 박탈하는 막강한 힘을 떨치는 현대 정보사회의 모습을 부각시키는 이야기로 읽을 수 있다.

이 소설에서는 친구와 동업으로 광고회사를 운영하는 '내'가 한 생명보험회사의 홍보지에 사용했던 사진 속에 별 모양의 특이한 반점을 가진 양이 있었다. 자신을 '거물급 우익인사'의 비서라 소개하는 '검은 옷을 입은 남자'에게 그 양을 찾아달라는 요청을 받으면서 '나'는 '귀 모델' 여자와 함께 홋카이도까지 양을 찾으러 간다. 그러나 결국 여행의 목적인 양을 찾지는 못하고 쥐의 아버지 소유의 별장에 도착하여 거기에서 스스로 목숨을 끊은 쥐의 망령 같은 것과 만나는 결말을 맞이한다.

이런 식의 용두사미격 결말은 '내'가 쥐의 별장에 도착한 시점에서 갑자기 '귀 모델'이 자취를 감춰버리는 전개와 함께 독자들을 미궁으로 빠지게 만든다는 인상을 주기 십상이다.

그러나 여기서 살펴본 개인과 정보의 관계라는 문제에 비추어본다면 이 귀결은 오히려 지극히 합리적인 결말이다. 즉, 이 작품에서 '나'를 움직이고 있었던 것은 처음부터 쥐였던 것이다. 그가 '거물급 우익인사'의 비서라고 자신을 소개하면서 실은 자신의 가족 구성원인 '검은 옷을 입은 남자'와 아마도 가족이 구한 것으로 보이는 '귀 모델' 여자를 통해 '나'로 하여금 '양'이 아니라 '쥐'를 찾기 위한 홋카이도 여행을 하게 한 것이라고 생각할 수 있기 때문이다.

이는 소설 첫 부분에서 이미 반복적으로 암시되어 있다. 예를 들어 '내'가 홍보지 표지에 사용한 양들의 무리를 찍은 사진은 원래 쥐가 보낸 것이었다. 곧 '사진을 한 장 보내겠다. 양의 사진이다. 이것으로 어디라도 좋으니까 사람들에게 공개해주기 바란다'라는 의뢰를 받고 '내'가 응한 것이었다.

쥐는 그 사진이 공표가 된 시점에서 그것을 중지시키기 위해 '검은 옷을 입은 남자'를 '나'와 만나게 하려고 생각했을 것이다. 그리고 '검은 옷을 입은 남자'에게는 특수한 힘을 가진 양이라는 허구의 이야기를 통해 '거물급 우익인사'와의 관계를 넌지시 비추며 압력을 가해 자신(쥐)을 찾는 여행을 떠나게 하라고 했을 것이다.

물론 쥐가 있는 홋카이도 별장을 '내'가 단기간 내에 찾아내는 것은 어려운 일이다. 그렇기에 '귀 모델' 여자는 그 일을 돕는 안내인 역할로 배치되었다. 따라서 그녀가 '나'와 함께 홋카이도에 가지만 쥐의 아버지 별장에 도착한 시점에서 모습을 감추어버리는 것을 두고 자연스럽지 못한 전개라고 할 수는 없다. 왜냐하면 원래 '나'를 그곳에 도착하도록 하는 것이 그녀의 역할이었기 때문이다.

'귀 모델' 여자가 '나'에게 탐색의 힌트를 주는 장소는 여러 개 있지만 가장 명료하게 드러나는 것은 그들이 삿포로에서 묵을 호텔을 '돌고래 호텔'로 정하는 부분이다. 삿포로에 도착한 '나'와 '귀 모델' 여자는 전화번호부 페이지를 넘기며 자신들이 묵을 호텔을 찾고 있었다. '내'가 호텔 이름을 하나하나 읽어 내려가던 중 '돌고래 호텔'이라는 이름이 나오자 그녀가 말을 끊는다.

"그게 좋겠어요."

"그거라니?"

"방금 말한 그 호텔 말이에요"

"돌핀 호텔"이라고 나는 말했다.

"무슨 뜻이에요?

"돌고래 호텔"

"거기서 묵을래요?"

"들어본 적 없는 호텔인데."

"그래도 그 호텔 이외에 우리가 묵을 호텔은 없을 것 같아요."

— 제7장 돌고래 호텔의 모험

'귀 모델' 여자는 그렇게 단정 지었다. 결국 그들은 '돌고래 호텔'을 삿포로에서 묵을 숙소로 결정한다. 여기서 그녀가 '그 호텔 이외에 우리가 묵을 호텔은 없을 것 같아요'라고 단정 짓는 이유는 분명하다. 그곳에는 일본의 양 전문가인 '양 박사'가 있으며, 그 박사와 만나야만 '나'의 탐색전이 진전을 보게 되기 때문이다.

아마도 '나'를 '돌고래 호텔'에 투숙하도록 하는 것이 '귀 모델' 여자에게 주어진 첫 번째 임무였을 것이다. 그렇기 때문에 그녀가 묵을 곳이 그 호텔 이외에는 없다고 단언하는 것은 오히려 필연적 결과이며, 쥐의 별장까지 '나'를 데리고 온다는 자신의 최종 임무를 모두 마친 시점에서 그녀가 모습을 감추는 것 또한 자연스러운 전개이다.

《양을 둘러싼 모험》의 속편으로 6년 후에 발표한 《댄스 댄스 댄스》

(1988)에서도 이에 관해 회고하는 형식을 빌려 이야기한다. 여기서 주인공은 예전에 '귀 모델' 여자와 함께 갔던 홋카이도 여행을 기억하며, '나도 이제는 안다. 그녀의 목적은 나를 그곳으로 데려가는 것이었기 때문이다'라고 확신에 찬 추측을 한다.

그런데 이러한 이야기 전개의 기점에 존재하는 쥐의 인물 조형에는 이전의 두 작품과는 다른 측면이 추가되었다. 이전 작품에 등장하는 쥐는 1960년대적 이념에 집착하며 1970년대의 산문적인 냉랭함에 적응 못하는 청년으로 설정되었지만, 《댄스 댄스 댄스》의 쥐는 그러한 윤곽을 남기면서도 오히려 자본과 정보를 자유자재로 구사하며 타자를 조작할 수 있는 힘을 가진 존재로 그려진다.

'귀 모델' 여자 역시 모델 일 이외에 어떤 조직에 속하는 콜걸이기도 하다. 그렇기 때문에 자본가인 쥐의 가족이 그 조직을 통해 그녀에게 '나'를 안내하는 역할을 하도록 시키는 것은 그리 어려운 일이 아니다.

물론 이러한 쥐의 윤곽은 앞선 작품의 인물 설정과 그리 모순되는 것은 아니다. 원래부터 쥐는 '부자 청년'으로 무라카미 하루키의 세계에 등장해왔다. 《댄스 댄스 댄스》에서도 '고도자본주의 사회'에서 그의 분신이자 환생인 '양 사나이'는 호텔을 대규모로 증축하면서 오로지 '나'와 재회하기 위해 '돌핀 호텔'라는 이름을 남겼다고 밝혔다.

《양을 둘러싼 모험》에 등장하는 '나'는 '귀 모델' 여자가 '선의'로 자신과 잠자리를 같이 해주고 있다고 생각하거나, 쥐가 홋카이도에서 찍은 사진을 보내왔음에도 자신이 향하는 곳이 쥐와 관련된 장소라는 것을 잘 모르는 등 전체적으로 명민함이 결여된 인간으로 그려지는데, 이는 이야기를 성립시키기 위해 빼놓을 수 없는 요소이기도 하다.

만약 그가 명민한 사람이라면 이미 처음 단계에서 쥐와 '검은 옷을 입은 남자'의 관계를 알아차리고 양을 찾아 여행을 떠날 필요가 없었을지도 모른다. 따라서 그의 우둔함 때문에 '나'는 정보에 조작당하는 대상으로서 현대사회의 단면을 부상시키는 역할을 부여받은 것이다.

소설 종반부에 와서야 겨우 '나'는 자신이 주체적인 판단에 따라 행동하고 있다고 생각했던 것들이 실상은 누군가가 만들어놓은 프로그램에 따라 움직이고 있었을 뿐이라는 사실을 깨닫는다. 이는 거울 앞에서 손등으로 자신의 입을 닦은 '내'가 바로 직후에 '지금 생각해보니 내가 정말로 나의 자유의지에 의해서 손등으로 입을 닦은 것인지 확신을 가질 수가 없었다'라는 부분에도 잘 나타난다.

나아가 홋카이도까지 온 '검은 옷을 입은 남자'가 한 말 즉, '원리를 밝히면 모두 다 간단한 일이야. 프로그램을 짜는 게 힘들어서 그렇지. 컴퓨터는 인간이 느끼는 감정의 기복까지는 계산해주지 않으니까 말이야. 그야말로 수작업인 거지'라는 말로 보충설명이 이루어진다. 이로써 그때까지 '나'의 행동이 모두 이 '프로그램'의 예측치 범위 내에서 이루어졌던 사실이 밝혀지는 것이다.

정보에 조종당하는 인간 그리고 반역

앞서 살펴본 바와 같이《양을 둘러싼 모험》은 자본주의사회에서 펼쳐지는 정보 조작이 개인의 주체성을 박탈하는 폭력성을 내재한다는 강한 주제의식을 드러내기 위한 소설이었다. 또한 그 의식이 주로 1978년으로 설정된 작품 속의 연도보다 조금 뒤인 1980년대부터 현재에 이르기까지 정보사회를 특징짓는 것임은 명백하다.

그러나 작품이 쓰인 1982년은 아직 개인용 PC가 각 가정에 보급된 시대도 아니었고, 인터넷도 활용되기 전이었다는 점을 감안한다면 작품에서 드러나는 시대를 읽는 작가의 예리한 통찰력이 대단히 놀랍다.

1980년대 후반부터 정보사회의 특질에 대한 시사적인 저작을 연이어 발표해온 데이비드 라이언David Lyon은《신정보화 사회론》(小松崎清介 監訳, エージ社, 1990)에서 현대 정보사회의 모습이 미셸 푸코가 시스템화된 민중 관리 감시장치로서 그린 팬옵티콘panopticon(중앙감시 원형감옥) 같은 성격을 띠고 있다고 지적한다.

라이언은 팬옵티콘이 관료주의와 컴퓨터에 '선행'하면서 인간들의 '행동 궤적'을 세부에 이르기까지 파악해버리는 '행동 감시능력'이 비약적인 발전을 이루었다고 주장한다.

또 같은 저자의《감시사회》(2001)에서도 현대의 팬옵티콘이 데이터베이스화된 개인 정보를 파악함으로써 실현되고 있음을 강조한다. '검은 옷을 입은 남자'가 '나'의 업무 내용은 물론 사생활까지도 파악해 데이터베이스화하여 '나'로 하여금 쥐의 별장을 찾아 홋카이도까지 가도록 하는 프로그램을 짰던 것은 작품 속에서 밝혀진 대로이다.

'검은 옷을 입은 남자'가 쥐의 가족 일원이라는 것 또한 의심의 여지가 없다. 따라서 그가 모시고 있는 '거물급 우익인사'인 '선생'의 모델로 고다마 요시오児玉誉士夫 혹은 오사노 겐지小佐野賢治와 같은 실존인물이 거론되기도 했지만, 아마도 '나'에게 압력을 가하는 장치로써 설정된 허구의 인물이라 봐야 할 것이다.

왜냐하면 작품 중에는 이 '거물'의 실체성을 증명할 만한 묘사가 보이지 않기 때문이다. 소설 후반부에 쥐의 별장에 있던 '아시아주의의 계보'라는 책의 권말부록에 별장이 있는 지역 출신자로 이 '거물'의 이름이 등장하는데, 이렇게 큰 비중을 두지 않고 슬쩍 이름만 제시함으로써 오히려 이 인물이 '거물'이라는 것에 역행하는 것이다.

또 그가 진정 쥐와 별개로 존재하는 '거물'이라면 그의 이름이 쓰인 책이 쥐의 것이라는 사실도 부자연스럽다. 아마도 쥐는 별장에 있던 책 중에 그 지방 출신이라는 '아시아주의자'의 이름을 찾아내고는 그를 '거물급 우익인사'로 만들어 이야기를 구성하고 '검은 옷을 입은 남자'에게 가르쳐준 것 같다.

물론 쥐에게 '나'를 보내기 위한 프로그램에 쥐 자신이 어느 정도 관여하고 있었는지는 명확하지 않다. 그리고 쥐 자신이 '계산 밖의 팩터'

라고 말하고 있듯이 '검은 옷을 입은 남자'가 '나'의 행동 오차를 줄이기 위해 '귀 모델' 여자를 안내인 역할로 동행하게 만들었다고 생각하는 것이 자연스럽다.

1970년대의 사회상에 대해 느끼는 위화감이 커지면서 자살을 의식하게 된 쥐는 스스로 목숨을 끊기 전에 '내'가 자신을 찾아낼 수 있을지 '내기'를 한 것이었다. 그리고 결국 '나'는 그것을 해내지 못했다는 경위가 이 작품에 숨겨진 줄거리라고 상정해볼 수 있다.

가토 노리히로加藤典洋는 《양을 둘러싼 모험》을 '귀 모델' 여자의 돌연 퇴장으로 명확한 결론이 나지 않은 채 마무리된 '거세된 이야기'라고 표현했다.(《무라카미 하루키 옐로 페이지》, 荒地出版社, 1996) 그러나 전반적으로 볼 때 오히려 이 작품은 의식적으로 '거세'를 단행한 이야기라고 해야 할 것이다.

그렇게 보는 이유를 말하자면 끝까지 읽은 지점에서 그때까지 전개되어온 이야기나 행동의 의미가 뒤집어지는 반전을 이 작품이 갖고 있기 때문이다. 제이 루빈이 추정하는 바와 같이(《하루키 문학은 언어의 음악이다》, 2002) '양 박사'도 '검은 옷을 입은 남자'가 심어놓은 인물일 가능성이 있다.

이러한 '거세된 이야기'는 현대 정보사회에서 스스로는 정보를 활용하고 있다고 생각하지만 자기도 모르는 사이에 반대로 자신의 주체성을 박탈당하고 있는 인간들의 모습을 의미하는 것임이 명백하다. 짐작컨대 무라카미 하루키는 이를 통해 1970년 후반 이후 포스트모던 사회의 주요 문제성을 밝히려는 것이다. 또한 이와 같은 '거세된 이야기'가 몇몇 작품들에서 반복적으로 나타나는 것을 볼 수 있다.

1983년의 단편 「춤추는 난쟁이」는 《양을 둘러싼 모험》보다도 더 우화적인 설정으로 정보와 개인의 관계를 그려낸 작품이다.

이야기는 이렇다. 인조 '코끼리 상'을 만드는 '코끼리 공장'에서 일하는 '나'는 다른 작업장에서 일하는 아름다운 여자의 마음을 얻으려고 전설의 춤꾼 난쟁이를 자기 몸 안에 끌어들였다. 당연한 결과로 그의 힘을 빌려 매혹적인 춤으로 그녀의 마음을 얻는다. 그러나 그녀에게 키스를 하려는 순간 그녀의 얼굴은 역겨울 정도로 추하게 일그러져버린다.

'나'는 추하게 녹아내린 그녀의 얼굴 '상'이 현실의 일이 아니라 난쟁이의 조작에 의한 것임을 간파하고 그녀에게 키스를 감행한다. '나'의 키스로 그녀의 얼굴은 다시 아름다운 모습을 되찾았지만 '나'는 저항을 했다는 이유로 관헌에게 쫓기는 신세가 되어버린다.

여러 공정으로 나뉘어 '코'나 '귀' 부위가 만들어지는 '코끼리'란 이른바 미디어를 유통시키는 '상'像을 의미한다. 따라서 '코끼리 공장'은 TV 방송국과 같은 존재에 해당한다. '현상'이나 '표상'이라는 말이 통상적으로 사용되듯이, '상'象과 '상'像은 '형태'라는 의미를 갖는 말로 두 단어 사이에 서로 거리감이 있는 것은 아니다.

'像'의 '사람 인'人변을 떼면 '象'이 되는 것도 이른바 '인간성'이 결여된 정보를 대량생산하고 있는 일에 '내'가 관여하고 있음을 의미한다. 실제로 '나'는 자신들이 '인공적으로 코끼리를—혹은 실제보다 양을 불려서라도—만들어야 한다'라고 말하고 있다. 이는 그야말로 수용할 만한 가치가 충분하지 않은 '코끼리 象' 즉, 정보를 끊임없이 대량으로 공급하는 현대 매스미디어의 함의인 것이다.

따라서 그 세계의 우상인 '난쟁이'는 TV 화면에 등장하는 매스미디어 스타인 것이다. 또 그가 춤의 달인이라는 것은 예를 들면 댄스 킹의 대표라 할 수 있는 마이클 잭슨을 떠올리게 한다.

이렇게 난쟁이가 자신의 몸속으로 들어와 그를 자유자재로 움직이게 하는 것은 양을 몸 안에 넣음으로써 초인적인 활동력을 갖게 된다는 《양을 둘러싼 모험》의 설정과 유사하다. 이는 정보를 수용함으로써 활동력의 강화와 주체성의 상실이 동시에 주어지는 현대사회의 양면성을 우의적으로 절묘하게 표현한 것이다.

그리하여 이러한 정보 조작을 최종적으로 거부함으로써 '나'는 사회에 반역자가 된다. 《양을 둘러싼 모험》의 '표면적'인 줄거리에서 쥐가 자신의 나약함을 긍정하기 위해 선택한 방법은 자신 안에 들어온 양을 거부하기 위해 스스로 목숨을 끊는 것이었다. 그러한 점에서 「춤추는 난쟁이」를 《양을 둘러싼 모험》의 모티브를 우화적으로 응축한 선행 작품으로 볼 수 있다.

다양하게 보이는 '소세키의 그림자'

《양을 둘러싼 모험》에서 흥미로운 점은 이 작품에서 나쓰메 소세키와 연관되는 문맥을 다양하게 찾아볼 수 있다는 사실이다.

첫 번째로 '양'이 중심적인 이미지로 나타나는 것은《산시로》를 상기시킨다. 이것은 결코 우연이 아니라 주제와 관련해 의식적으로 투입된 문맥으로 보인다.

《산시로》에서는 아는 바와 같이 여주인공 미네코가 '길 잃은 양'stray sheep이라는 수수께끼 같은 말로 주인공 산시로를 당혹스럽게 하고, 그 이후 자신과 산시로를 두 마리 양에 비유한 엽서를 보내 그를 기쁘게 하기도 한다.

여기서 산시로와 미네코 두 사람에게 부여된 양의 이미지는 소세키적 기법으로 근대 일본의 은유이다.

미네코가 '길 잃은 양'이라는 말을 하는 장면은, 그녀가 산시로에게 '길을 잃었다'는 말이 영어로 무엇이냐고 질문했을 때 그가 그 의도에 당혹스러워하는 모습을 보이자 그녀가 '로스트 차일드'라는 일반적인 영어 대신《신약성서》에 나오는 이 말을 인용한 것이었다.

《신약성서》에서 이 '길 잃은 양'은 백 마리 무리 중에서 길을 잃은 한 마리 양으로 나오는데, 여기서 길을 잃었다는 것은 전통에 대한 귀속성과 서양에 대한 모방 사이에서 여전히 '길을 잃은' 채 헤매고 있는 일본의 모습을 시사하는 것이다.

또 미네코가 산시로에게 보낸 엽서 그림은, 그녀와 산시로를 암시하는 두 마리 양이 있고 강 저편에 '대단히 사납게' 생긴 '큰 남자'가 '서양 지팡이'를 짚고 서 있는 구도로 그려졌다. 이 '큰 남자'는 '서양 그림에 있는 악마'에 비유되듯이, 바다 저편에서 일본을 포함한 아시아 각국에 침략을 노리고 있는 서구 열강의 비유라는 것을 쉽게 알 수 있다.

소세키 작품의 정독자로 유명한 무라카미 하루키는 당연히 이러한 함의를 이해하고 있었을 것이다. 《양을 둘러싼 모험》에서도 양은 명확하게 근대 일본을 비유하는 동물로 그려진다. '검은 옷을 입은 남자'는 '나'에게 양의 사육에 대해 설명하면서, '국가 차원에서 미국에서 일본으로 수입되어 길러지고, 그리고 버려진 동물이었지. 일본의 근대 바로 그 자체이지'라고 분명히 말하고 있다.

실제로 양은 메이지 이후 병사들의 의복을 만들기 위해 대량 사육되었던 동물이다. 그런 점에서 전쟁과 함께했던 일본의 근대를 상징하는 측면을 갖고 있다.

이 양의 이미지뿐만 아니라 《양을 둘러싼 모험》에서는 다양한 '소세키의 그림자'를 찾아볼 수 있다. '내'가 키우고 있는 고양이가 '이름이 없는' 고양이인 것은 당연히 소세키의 처녀작을 연상시킨다.

또 쥐가 자살을 마음먹고 양을 찍은 사진을 '나'에게 보내서 죽기 전에 그가 자신을 만나러 올지 '내기'를 했다는 이면의 줄거리는, 소세키의《마음》에서 '선생'이 부친의 간병을 위해 고향으로 돌아오는 '나'에게 '잠깐 만나자'라는 전보를 보내 그가 부친을 두고 자신에게 올 것인지를 시험해본 내용과 유사하다. 결국 '나'는 부친의 상태 때문에 선생의 청에 응하지 못했고, 그 결과 선생은 긴 유서를 쓰고 생애를 마감했다.

나아가 '양 사나이'는 '전쟁에 가고 싶지 않았기' 때문에 이 홋카이도에 숨어 살았다고 '나'에게 말하지만, 소세키는 그야말로 징병 거부 때문에 1892년에 홋카이도로 호적을 옮겼다가 1913년에야 다시 도쿄로 옮겼다. '소세키'라는 필명이 '소세키=송적'送籍의 의미를 함유하고 있는 것은 여러 차례 지적해온 일이다.

물론 이러한 유사성이 반드시 의식적 소산이라기보다 우연적인 면도 있겠지만, 적어도 양의 함의에서 보이듯 두 작가가 모두 '일본'과 중첩되는 우의적인 이미지를 핵심으로 하여 작품세계를 구축하고 있다는 사실은 중요한 공통점이라고 할 수 있다. 여기에 이들이 근대 일본을 그리는 '국민작가'인 이유가 있는 것이다.

또한 맨 처음 절에서 본 바와 같이 한국(조선)과 중국이라는 국가의 차이는 있지만 두 작가의 창작 의식 속에 아시아 이웃나라에 대한 전쟁, 침략의 역사가 자리하고 있다는 점에서도 두 작가는 유사한 면이 있다.

《양을 둘러싼 모험》에 전쟁에 저항하고자 하는 마음으로 양을 키우며 쓸쓸한 인생을 살다 간 아이누 청년의 이야기가 삽입되어 있는 것을 보더라도 하루키에게 근대 일본의 전쟁 역사가 모티브의 한 축을 이루었음을 알 수 있다.

앞 절에서는 쥐의 몸 안에 들어온 양을 정보의 비유로 읽었지만, 인간 내면에 자리하여 전쟁을 일으키는 원인이 되는 것 즉, 인간을 지배하고자 하는 폭력에 대한 충동을 비유한 것으로 읽을 수도 있다. 그때의 쥐는 자본과 정보를 조작하는 힘의 소유자가 아니라, 본인이 스스로 밝히고 있는 대로 연약한 개인의 모습이다. 따라서 그의 자살을 개인으로서 자신을 지키기 위한 결단으로 간주할 수도 있다.

요컨대《양을 둘러싼 모험》이 갖는 반전은 정보에 대한 개인의 주체성과 수동성이라는 양면성과 함께, '현대'와 '근대'의 두 시간대가 주어진 쥐의 양면성을 부각시키기 위한 전략으로 볼 수도 있다.

3

'공허한' 세계

두 사람에게 포스트모던이란?

거대담론이 종언을 고한 후에 등장한 '포스트모던' 세계는 소세키에게도 하루키에게도 '공허함' 그 자체였다.

《마음》에 등장하는 선생은 친구의 여자를 아내로 맞이한 후 치유될 수 없는 '외로움'에서 영영 벗어나지 못하고 생을 마감하는 인물로 그려져 있다. 그 설정의 배후에는 러일전쟁이 끝난 후에도 끊임없이 제국주의를 확장시키고자 하는 일본을 난센스라 바라보는 소세키의 시각이 존재한다.

하루키도 마찬가지다. 그는 초기 3부작을 통해 1960년대를 매장시킴으로써 맞이하고자 했던 1970년대 이후의 포스트모던시대를 점차 적극적으로 긍정하는 데 버거움을 느낀다. 《세계의 끝과 하드보일드 원더랜드》의 '내'가 '마음'을 갖지 않음으로써 정보사회에서 살아남는 인간으로 그려지는 것 또한 같은 맥락이다.

소세키

5장 '쓸쓸함'으로 치닫는 '승리'

마음

삼각관계의 승자와 패자

나쓰메 소세키가 남긴 작품들에는 남녀의 삼각관계가 빈번히 등장한다. 특히 남자 주인공이 친구를 배신하거나 선수를 쳐서 친구가 사랑하는 여자를 빼앗는 구도가 주를 이룬다.

예를 들어 《그리고 나서》의 다이스케는 친구인 히라오카의 부인 미치요를 빼앗았고, 《그리고 나서》의 후일담적인 성격을 가진 《문》의 소스케도 친구인 야스이로부터 빼앗은 오요네와 낭떠러지 밑에 있는 집에서 하급관리로서 근근이 생활을 영위하고 있다. 또 4년 후에 쓰인 《마음》에서는 친구인 K가 좋아하는 것을 알면서도 하숙집 딸과 먼저 결혼을 해버린 '선생'이 등장해 사회적인 생산활동을 스스로 봉인한 채 아내와 둘이서 평온하고 무위한 나날을 보내고 있다.

제3장에서 살펴본 바와 같이 소세키 작품에 나타나는 남녀관계는 대부분 제국주의 일본이 침략한 상대국가와 맺은 관계를 투영한 것이었다. 즉, 근대 일본의 비유로 볼 수 있는 남성 주인공은 대부분 식민지 한국을 상징하는 '여성'을, 한국 민중을 의미하는 '상대 남성'에게 빼앗아 자기 여자로 만든다.

소세키 작품에서 설정되는 삼각관계가 주로 남자 주인공이 '승리하는' 결과로 끝이 나는 것은 결국 일본이 청일전쟁과 러일전쟁이라는 두 전쟁에서 승리하고도 한국을 강제병합하면서 제국주의적 팽창을 도모해나가던 흐름과 맥을 같이한다.

이러한 인물 조형의 방향성 때문에 소세키의 작품에서 보이는 남녀관계는 고금의 문학작품에 비해 매우 이질적인 양상을 띤다. 보통 대부분의 소설이나 희곡에서는 이성을 둘러싼 대립각에 놓인 주인공이 오히려 '패자'로 끝나는 경우가 많기 때문이다.

남녀의 삼각관계라는 같은 구도를 갖는《뜬구름》浮雲(후타바테이 시메이二葉亭四迷, 1887~89), 《금색야차》金色夜叉(오자키 고요尾崎紅葉, 1897~1902), 《이불》蒲団(다야마 가타이田山花袋, 1907), 《우정》友情(무샤노코지 사네아쓰武者小路実篤, 1919)과 같이 메이지와 다이쇼시대를 대표하는 작품들에서 보이는 남자 주인공들은 한결같이 한 여성에게 집착을 하면서도 대항자에게 패배의 쓴맛을 경험한다.

물론 이런 작품들에서도 삼각관계는 기호성을 나타내는 경우가 많다. 또한 주인공은 대항자인 인물보다 대항자의 기호적 가치관과 갈등을 겪는다. 그중에서도《뜬구름》과《금색야차》에서는 메이지 사회의 공리주의적 조류가 대항자로 표현된다.

《뜬구름》에서 주인공 우쓰미 분조内海文三의 대항자 혼다 노보루本田昇는 휴일에 바둑상대가 되어주기 위해 상사의 집을 찾아가는 후안무치한 출세주의자인 데 반해, 분조는 '쥐꼬리만 한 월급을 위해서 허리가 부러져라 노예처럼 구는 것은 실로 비굴하기 그지없다'라고 생각하는 고집스런 자아가 화근이 되어 면직을 당하는 인물이다.

그로 인해 분조와 결혼하기로 되어 있던 오세이의 모친은 면직당한 분조에게 정나미가 떨어져 오세이와의 결혼을 철회하기에 이른다. 그렇다고 오세이가 혼다를 좋아하게 되는 것도 아닌 애매한 상황에서 작품은 끝이 난다.

여기서 문제가 되는 것은 한 여자의 마음이 누구를 향하고 있느냐는 사실보다 그녀를 얻기 위한 현실 조건이 어떻게 되느냐 하는 것이다. 면직으로 현실적인 조건을 상실한 분조에 반해 혼다는 직업을 유지해 조건을 충족시키고 있다. 이로써 분조는 패배자가 될 수밖에 없었다. 이렇듯 분조가 몸담고 있던 관료사회의 모습을 통해 근대의 공리주의적 사회조직에서 인간이 개인의 자아를 갖고 살아가는 것이 얼마나 어려운 일인가를 시사하고 있다.

또한 《금색야차》의 주인공도 공리주의적인 대항자에게 결혼을 약속한 여자를 빼앗긴다. 원래는 분조와 같은 부류의 인물이었던 주인공 하자마 간이치는 자신의 자아를 지탱할 수 있는 방편이었던 지적 영위에 등을 돌리고 스스로 사채업자라는 공리주의자로 변질되어버린다. 대항자인 도미야마 다다쓰구富山唯通는 그 이름에 함의되어 있듯이, 세상을 규율하는 것은 관념이나 사상이 아니라 금전의 유통이라는 것을 주인공에게 인식시키는 존재로 등장한다.

소세키는 '연애관계'를 잘 못 그리는가?

앞서 언급한 메이지시대에 쓰인 작품들에는《우정》을 제외하고 모두 서양 지향적인 조류 속에서 개인의 자아나 정신적 연애라는 새로운 관념이나 사상에 경도된 청년들이 주인공으로 등장한다. 그들은 자신들의 강한 자아정체성 때문에 오히려 패배의 고배를 마심으로써 메이지 사회의 한 축을 이루고 있던 입신출세적인 공리주의 앞에 그들이 얼마나 무력했던가를 보여준다.

거기에 현실사회를 그려내고자 하는 작가의 시각이 투영된 것이라 볼 수 있다. 그러나 더 일반적인 소설의 표현논리에서 보자면 주인공을 연애관계에서 '패자'가 되도록 만드는 것은 그로 인해 더욱 강한 감정이나 이념을 부각시킬 수 있기 때문이다.

특히 서구의 문예작품에서 그려지는 주인공들은 연애 자체를 열정의 대상으로 삼기 때문에 현실세계에서 상대와 맺어지는 것을 일부러 회피하고 스스로 고뇌 속으로 몸을 던지는 행동을 취하는 경우가 많다(드니 드 루즈몽Denis De Rougemon,《연애와 서구》)고 한다. 독자들이 열렬한 감정이나 파국을 선호하는 이상 그러한 조건을 충족시키기 위해서는 러브스토리의 주인공이 아름다운 사랑의 결실을 맺어서는 안 되는 것이다.

앞에서 거론한 작품들 중에는《우정》이 여기에 가장 가깝다. 젊은 문학도인 주인공 야지마는 자신을 사랑하고 있다고 믿었던 스기코를 경쟁자인 오미야에게 빼앗겨버린다. 그뿐 아니라 오미야가 쓴 작품을 통해서 그녀는 처음부터 오미야에게만 마음을 주고 있었다는 사실을 알고 큰 충격을 받는다. 그렇지만 야지마는 오히려 마음을 추스르고 오미야에게 '자네, 나에 대해서는 걱정하지 말게나. 상처를 받아도 나는 날세. 언젠가는 더욱 힘차게 다시 일어날 걸세'라는 편지를 쓰고 있다.

이러한 사례를 보더라도 소설의 주인공이 연애관계에서 패자가 된다는 설정은 그들에게 강도 높은 파토스를 불어넣기 위한 조건으로 작용하고 있다. 이는 철학의 사유체계와 변증적 형식과는 달리 문학은 이념적 존재로서 인간을 그리는 것이 목적이며 '논리'보다 '정'을 표현한다는 점에서 비롯된 것이다.

이렇게 생각해보면 주인공이 '승리'하는 결말이나 주인공의 '승리'로 이야기가 시작되는 소세키 소설의 전개방식은 문학의 조건이라 할 수 있는 '재미'를 고의적으로 충족시키지 않으려는 측면이 있다.

다시 말해 표면적인 모티브로 남녀관계를 그리고 있는 소세키의 작품들이 과연 진정한 '연애'를 그리고 있는 것인가라는 의구심을 갖게 되는 것이다.

고타니야 돈小谷野敦은 《리얼리즘의 옹호》(新曜社, 2008)에서 소세키 작품에 보이는 연애심리는 '머리로 생각한 것'일 뿐이며, 그러한 점에서 '소세키는 여자를 제대로 못 그렸다기보다는 연애를 제대로 못 그린 것이다'라고 주장한다. 고타니야의 이러한 직감적인 단정은 매우 타당성이 있으며 동시에 이 책의 입장과도 같은 선상에 있다. 소세키 작품에 보이는 연애가 허구적인 인상을 주는 주된 요인은 남녀관계의 외적 세계의 동향을 '머리로 생각'해서 그리고 있기 때문이다.

그래도《그리고 나서》의 다이스케는 3년 전부터 현재에 이르기까지 '사랑의 불씨'가 늘 두 사람 사이에 불타고 있다고 믿는다. 그러한 행동은 절친했던 친구와 절교하고 집에서 쫓겨나는 일을 감수하면서까지 여자에 대한 이념을 달성하고자 하는 낭만적 성격을 띠고 있다.

하지만 그 다음 작품인《문》에서는 소스케와 오요네의 '친밀한 사이'가 그려지고 있지만, 한가한 일요일에만 무료함을 달래고자 하는 소스케의 기력을 상실한 모습에서 이념이나 열정 따위는 흔적조차 찾아볼 수 없다.《마음》하권에서 보이는 선생의 학창시절 행동도 후술하는 바와 같이 다이스케보다도 훨씬 전략적이었으며 선생 자신도 그 사실을 인식하고 있었다.

그럼에도 이 작품은 '선생'이 가마쿠라 해변에서 친구가 된 '나'와 나누는 대화나 하권을 구성하는 유서 중에 사랑에 관한 이야기들이 있어 지금까지 소세키 문학의 연애주제를 고찰할 때 중심 작품으로 간주되어왔다.

이번 장에서는 주로《마음》에서 남녀관계를 계기로 나타나는 선생의 감정적 행동을 분석함으로써 소세키적 표현의 특이성을 살펴보고, 러일전쟁 이후 포스트모던적 사회에 대한 소세키의 시각을 파악해보고자 한다.

《마음》에서는 한 여인을 둘러싼 경쟁구도가 《그리고 나서》나 《문》의 경우보다 훨씬 명확하게 드러난다. 에토 준江藤淳은 다음의 두 책에서 '선생이 K에게 충실하고자 한다면 아가씨를 향한 사랑을 접어야만 했고, 만약 반대로 아가씨에 대한 자신의 감정에 충실하고자 했다면 유일한 친구인 K를 배신해야만 했다'(《메이지의 한 지식인》, 《결정판 나쓰메 소세키》, 新潮社, 1974)라고 주장한다. 또한 선생은 이러한 갈등 속에서 후자를 선택함으로써 자신을 움직이고 있는 에고이즘을 의식할 수밖에 없었다고 해석했다.

이 부분에서는 선생의 '아가씨'에 대한 사랑과 그 사랑을 지켜내기 위해 친구를 배반할 수밖에 없었던 낭만적 인물관이 부상하고 있다. 야마자키 마사카즈山崎正和는 《외롭고 쓸쓸한 인간》淋しい人間(ユリイカ, 1977. 11)에서 선생이 자신의 유서에서 '아가씨'에게 '신앙에 가까운 사랑'을 느꼈다고 밝히는 것은 '매우 정상적'인 연애관이라 평가하며, 선생은 연애에 대해 정신적으로 너무나 결백했기 때문에 K와 경쟁하는 상황을 스스로 초래한 것이라는 견해를 밝히고 있다.

'아가씨'에 대한 엇갈린 평가

그런데 《마음》에서 과연 에토 준이나 야마자키 마사카즈가 전제하고 있는 '아가씨'에 대한 주체적이고 낭만적인 연애감정이 존재했는지, 또 그 감정에서 비롯된 행동을 하는 인물이 존재하는지 묻지 않을 수 없다.

그리고 하권에 보이는 그녀에 대한 평가를 주의해서 볼 필요가 있다. 선생은 아내의 예전 모습인 하숙집 '아가씨'를 플라토닉 러브의 대상으로 신성시하고 있었다는 얘기를 풀어놓지만, 한편으로 같은 집에 사는 생활인으로서 그녀에 대해서는 전혀 높은 평가를 내리지 않는다.

전자의 예로서 야마자키 마사카즈는 선생이 '아가씨'에 대한 사랑을 '신앙에 가까운 사랑'이라고 토로하는 부분을 근거로 선생의 연애관이 '매우 정상적'이라고 평가한다. 아래 인용문은 '아가씨'와의 관계에서 대항자가 되는 K가 선생의 하숙집으로 들어오기 전인 14장의 내용이다.

> 나는 그 여인에게 거의 신앙에 가까운 사랑을 느끼고 있었던 것입니다. 내가 종교를 이야기할 때만 사용하는 이 말을 젊은 여성에게 쓰고 있는 것을 당신은 이상하게 생각할지도 모르겠지만 나는 지금도 굳게 믿고 있습니다. 진정한 사랑은 신앙심과 그리 다르지 않다는 것을 굳게 믿고 있는 것입니다. (중략) 만약 사랑이라는 이상한 것에 양 끝이 있어서 높은 쪽에는 신성한 느낌이 있고 아래쪽에는 성욕이 꿈틀거리고 있다면 나의 사랑은 가장 높은 지점에 있는 것입니다. 나는 태생이 육체를 떠나 존재할 수 있는 인간이 아니었습니다. 하지만 아가씨를 바라보는 내 눈과 아가씨를 생각하는 나의 마음이 육체를 탐하는 일은 전혀 없었습니다.

선생은 '나'에게 아내를 향한 '신앙에 가까운 사랑'을 이야기하면서 '나는 이 세상에서 단 한 사람의 여자밖에는 모릅니다. 아내 이외의 여자는 거의 내게 여자로 다가오지 않습니다. 아내도 나를 천하에 단 한 남자로 생각해주고 있습니다. 그런 의미에서 우리들은 이 세상에서 가장 행복한 부부라고 할 수 있을 겁니다'라는 말로 사랑과 신뢰를 바탕으로 단단하게 맺어진 부부의 모습을 보여준다.

실제로 '나'의 눈에 두 사람은 '금실 좋은 한 쌍의 부부'로 비쳐졌다. 또 선생은 장모가 세상을 떠난 후에도 '나와 아내는 그전처럼 사이좋게 지냈습니다. 나와 아내는 전혀 불행하지 않았습니다. 행복했습니다'라는 글을 남기며, 결혼 전부터 죽음을 결심한 현재까지 '아가씨-아내'에 대한 사랑이 변함없음을 드러내고 있다.

반면 앞서 인용한 선생이 아내에 대한 '신앙에 가까운 사랑'을 이야기하는 부분은 관념적인 언사로 점철되어 있지만, 실제로 선생이 하숙집 '아가씨'였던 그녀를 신성시했다는 사실을 증명할 만한 구체적인 근거가 매우 빈약하다. 오히려 선생이 일상에서 그녀가 보이는 모습들에 그다지 좋은 인상을 갖지 않았던 것을 여러 장면을 통해 찾아볼 수 있다.

예를 들면, '아가씨'가 고토(가야금 같은 일본의 전통 현악기)를 켜는 모습을 보면서 '별로 어려운 가락을 타지 않는 걸 보면 그다지 실력이 출중한 것 같지는 않은 것 같다고 생각'하고, 그녀의 꽃꽂이에 대해서도 '아가씨는 결코 수준이 높은 것은 아니었다'라고 평가한다.

또 외출을 한 줄 알았던 아가씨가 집에 K와 같이 있는 것을 본 선생이 그 이유를 묻는데 '그냥 웃고만 있을' 뿐인 그녀를 보며 '나는 이런 상황에서 웃음을 흘리는 여자가 싫었습니다'라고 생각한다. 물론 이 경우는 K가 그녀 곁에 있었다는 점이 질투심을 불러 일으켜 '아가씨'에 대한 인상이 안 좋아졌다고도 볼 수 있다. 그러나 '젊은 여자들에게 보이는 공통적인 습관이라고 하면 그만이지만 진정 아가씨도 별로 웃기지도 않는 일에 잘 웃는 여자였다'라며, 그녀가 흘리는 웃음이 그녀의 습관이자 성격인 것으로 설명하고 있다.

이와 같이 아내가 된 여인에 대한 평가는, 선생이 하숙을 하던 학창시절과 가마쿠라에서 '나'와 만나 메이지 천황의 죽음과 그에 따른 노기 마레스케의 순사殉死를 계기로 자살을 결심하고 유서를 쓰기에 이르는 시간 사이에서 변용을 보이고 있다.

그리고 거의 세상과 접촉 없이 고독한 삶을 살고 있던 선생에게 아내는 자신의 삶에서 유일하게 같이 살아준 사람이었다. 그 때문에 아내를 존중하고자 하는 자신의 감정을 과거로 소급하여 제시한 것이 하권의 '아가씨'에 대한 '신앙에 가까운 사랑'이라고 생각된다.

실제로 선생은 유서 마지막 부분에 '나는 아내에게 아무것도 알리고 싶지 않았습니다. 아내가 나의 과거에 대해 가지고 있는 기억을 가능한 순백의 상태로 보존하게 해주고 싶은 것이 나의 유일한 희망이었으니까요'라고 쓰며, 아내를 '신성'한 존재로 남겨두려는 마음을 피력하고 있다.

자기 정당화를 위한 유서

여기서 잊어서는 안 되는 것이 소세키가 《마음》 하권의 이야기를 일인칭 고백체로 진행시키고 있다는 점이다. 이러한 서술방식에는 모리 오가이의 《무희》(1890) 혹은 미시마 유키오[31]의 《가면의 고백》(1945)에 대해 자주 지적하고 있는 것처럼 대부분 집필 당시의 자기정당화가 작용하게 된다.

《무희》의 오타 도요타로太田豊太郎는 베를린에서 동거했던 여인 엘리스가 자신에게 버림을 받고 미쳐버린 원인을 그의 귀국 의지를 엘리스에게 전한 아이자와라는 존재에서 찾으려 했고, 《가면의 고백》의 화자는 연애에 실패한 이유를 동성애에 경도된 자신의 운명에서 찾고자 했다.

《마음》 하권도 이와 같은 작품 속 화자에 의한 일인칭 고백체의 특성을 보여준다. '아가씨'에 대한 사랑을 '신앙에 가까운 사랑'이라고 하는 선생의 감정도 집필 당시의 의식으로 덧칠해진 감정이라는 측면이 강하기 때문에, 이를 액면 그대로 받아들여 선생의 인간성으로 연결 지어 생각하는 것은 매우 단순한 파악이라고 볼 수 있다.

---

31) 三島由紀夫. 본명은 히라오카 기미타케(平岡公威). 소설가. 《금각사》(1956) 등 전후세대의 니힐리즘이나 이상심리를 다룬 작품을 많이 썼다.

특히 아내가 되기 전 '아가씨'는 선생이 보기에 아름다운 여인이긴 하지만 한편으로는 고토나 꽃꽂이 실력도 제대로 갖추지 못하고, 의미 없이 웃음이나 흘리는 유쾌하지 못한 습관을 가진 젊은 여자에 불과했다. 게다가 예전에 숙부가 혼담 문제로 자신의 유산을 가로챘던 기억 때문에 선생은 하숙집 주인인 '아가씨'의 엄마가 자신과 딸을 맺어주려는 의도가 있는 것을 간파하고 경계를 하기 시작한다. K라는 친구를 하숙집으로 불러들인 것도 이러한 경계심에서 '아가씨' 엄마와의 사이에 완충제를 두고자 했던 선택이었다고 해석할 수도 있다.

따라서 선생이 '아가씨'에 대한 감정을 '신앙에 가까운 사랑'이라고 표현하는 것 자체가 그녀에 대한 절실한 감정이 결여되어 있는 사실을 정당화하기 위함이라고 볼 수도 있다. 이 '신앙에 가까운 사랑'이라는 표현은 기독교 정신에 근간을 둔 연애관에서 비롯된 것으로, 메이지 20년대(1887~1896)에 기타무라 도코쿠나 이와모토 요시하루巖本義治가 연애의 정신적 가치를 찬양했던 것을 상기시킨다. 예를 들어 도코쿠는《염세시가와 여성》(1892)에서 '단순히 생리적 현상으로 남자가 여자를 좋아하고, 여자가 남자를 좋아한다면 그것은 인간의 가치를 짐승 수준으로 떨어뜨리는 일이다'라고 단정하고, 연애의 가치는 현실세계의 경쟁에서 패배한 '정신적 패장(敗將)'을 위로하고 성장시키는 데 있다며 긍정적으로 평가했다 .

《마음》의 선생은 메이지 5년에서 10년 사이에 태어난 것으로 추정되므로 소년기에 이러한 연애관의 영향을 받았을 것으로 보인다. 단 그렇다고 연애를 정신적 가치로 파악하는 관념이 당시 일본에서 지배적인 상황이었던 것은 아니다.

《염세시가와 여성》에서도 일부일처제적 관계의 영속성을 중시하며, '남녀가 하나가 된 종국에는'이라는 글귀가 있는 것을 보더라도 남녀 간의 육체적 관계 자체를 부정하고 있는 것은 아니다.

또 선생이나 K가 학창시절을 보낸 시기와 겹치는 메이지 30년대 중반은 외재적 도덕관념에 따르는 것이 아니라 내부의 욕구에 따라 살아간다는 다카야마 치요규高山ちよ牛의 주장이 영향력을 행사하고 있던 시기였다. 그는 「미적 생활」에서 '서로 사랑하고 사모하는 남녀가 장미 향기 그윽한 담벼락 밑, 달빛 밝은 해변에서 손을 마주 잡고 서로 사랑을' 나누는 모습을 '치태'를 부리는 것이라 치부하면서도 '가장 아름다운 것' 가운데 하나로 거론하고 있다.(《미적 생활을 논하다》, 1901)

나아가 이러한 육체적 관계를 긍정하는 연애관은 소세키 자신의 생각과도 공통되는 부분이다. 《문학론》에서 그는 벨기에나 영국 심리학자의 주장을 인용하며 다음과 같이 기술하고 있다.

> 델뵈프Delboeuf라는 사람이 이렇게 말했다. '대체적으로 젊은 남녀가 서로 사랑하는 것은 그들이 자각하지 않더라도 정자의 의지에 따른 것이다', 베인Bain 또한 '접촉은 사랑의 시작이자 마지막이다'라고 했다. 대단히 천박한 말처럼 들

리지만 적나라하게 말해버리자면 진실은 그러하다. 단순히 사랑은 신성한 것이라는 주장은 타당성이 매우 결여되어 있다고 보인다.

— 제1편 제2장 '문학적 내용의 기본 성분'

이 글은《마음》을 발표하기 5년 전에 쓴 것이라고는 하지만 나이 마흔에 달한 소세키의 연애관이 그간에 크게 변화했다고 보기는 어렵다. 여기서 소세키는 연애가 성욕의 충동에 이끌려 완성된다는 견해를 명확히 제시하고 있으며, '사랑은 신성한 것이라는 주장은 타당성이 매우 결여되어 있다고 보인다'라고 단정하고 있다.

선생의 책략이란

이렇게 보면 선생이 유서에서 밝히는 '전혀 육체의 냄새를 띠고 있지 않았습니다'라는 '아가씨'에 대한 시선이 당시 시대성을 고려한다 하더라도 '매우 정상적'이라 보기는 어렵다는 것을 알 수 있다.

'아가씨'를 바라보는 선생의 시선에 '육체의 냄새'가 전혀 묻어나지 않았다는 것은 선생이 '아가씨'를 원래부터 연애 대상으로 바라보지 않았다는 얘기가 된다. 선생은 그 거리감을 사후적으로 '신성시'라는 말로 미화한 것이라 추정된다.

유서에 기록된 선생의 행동이나 감정의 흐름을 좀 더 구체적으로 따라가보면, 그다지 강렬히 끌렸던 것은 아니었던 하숙집 딸이 어느새 친구의 욕망의 대상이 되고 있다는 사실을 알게 된 순간 자신이 확보해야만 할 대상으로 의식하기 시작했고, 여러 책략을 총동원하여 목표를 성취하기에 이른 경위를 알 수 있다.

전체적으로 보면 선생은 사후에 부각되는 정신적 사랑이라는 말과는 다르게 오히려 물질적인 집착이 강한 인간이며, 특히 하권에서는 자신에게 귀속되는 혹은 귀속돼야 마땅한 것을 잃을 때 도저히 감내하기 어려워하는 측면이 있다. 유산상속을 통해 드러나는 숙부와의 알력은 선생의 그런 성향을 단적으로 보여준다.

선생은 부친의 유산 관리를 숙부에게 맡겼는데, 숙부가 그 일부를 마음대로 써버린 것을 알고 인간에 대한 인식 자체가 바뀔 정도로 충격을 받는 모습을 보인다. 상권에서 선생은 젊은 '나'에게 숙부한테 받은 '굴욕과 손해'를 '죽을 때까지 잊지 못할 것이다'라며, '내가 그들만을 증오하는 것이 아니다. 그들로 대변되는 인간 전체를 증오하게 된 것'이라고 단언한다.

이 시점에서는 선생이 '남에게 배신을 당했다'는 내용은 밝혀지지 않은 상태지만 상권에서 '나'에게 '어떤 군자君子라도 돈을 보면 바로 악인이 된다'라는 감회를 피력했던 선생의 증오를 하권의 유서에서 밝혀지는 경위와 비교해보면 다소 과잉반응이라는 측면이 있다.

만약 선생이 아버지의 유산 전부를 숙부에게 빼앗기고, 그로 인해 궁핍한 생활을 했다면 그가 온 몸으로 숙부를 증오한다 해도 충분히 납득이 간다. 그러나 실제로는 그렇지 않았다. 또 숙부가 재산의 일부를 탕진했다고 해도 선생은 숙부가 관리했던 아버지의 유산을 돌려받아 '윤택한' 생활을 하고 있었다.

선생은 남은 유산을 친구에게 부탁해서 현금화하였는데 결코 적지 않은 액수였다. 선생은 '학생으로서 생활하는 데는 충분하고도 남을 액수였습니다. 솔직히 말하면 나는 원금에서 발생하는 이자를 절반도 사용하지 않았습니다'라고 할 정도의 현금을 물려받았던 것이다. 또 그는 '경제적으로 불편함이 없었던 나는 복닥거리는 하숙집을 나와서 집이라도 한 채 사서 살아볼까 하는 생각을 했던 것입니다'라고도 밝혔다.

이렇게 보면 선생이 돈 때문에 숙부에게 그렇게까지 증오심을 가질 만한 현실적인 근거는 별로 없어 보이며, 선생과 숙부를 비교한다면 집요한 금전욕에 사로잡혀 있는 것은 오히려 선생 쪽이다.

선생은 숙부의 배반을 계기로 '돈에 대해 인류를 의심하게 됐다'라는 말까지 하고 있지만, 이렇게 거창한 표현까지 사용한다는 것은 그만큼 선생이 '돈'에 큰 비중을 두고 있다는 사실을 반증하는 것이다.

원래 선생이 K를 하숙집으로 불러들인 것은 선생의 물질주의적 성향 때문이었던 것으로 보인다. 앞서 언급한 바와 같이 선생은 숙부와 있었던 일 때문에 자신에게 접근해오는 '아가씨'의 모친에게 경계심을 가졌고, 그 때문에 K를 불러들여 그들과의 사이에 거리를 두고자 했던 것으로 추정된다.

물론 K를 하숙집으로 불러들인 동기는 그것뿐이 아니다. K는 종교와 철학공부를 하겠다고 고집을 부려 자신을 의사로 키우고 싶어 했던 양부모에게 절연을 당한 상황이었다. 따라서 생활이 궁핍했던 K를 동거인으로 끌어들임으로써 선생은 물질적 우위성을 확보했던 것이다. 이것이야말로 선생이 K에게 베푼 배려의 출발점이었다.

이 점에 대해서는 미즈카와 다카오水川隆夫가 《나쓰메 소세키 '마음'을 다시 읽다》(平凡社新書, 2005)에서 정확하게 지적하고 있다. 미즈카와는 '선생의 마음 속 깊은 곳에는 K를 경제적으로 자신의 보호 아래 둠으로써 무엇을 해도 K에게 미치지 못하는 자신에서 벗어나 심리적인 우위를 확보하려는 경쟁심이 숨겨져 있었던 것이다'라는 해석을 제시하고 있다. 미즈카와는 선생을 물질주의자로 보는 관점까지 제시하지는 않았지만, 여기에서 보더라도 선생의 물질주의적 성향이 명확히 드러남을 알 수 있다.

물론 선생이 K를 하숙집으로 들이면서 경제적으로 어려웠던 그를 도와주려는 마음이 전혀 없었다고는 할 수 없다. 그러나 어려운 상황에 처해 있는 K에게 도움의 손길을 내민 것은 늘 학업 면에서 열등감을 갖고 있던 K와의 우열관계를 역전시킨다는 의미가 있다. 이와 더불어 아름다운 하숙집 딸과 자신이 마음만 먹으면 언제든지 결혼을 할 수 있는 상황이라는 것을 K에게 과시하려는 측면도 있다.

게다가 선생은 우정이라는 이름으로 자기과시 심리를 은폐할 수 있었다. 나아가 그때까지 선생의 눈에 비쳐진 K는 여성에게 관심이 없는 고지식한 인물이었기 때문에 선생의 우위성이 역전될 우려는 그다지 크지 않았다. 게다가 선생은 한 발 더 나아가 K를 '아가씨' 모녀 사이에 둠으로써 그들의 접근을 견제하는 역할을 기대했던 것이다. 이렇게 보면 금전적 여유가 있는 선생이 K를 식객으로 받아들인 것은 여러 모로 유리한 거래였다.

'전유'專有에 대한 욕구

선생은 이러한 계산을 하고 K와 같은 하숙집에서 살기 시작했지만 K가 이성에 관심이 없는 것도 아니고 이성으로 인해 흔들릴 수도 있는 사람이었다는 점에서 선생의 계산은 어긋나 버렸다.

그렇기 때문에 선생은 K가 '아가씨'에게 연정을 품고 있다는 사실을 알게 되면서 K와의 우열관계가 다시 역전될 가능성이 생긴 것에 공포심을 느낀다. 선생은 K가 단순히 학업 면에서만 우월한 것이 아니라 한 사람의 남자로서도 매력이 넘치는 듯 보였던 것이다.

그 때문에 선생은 K와의 관계에서 우위를 점하기 위해 '책략'을 써서라도 '아가씨'를 얻고자 했다. 이는 바꾸어 말하면 선생은 '아가씨'라는 존재를 자신에게 귀속시킬 수 있는 '사물'로 간주하고 있었다는 사실을 말해준다. 실제로도 '아가씨'의 존재는 점차 K에 대한 질투를 계기로 '전유하겠다는 강한 일념'을 일으키는 대상이 되었다.

이 시점에서 '아가씨'는 선생에게 '전유'해야 할 물질적 소유의 대상으로 간주되고 있다는 사실이 명백히 드러난다. 선생은 우연히 K의 고백을 들으면서 아가씨를 어떤 책략을 꾸며서라도 손에 넣어야 할 '대상'으로, K는 타도해야 마땅한 '적'으로 의식하게 된다.

선생은 그 이후에 '마치 이종격투기 시합이라도 하듯이 K를 주시하게' 되었고, 그 과정에서 K가 '이상과 현실 사이에서 방황하며 흔들리는 모습을 발견'하고 나서는 '한 방에 그를 무너뜨릴 수 있을 것이다'라고 자신한다. 그리고 이전에 자신이 들어야 했던 '자아 발전 의지가 없는 자는 바보다'라는 말을 K에게 퍼부으며 그를 동요시키고, 한편으로는 '아가씨'의 모친에게 '어머니, 아가씨를 제게 주십시오'라고 청혼하여 바로 동의를 얻어내는 데 성공한다.

이러한 과정을 보면 선생은 마치 완벽한 전략가처럼 K를 표적으로 삼아 자신이 확실히 이길 수 있는 조건에서 승부를 걸고 있음을 알 수 있다. 말하자면 선생은 경쟁의 장을 '연애'에서 '결혼'으로 옮김으로써 절대 지지 않을 판을 만든 것이다.

그리고 결국 선생은 자신이 의도한 대로 '아가씨'를 아내로 맞이하게 되지만, 그 과정에서 선생은 오히려 K보다 우월한 위치에 있는 자신을 잃지 않기 위해 초조함에 사로잡혔다. 상권 14장에서 선생이 '나'

에게 자기 자신에 대한 불신을 말하는 대목은 이러한 충동적이고도 자신의 존재 확립을 위한 행동에 몰입하는 성향을 가리키고 있는 것으로 보인다.

'나는 나 자신조차 믿을 수가 없습니다. 내가 나를 믿을 수 없기 때문에 남도 못 믿게 된 것입니다'라는 선생의 말에 '내'가 '그렇게 어렵게 생각하면 누구라도 확신이 드는 것은 없겠지요'라고 반론하자, 선생은 '아니 생각한 게 아닙니다. 그런 행동을 한 거예요. 그리고 몹시 두려워진 것이지요'라고 대답했다.

이때 선생 머릿속에 떠오른 것은 분명 '아가씨'를 두고 K와 벌일 경쟁과 그 결과였을 것이다. 결국 선생이 K를 제치고 '아가씨'를 얻고자 했던 이유는 그 행위가 정당한가 여부를 '생각할' 여지도 없는 절박함이 그를 다그치고 재촉했기 때문이다. 그래서 선생은 무엇보다 '아가씨'를 빠른 시간 내에 갖기 위한 최상의 행위를 '한' 것이었고, 그 행위가 가져온 K의 자살이라는 결과에 대해 '그 행위 이후에 몹시 놀랐다'라고 말한다.

이 '놀라움'은 동시에 자신의 내면에 '생각'의 공백이 존재하는 것, 다시 말해서 선생 스스로 '아가씨'에 대한 내실이 결여된 자신의 감정을 절감하게 했다. 이 선생의 '놀라움'과 대조를 이루는 것이 K가 자살할 때 뿜어낸 '피'의 격정이다. 그것은 K 자신이 의도한 것이 아닐지라도 결과적으로는 선생에 대한 냉소와 야유로 작용했다. 따라서 선생이 자신의 내면 속 '아가씨'에 대한 감정이 얼마나 미약한 것인지를 스스로 되돌아볼 수 있도록 하는 효과를 가져왔다.

그리하여 K의 죽음은 선생에게 십자가를 지워 매달 K의 묘를 찾게 만들었고, 아내가 된 '아가씨'와의 결혼생활 동안 그에게 결여되었던 그녀에 대한 내적 감정을 사후에 채워나가도록 하는 계기로 작용했다.

또 현실적으로도 '아가씨'는 함께 사는 사람으로서 선생에게 적합하지 못한 여성은 아니었기 때문에 반복되는 일상 속에서 그녀를 아끼는 마음 정도의 사랑은 쌓여갔을 것이다. 그러나 선생은 스스로 생을 마감하려는 시점에서 지난 세월의 궤적을 다시 돌아보며 '아가씨'를 아내로 삼아 그녀와 함께 살아온 시간을 긍정하고 인정하기 위한 '이야기'를 만들고자 한다.

과거와 현재의 감회들이 미묘하게 교차하면서 아내에 대한 그의 시선이 흔들리고, 그 결과 그녀에 대한 표상에 간극을 보이게 된 것이다.

이런 관점에서 보면 상권에서 젊은 '나'에게 토로했던 선생의 '쓸쓸함'의 내면에 접근해갈 수 있다. 여기서 선생은 '나'에게 자신이 '외롭고 쓸쓸한 인간'이라는 것을 몇 번이고 강조한다.

> "나는 외로운 사람입니다." 선생님은 그날 밤 전에 했던 말을 되풀이했다. "나는 외로운 사람입니다. 그런데 어쩌면 당신도 외로운 거 아닐까요? 나는 외로워도 나이가 있으니 그냥 견딜 수 있지만 당신은 젊으니까 그럴 수는 없겠지요. 움직일 수 있을 만큼 움직이고 싶겠지요. 움직여서 뭔가에 부딪혀보길 바

라겠죠."

이렇게 말하는 선생은 젊은 '나'의 내면에도 '외로움'이 있어 그 때문에 자신에게 다가왔다고 추정하고, 자신에게는 '그 외로움을 뿌리째 뽑아버릴 수 있을 만큼의 능력이 없다'라고 말하며 '쓸쓸한 웃음'을 지어 보인다.

이 부분은 자주 인용되는 부분인데 야마자키 마사카즈는 앞서 소개한 《외롭고 쓸쓸한 인간》에서 선생이 이야기하는 '쓸쓸함'이 '근대적 자아'를 지향한 결과의 산물이라고 보고, '거의 병적일 만큼 인간관계 속에서 완전하게 순수한 주체로 존재하고자' 하는 자세와 '친구나 이성 혹은 선배들까지도 자발적으로 선택하려고 한' 결과 치유될 수 없는 '쓸쓸함'에 빠질 수밖에 없었다고 주장한다.

그러나 자신의 주체성을 파고들고자 하는 지향성 때문에 타자와 안일한 관계나 연대를 배제하고 그 결과 '쓸쓸함'을 뼛속 깊이 느낄 수밖에 없다는 주장은 논리적으로는 이해가 가지만, 선생이 실제로 그런 인간인지에 관해서는 의구심을 가질 수밖에 없다

무엇보다 선생은 '아가씨'에 대한 K의 욕망을 알고 그것을 모방함으로써 그녀를 오롯이 가지게 된 것이며, 한참을 지나서야 그 공허함을 인식하면서 내면의 '쓸쓸함'에 직면했던 것이기 때문이다.

오히려 선생의 말이 의미하는 것은 인간은 본디 내면에 공허함을 갖

고 있으며, 그 공허함을 채우기 위해 타자 혹은 외부세계와 관계를 맺는 존재라는 것이다. 또한 자신의 지난 삶의 궤적을 돌아보며 그 공허함을 부정적으로 표현한 말이 바로 '쓸쓸함'인 것이다.

그리고 앞서 파악한 것처럼 여성을 획득의 대상으로 삼아 그 목표를 달성하지만 그 이후에 치유되지 않는 공허함에 빠지는 선생의 모습과, 제국주의적 확장을 이루면서도 근대국가로서 완성을 이루지 못한 메이지유신 이후 일본의 모습이 중첩되는 것이 바로 소세키의 표현방식인 것이다.

원래 '전유'라는 관념.자체가 제국주의적인 욕망의 대상에 대해 사용하는 말이다. 1905~6년경 《문학론 노트》에 쓴 '두 사람이 Same space(같은 공간)를 Occupy(점거)할 수는 없다. 갑이 을을 내쫓거나 을이 갑을 제거하거나 둘 중에 하나만 있을 뿐이다. 갑이든 을이든 상관없다. 어느 쪽이든 강한 쪽이 이기는 것이다. 논리도 필요 없다. 잘난 쪽이 이기는 것이다. 고상함도 저질도 관계없이 뻔뻔한 쪽이 이기는 것이다'라는 유명한 구절은 욕망에 의해 움직이는 군사대국의 모습에 부합된다.

《마음》을 쓴 1914년 '나의 개인주의' 강연에서도 소세키는 '원래 국가와 국가는 아무리 요란을 떨어도 덕과 신의를 갖추는 정의로움 같은 것은 거의 없는 법입니다. 사기치고 속이고 기만하고 그야말로 엉망진창입니다'라고 말했다. '정의로움' 같은 것은 날려버리고 행동해야 '승리'할 수 있다는 주장은 그의 《문학론 노트》와 강연회에서 공통적으로 보이는 논리이다.

여기에서도 인간 '두 사람'의 갈등과 '국가와 국가'의 다툼이 서로 중첩되어 드러나는 소세키의 표상논리를 확인할 수 있다.

앞서 《문학론 노트》의 인용 부분에 이어서 소세키는 공간의 점유를 둘러싼 싸움에서 '인륜오상'[32]人倫五常을 중시하는 자는 반드시 패배하고 오로지 'power'(힘)와 'will'(의지)을 가진 자만이 승리하는 것이라고 단언한다. 이 주장에서 염두에 두고 있는 것은 역시 삼국간섭의 경험이라고 생각된다. 그때 일본은 서구 열강들의 'power'에 의해 요동반도를 'occupy' 즉, '점유'할 수 없었고 거기에서 퇴출당해버렸던 것이다.

'나의 개인주의'에서 언급한 국가 간의 싸움이 '엉망진창'인 것이라는 감회도 이때의 경험을 염두에 둔 말이었을 것이다. 《마음》에서도 선생이 K를 직접 내몰았던 것은 아니지만 결국 '아가씨'와의 관계에서 선생이 책략을 꾸몄고, 그 결과 K는 인생이라는 무대에서 스스로 퇴장해버리고 만 것이다.

내면과 외형의 간극

앞서 살펴본 선생의 '쓸쓸함'이란 제국주의적 확장을 통해 외형적 성과

32) 부자유친(父子有親), 군신유의(君臣有義), 부부유별(夫婦有別), 장유유서(長幼有序), 붕우유신(朋友有信)에서 보이는 부자, 군신, 부부, 장유, 붕우의 5개 인간관계를 오륜이라 하며, 그 속에서 보이는 친(親), 의(義), 별(別), 서(序), 신(信)이 오상이다.

를 달성한 것에 그친 근대 일본에 대한 소세키의 비판적 시각이 표출된 것으로 보인다. 이러한 주제의식을《마음》과 비슷한 설정으로 쓰인《문》에서도 확인할 수 있다.

앞서 제3장에서 언급한 것처럼《문》은 1910년에 체결된 한일합병을 염두에 두고 쓴 작품이다. 이 작품에서 하급관리인 주인공 소스케는 아내 오요네와 평온한 생활을 영위하고는 있었지만, 작품 속 화자는 자식이 없는 두 사람의 팔자를 '자신들의 쓸쓸한 생애'라는 말로 표현하고 있다.

오요네는 세 번 임신을 하지만 모두 유산 혹은 사산을 해 결국 아이를 갖지 못했다. '당신은 유감스러운 일로 남에게 죄를 지었어. 그 죄 때문에 자식 복이 없는 거야'라는 역술가의 말에 오요네는 '심장에 칼을 맞는 듯한 느낌'을 받는다.

그리고 이러한 상황에 대해 '자업자득'이라는 표현이 쓰인다. 그리하여 소스케가 친구인 야스이를 배반하고 오요네와 결혼한 대가로 두 사람의 미래가 갈수록 불행해지는 숙명을 짊어지게 되는 것처럼 그려지고 있다.

이렇게 오요네가 자각하는 죄의식은 실제 그들의 행동에 비하면 다소 과도한 것으로 비쳐질 수 있다. 남녀 간의 갈등이나 알력은 세상사에서 흔히 일어날 수 있는 일이며,《그리고 나서》의 미치요와는 달리 오요네는 야스이의 정식 아내라고 볼 수 없는 이상 '자업자득'이라고 생각해야 할 만한 숙명의 무게가 있다고 보기 어렵기 때문이다.

그렇기 때문에 역술가가 말했던 '유감스러운 일'로 남에게 죄를 지었다는 것은 인간관계에서 있을 수 있는 타격을 뛰어넘는 문맥을 환기시킨다. 그것은 바로 이웃 나라 한국에 대해 강행하려는 식민지화라는 '유감스러운 일'이다.

한국인 연구자인 김정훈의 '유감스러운 일을 당한 대상은 야스이임과 동시에 만주(한국)이기도 하다'라는 주장(《소세키와 조선》, 중앙대학출판부, 2010)은 피해 당사국 측의 시각이라는 점에서 설득력을 갖는데, 이러한 정치적 문맥을 고려함으로써 소스케와 오요네 부부가 느끼는 감정들을 더욱 명확히 이해할 수 있다.

따라서 '자식 복이 없다'는 역술가의 예언은 다름 아닌 한일합병에 의한 일본의 '확장'이 풍요로운 미래를 가져다주지는 않는다는 전망을 말하는 것이며, 거기에는 일본의 행보를 바라보는 소세키의 냉철한 시각이 담겨 있다.

그리고 《마음》의 선생 부부도 자식 없는 부부로 설정되어 있는데 여기에 담겨 있는 함의 또한 동일한 것이다. 선생의 '쓸쓸함'을 아이의 부재와 직접적으로 연결시킬 수 있는 것은 아니지만 여기에서는 오히려 그의 내면에 자리하고 있는 공허함이 아이가 없는 상황으로 구체화되었다고 볼 수 있다.

이와 같이 외형적으로는 '승자로서 성취를 이루었으면서도 그에 걸맞을 만큼의 내실이 충족되지 못한 간극을 '쓸쓸함'으로 느끼는 인물 조형은 이듬해에 발표된 《미치쿠사》道草(1915)의 주인공 겐조에게로 이어진다.

대학교수로서 일상을 살아가는 겐조는 자신이 대단한 위치에 있다고 생각하지도 않았고 경제적으로도 여유롭지 못한 생활을 하고 있었다. 그렇지만 관계를 끊었던 전 양부 시마다를 비롯하여 겐조의 주위 사람들 눈에는 그가 사회적인 성공을 이룬 사람으로 보이기 때문에 무슨 일이 있을 때마다 그에게 의존하려고 했다. 실제로 겐조의 주변에는 어려운 처지에 있는 친척들이 많았으며, 그중 한 사람인 이복누나와 만난 후에 겐조는 '쓸쓸한 마음'을 갖게 된다.

소세키 작품에서는 이러한 외형과 내실 사이에 존재하는 간극이 종종 육체적 차원으로 표현되는 것을 볼 수 있다. 단적인 예로 《문》에서 치아 통증 때문에 치과를 찾은 소스케에게 의사는 치아 검사를 마치고 '치아 속이 완전히 썩어 있습니다'라는 진단을 내렸다. 또 소세키의 유작이 된 《명암》의 주인공 쓰다는 허영심이 강한 물질주의적인 삶을 살면서도 심한 치질로 고통받는 인간으로 설정되어 있다. 작품 앞머리 부분에서 그도 역시 의사 진단을 받고 그의 치질 질환이 '근본적인 수술'을 하지 않으면 심각한 상태가 될 것이라는 얘기를 듣는다.

이와 같이 겉으로 보기에는 알 수 없지만 '속'이 육체적 혹은 정신적으로 병들어 있거나 '썩어' 있는 존재라는 것은 그야말로 소세키의 눈에 비친 근대 일본의 모습이다.

또 1908년에 발표된《산시로》앞부분에서 산시로의 지인인 히로타 선생으로 하여금 '이런 얼굴을 하고 이렇게 허약해져 있는 나로서는 제아무리 러일전쟁에 이겨서 일등국이 됐다 해도 아무런 의미가 없어요'라는 말을 하게 함으로써, 러일전쟁이 끝난 이후의 일본사회에 '일등국'의 영광과 피폐한 민중들의 모습이 교차하고 있었음을 보여준다.

소세키가 '현대 일본의 개화'라는 강연회에서 메이지유신 이후 진행된 일본의 개화가 '외부로부터'이자 '수직적'인 것이었다고 비판했던 것도 물질적인 차원에서는 근대화를 이루었지만, 그것이 민중의 생활 차원으로 내재화되지 못한 채 일본인의 의식이나 자각은 전체적으로 전근대적 후진성에 머물러 있는 현실을 지적하고 있는 것이다.

이러한 표현이나 담론을 통해 러일전쟁 후의 '포스트모던'적인 상황에 내재되어 있는 이중의 공허함을 읽을 수 있다. 즉, 러일전쟁이라는 '거대담론'이 종언을 고한 후에도 한국 강제합병을 통해 타국을 침략하여 국가 확장을 시도하고자 하는 모던담론은 여전히 계승 · 진행되고 있었을 뿐, 절대 '포스트'한 상황이 되지는 않았던 것이다.

작가 소세키의 눈에는 당시 일본의 모습이 바람직한 근대화를 위해서는 부정되어야만 하는 상황으로 비쳐졌다. 그렇기 때문에《문》이후 작품에서 반복해서 등장하는 '쓸쓸함'이나 공허함을 잉태한 인물들은 곧 메이지 · 다이쇼시대의 '포스트모던'적 공허함을 나타내고 있는 것이다.

그러한 맥락에서 소세키의 주인공들은 외형적으로 달성된 성취의 이면을 드러내 보이기 위해서라도 남녀관계나 직업적인 면에서 '승리자'로 그려질 수밖에 없었다.

하루키

6장 '텅 빈' 인물들

세계의 끝과 하드보일드 원더랜드

해변의 카프카

감정의 '견고한 껍데기'에 갇힌 주인공

소세키 작품을 보면 직업이나 남녀관계에서 외형적으로는 성공한 사람이지만 내면에는 공허함과 쓸쓸함을 가슴에 품고 사는 인물들이 반복적으로 나타난다. 이러한 유형의 인물들은 무라카미 하루키의 작품에도 종종 등장한다.

《1973년의 핀볼》의 주인공은 그 첫 번째 예이다. 친구와 시작한 번역회사 사업도 제법 번창하여 '성공한 우리'라는 자부심도 느끼고, 신분도 모르는 쌍둥이 소녀와 동거하며 성적 쾌락도 충족시키고 있음에도 주인공 '나'의 내면에서 커져만 가는 공허함은 3년 전에 빠졌던 핀볼머신에 다시 몰두하는 모습으로 점차 명확해져간다.

이 인물에도 역시 '내면'과 '외형'의 간극이 투영되어 있다. 그러나 그는 의식적으로 공허함을 느꼈던 반면에 《세계의 끝과 하드보일드 원더랜드》의 '나'는 거의 무의식적인 차원에서 내면의 공허함을 끌어안고 있으며, 오히려 그로 인해 사회적 위치와 활동이 보전되는 구조 속에서 살고 있다.

제4장에서 언급한 것처럼 주요 줄거리에 해당하는 '하드보일드 원더랜드'에서 '나'는 자신의 뇌를 통해 암호화 작업을 하는 '계산사'라는 특수한 직업을 갖고 있으며 그 직무를 통해 높은 급여를 받고 있다. 그것은 정보처리를 진행하는 뇌의 회로가 다른 계산사들에 비해 매우 안정

되어 있었기 때문이다.

특히 뇌의 회로를 일시적으로 개방해서 수적인 정보를 통과시키는 '셔플링'이라는 작업은 계산사에게 큰 부담을 주어 그들의 목숨을 잇따라 앗아갔지만 '나'만큼은 건강한 상태에서 작업을 계속할 수 있었다.

이는 '내'가 방대한 정보를 침투시키면서도 그 정보들에게 잠식당하지 않을 만큼 내적인 견고함을 갖고 있었기 때문으로 풀이되고 있다. 셔플링을 개발한 박사가 보기에 '나'에게는 자아의 '견고한 껍데기'가 있으며, 그것을 '내'가 갖게 된 사정에 대해서 박사는 이렇게 추측했다. '유아 체험, 가정환경, 에고의 과잉 객체화, 죄악감…. 특히 자네는 자신의 껍데기를 지키려는 성향이 극단적으로 강하지. 내가 틀린 말했나?' 또 '나'는 박사의 손녀딸에게 '당신은 감정의 껍데기가 무척 견고해'라는 말을 듣기도 한다.

그런데 여기서 흥미로운 것은 그가 가진 '감정의 껍데기'의 견고함이 손녀딸과 맺는 관계에서 단적으로 드러난다는 점이다. 아직 처녀였던 손녀딸은 '나'를 자신의 첫 경험 상대로 지목하지만 '나'는 완강하게 거부한다. '내가 뚱뚱해서 싫은 거야?'라고 손녀딸이 물었을 때 '나'는 '너의 몸매는 아주 귀여워'라고 대답하면서, '왜 그런지는 모르겠지만 지금 너랑 자면 안 될 것 같은 생각이 들어'라며 그녀의 유혹을 결코 받아들이지 않았다.

이러한 일화는 계산사로서 '나'의 우수함의 이유를 말해준다. 이렇게 가치관의 흔들림이 없는 모습이 긍정적으로 평가될 수 있는 자세임에도 작가가 오히려 부정적인 의미를 부여하는 것은 이 작품에 담긴 하루키의 모순적인 시각을 엿볼 수 있는 대목이다.

즉, 이 일화에서 그려지는 '내'가 외부세계에 대해 지극히 안정적인 지향점을 보인다는 것은 본디 인간이 갖추어야 할 정서적인 부분이 결여되어 있음을 의미한다. 또한 그가 살고 있는 세계는 이미 '끝이 난 세계' 내지 '죽은 세계'라는 것을 말해주고 있다.

그리고 이러한 설정은 '나'의 심층의식에 잠재된 뇌의 회로를 그려내는 도식을 '드라마'라는 형식으로 시사하고 있다. 드라마란 계산사가 갖는 각각의 고유성인데 '나'에게는 그것이 '세계의 끝'이라는 것을 그가 속해 있는 '조직 즉, 시스템'을 통해 인지했던 것이다. '나'는 처음에는 그런 의미를 이해하지 못하고 있었으나 박사의 다음과 같은 설명을 듣고 납득하기에 이른다.

"…어째서 자네가 그런 걸 의식 저 밑에 감춰두고 있었는지는 모르겠네. 하지만 일단 그렇다네. 자네 의식 속에서는 이미 세계가 끝이 나 있는 걸세. 반대로 말하면 자네 의식은 세계의 끝에서 살고 있는 게야. 그 세계는 지금 이 세계에 존재하는 것이 대부분 빠져 있어. 그 세계에는 시간도 없거니와 공간의 확장도 없고 삶도 없고 죽음도 없네. 정확한 의미의 가치관이나 자아도 없네. 그곳에서는 짐승들이 인간들의 자아를 통제하고 있는 게야."

— 제25장 하드보일드 원더랜드 '식사, 코끼리공장, 올가미'

이 설명을 통해 장을 교차시키면서 진행되어가는 '하드보일드 원더랜드'와 '세계의 끝' 이야기의 관련성이 드러난다. '세계의 끝' 장에서 유니콘들이 오가는 평화로운 공간에 오게 된 '나'는 동물 두개골에 새겨진 '꿈'을 해석하는 '해몽가' 일을 하고 있다.

이 '세계의 끝'이라는 시공간은 처음에는 가까운 미래의 정보전쟁이 전개되는 '하드보일드 원더랜드'의 시공간과 관계가 없는 것처럼 보이지만, 후자의 주체인 '내'가 심층의식 속에서 그리고 있는 세계가 바로 전자라는 사실이 점차적으로 드러난다. '나'를 지탱하는 감정의 '견고한 껍데기'에 해당하는 것은 '세계의 끝' 공간을 둘러싸고 있는 '높은 벽'으로 존재하며, 주민들은 그 벽에 갇히고 또 동시에 그 벽에 의해 보호받고 있다.

'쥐'와 '그늘' – 분신적 존재의 역할

'세계의 끝'에는 '나'의 분신적 존재로 3부작의 '쥐'와 같은 역할인 '그늘'이 등장한다.

그늘은 '세계의 끝' 세계가 '마음을 없앰으로써 성립한다. 마음을 없애면 각각의 존재를 영원히 확장된 시간 속에 끼워넣을 수가 있어'라고 말하며, 이 세계의 평온한 고요함은 '마음'을 잃어버린 사람들이 살기 때문에 존재하고 있음을 시사한다.

그리고 '하드보일드 원더랜드'의 '나'는 이 시공간을 이루는 광경을 자신의 의식 저변에 잉태하고 있었다. 아울러 유능한 계산사의 조건 중 하나인 감정의 견고함이 다름 아닌 그가 갖고 있는 '죽은 세계'의 반영이라는 것 또한 여기서 드러난다.

이러한 구도는 포스트모던 사회에 대한 하루키의 엄격한 평가가 표출된 것이며, 나아가 여기에서 소세키와 하루키의 근대를 바라보는 비판적 시각의 유사함과 다름이 부각된다.

외형적으로는 성공하거나 성취를 이룬 인물이 내면에서는 공허함을 키우고 있다는 구도는 두 작가의 등장인물들에게 공통된 부분이다. 앞장에서 살펴본 바와 같이 소세키가 작품에 투영한 공허함은 전적으로 러일전쟁이라는 '거대담론' 이후에도 끊임없이 전쟁과 침략으로 국가 확장을 시도하면서 여전히 모던적 이야기 속에 머물고 있는 일본에 대한 작가의 시각이 표출된 결과였다.

한편 하루키 작품에 등장하는 인물들이 안고 있는 공허함은 1960년대 말 정점을 이루었던 이념적 고양 즉, 본래 인간이 가져야 할 불투명한 감정을 떼어내버린 결과라는 점에서 어디까지나 포스트모던적 비판이다.

또한 《마음》의 선생이나 《문》의 소스케가 느꼈던 '쓸쓸함'의 감정이 하루키의 등장인물들에게는 그다지 강하게 묻어나지 않는 것을 볼 수 있다. 그 이유는 그들이 그러한 감정에 사로잡혀 있었던 것은 전적으로 과거 시간일 뿐이며, 작품 속 장면에서는 쥐라는 분신이 대신 떠맡아주고 있기 때문에 그들은 이미 그런 감정에서 벗어난 단계에서 일상을 살고 있는 것이다. 《세계의 끝과 하드보일드 원더랜드》의 '나'는 그러한 감정의 탈각상태를 규명해내는 형상이며, 타자와 감정을 주고받는 일이 없는 이른바 궁극의 'detachment' 속에서 살아가는 인물이었다.

그런 '나'에 비해 《양을 둘러싼 모험》의 '나'는 훨씬 더 감정의 진폭이 넓은 인물이다. 그는 본인이 정말 가고 싶은 것인지 아닌지도 명확하게 알지 못한 채 그저 성욕을 충족시키는 상대인 '귀 모델' 여자와 동행한다는 이유로 양을 찾아 홋카이도로 떠나는 일을 수락해버린다. 그러고는 홋카이도에 가서도 초반에는 삿포로에 있는 호텔에서 그녀와 성관계를 갖는 일만 반복한다.

또 앞서 언급한 바와 같이 《양을 둘러싼 모험》의 '나'는 상황 판단 능력도 뛰어나지 못하며 자신이 도달해야 할 곳이 쥐와 관련된 장소라는 사실도 모르는 둔감한 인물이었다. 그렇기 때문에 그는 '검은 옷을 입은 남자'가 만들어놓은 프로그램대로 행동해버리는 것이다.

그러나 한편으로 그는 인간답게 불투명한 '마음'을 갖고 있는 존재라고도 할 수 있다. 그리고 '하드보일드 원더랜드'의 '나'도 늘 한 치의 냉비 없이 행동하고 있지는 않지만, 그의 전신이라고 할 수 있는《1973년의 핀볼》의 '나'처럼 과거에 대한 집착에 연연하지도 않는다. 그는 현재 자신이 하고 있는 일 그리고 '혼자서 고리타분한 소설을 읽거나 옛날 할리우드 영화를 비디오로 보거나 맥주나 위스키를 마시거나' 하는 여가 생활을 통해 자신의 생활시간을 자기 완결적으로 충족시키고 있다.

이런 관점에서 보면 분명 '나'는 애매한 정에 흔들리는 일이 없는 유형의 인간이며, 그런 조건 덕분에 고도의 정보사회에서 자신의 자리를 확보할 수 있었다. 하지만 그 이면에는 인간으로서 본질이 결여된 모습으로 설정되어 있다.

박사와 처음 만났을 때 박사가 '내가 생각하기에 자네에게는 뭔가가 있어. 혹은 뭔가가 결여되어 있어. 어느 쪽이든 결국 같은 얘기지만 말이야'라고 '나'에 대해 말하고 있는 것은 그에게 부여된 양면성을 시사한다.

그리고 그의 '결여'됨을 나타내는 설정이 '하드보일드 원더랜드'에서는 분신의 부재로 나타난다. 3부작에서 쥐는 1970년대 이후의 시대를 살기 위해 잘라내버린 주인공의 이념적 자아의 잔재를 끌어안고 있는 존재였다. 그 쥐가 '나'와의 거리를 바꿔가면서 작품에 존재하는 것은 바로 주인공이 '마음'을 잃고 있지 않다는 반증인데, '하드보일드 원더랜드'에서는 쥐에 해당하는 분신이 설정되어 있지 않기 때문에 '나'는 말 그대로 '하드보일드'한 '껍데기'를 갖고 살고 있었다.

순환하는 이야기

그렇게 되면 이 작품구조에 묘한 뒤틀림이 존재한다. 왜냐하면 '세계의 끝'의 시공간은 '하드보일드 원더랜드'의 '나'의 의식 심층에 있었던 것으로 보이는데도 양자 간의 관계를 굳이 흩뜨려놓은 면이 있기 때문이다.

그것을 반증하는 것이 '세계의 끝'의 '나'에게 접근하려고 하는 '그늘'의 존재이다. 그늘은 '나'에게 이 벽에 갇힌 세계에서 탈출할 것을 끊임없이 권유하지만 '나'는 최종적으로 여기에 머무르는 길을 선택한다.

만약 이 세계가 '마음'을 상실한 '나'의 심층을 그리고 있는 것이라면, 이념적 존재인 그늘이 등장한다는 것은 모순되는 일이다. 따라서 이 두 세계는 동시적 평행관계에 있는 것처럼 보이면서도 실은 시간적인 전후관계 속에 배치되어 있는 것이다.

하지만 오히려 이 작품은 그렇게 읽히도록 썼다고 보는 게 맞을 것이다. '나'는 박사가 의뢰한 셔플링 작업을 하면서 그의 심층의식을 허구적으로 정리한 특수한 회로를 뇌에 장착한다. 게다가 박사가 조직 간의 대립에 말려들어 '나'와 접촉할 수 없게 되는 바람에 그 회로를 해체할 수 없었던 '나'는 통상적인 의식을 상실하고 회로 속에서 영원히 살게 되었다.

이 소설의 전개방식을 생각한다면 '세계의 끝'의 시공간은 '내'가 간힌 회로가 그리고 있던 세계라고 볼 수 있다.

가와모토 사부로川本三朗는 무라카미 하루키와 진행한 대담에서 "'내'가 마지막에 죽은 곳에서 이번에는 사후 세계인 '나'의 숲 세계 쪽으로 들어간다라는 해석"을 제시했다.(「대담 '이야기'를 위한 모험」物語 のための冒険(《문학계》, 1985. 8) 생각해보면 '세계의 끝'에는 '내'가 스스로 '왜 내가 오래된 세계를 버리고 이 세계의 끝에 와야만 했던가?'라는 소회를 밝히는 구절이 있어, 그가 어떤 사정 때문에 다른 세계에서 이곳으로 옮겨왔음을 암시하고 있다.

하지만 이 작품의 성립과정에 눈을 돌려보면 이와는 반대의 전후관계가 드러난다. 즉, 《세계의 끝과 하드보일드 원더랜드》는 5년 전에 쓰인 '세계의 끝'과 매우 유사한 단편소설인 「거리와 그 불확실한 벽」(1980)의 속편 같은 성격을 띠고 있다.

이 단편소설에서 '나'는 '그늘'을 박탈당하고 벽으로 둘러싸인 도시로 들어가 그곳에서 죽어가는 짐승들을 바라보면서, 도서관에 축적된 '오래된 꿈'을 읽으며 일상을 보내고 있었다. 그 점에서는 '세계의 끝' 쪽이 '하드보일드 원더랜드'에 '선행'해서 성립하고 있는 것이다.

다만 「거리와 그 불확실한 벽」의 내용은 '세계의 끝'과 유사하면서도 몇몇 중요한 차이가 있다.

우선 '세계의 끝'에서 '벽'은 또 하나의 이야기와 호응하면서 주체 내면의 '껍데기'에 해당하는 것이 점차 드러난다. 벽으로 둘러싸여 있는 세계는 동시에 '나' 자신의 세계이기도 하다. 그렇기 때문에 더더욱 '나'는 '그늘'의 지속적인 권유에도 마지막에 '여기는 나 자신의 세계야'라고 말하며 바깥세계로 나가는 것을 거부한다.

한편 「거리와 그 불확실한 벽」의 '거리'를 둘러싼 벽은 반전의 여지 없이 자유로운 활동을 저해하는 외적 장벽을 상징한다. 그리고 그 안에서 꾸려가는 활기 잃은 평화로운 일상들은 3부작의 시대적 배경인 1970년대 이후 시대의 은유이다.

실제로 이 '거리'는 예전에 '해머의 소란함이 가득하고 화로의 열기로 뒤덮여 있었다'라는 구절에서도 알 수 있듯이 활기에 찬 공업도시였던 것으로 보인다. 그런데 특징적인 것은 1960년대 일본을 상기시키는 이러한 광경이 '모든 것이 다 옛날이야기'라고 표현되고 있다는 점이다.

따라서 이념적 존재인 그늘이 '나'를 바깥세계로 데리고 나오려 하는 것은 '죽은 도시'가 의미하는 1970년대 이후의 시대에서 1960년대로 회귀하고자 하는 것으로 해석할 수 있다. 초기 3부작에서도 주인공이 종종 의식 속에서 1960년대로 회귀하는 것을 볼 수 있듯이 그 경계는 그다지 견고하지 않은 '불확실한 벽'에 지나지 않으며, 결국 도시를 둘러싼 벽은 탈출 의지를 갖고 있는 '내' 앞에서 사라져 없어진다.

또한 「거리와 그 불확실한 벽」과 '세계의 끝'이 대조적인 결말로 끝나는 것도 중요한 차이이다. 후자에서 '나'는 그늘의 권유를 거절하고 홀로 벽 안에 남는 것을 선택하는데, 그것은 '하드보일드 원더랜드'에서

'나'의 삶의 방식이었다고도 볼 수 있기 때문이다.

앞서 언급한 '내'가 자신의 심층회로에 갇힌 결과가 '세계의 끝'이라는 해석과 상반되는 전후관계가 상정되는 것이 바로 이 지점이다. 오히려《세계의 끝과 하드보일드 원더랜드》는 이 순환적이거나 반전적인 인과관계에서 두 이야기가 연결되는 세계라고 할 수 있다. 그리고 그 관계에는 하루키의 포스트모던에 대한 지향점과 그에 대한 비판이 투영되어 있다.

흥미로운 것은 1960년대로 회귀하려는 방향을 가진「거리와 그 불확실한 벽」이 하루키가 1960년대를 묻어버리는 것을 모티브로 하는 3부작을 쓰고 있던 1980년이라는 시기에 발표되었다는 점이다. 여기서 무라카미 하루키라는 작가의 내면에 일찍부터 포스트모던 비판의 밑씨가 자리하고 있었음을 엿볼 수 있다.

아마도 하루키 내면에는 자신의 기점이라 할 수 있는 1960년에 대해 강한 애착 내지 집착이 있었던 것으로 보인다. 그리고 그것을 의식적으로 봉인한 것은 1970년대 후반 이후 현대를 살기 위한 방책이었던 것이고 아울러 그 자체가 창작의 모티브를 이루고 있었다.

하지만 이러한 포스트모던적 시대가 결코 적극적인 긍정의 대상이 아니라는 인식을 점차 갖게 되는데 이는《세계의 끝과 하드보일드 원더랜드》의 이중적인 구조를 통해 드러난다.

'어머니'로서의 1960년대

포스트모던 비판으로서 1960년대로 회귀하는 방향성을 더욱 명료하게 내세우고 있는 작품이 2002년에 발표한 《해변의 카프카》이다. 이 작품도 두 개의 서로 다른 이야기가 교차하며 전개되는 가운데 점차 두 이야기의 연관성이 명확해지는 구성을 취하고 있다.

이 두 이야기 중 하나는 다무라 카프카라는 소년에 관한 이야기이다. 그는 15세 때 가출해서 시코쿠四國 지방 다카마쓰高松 시까지 내려가 그곳에 있는 고무라甲村 기념도서관에 눌러살게 된 후 그 도서관에서 일하는 '사에키 씨'라는 50대 여성에게 끌려 그녀와 성관계를 갖는 사이가 되기에 이른다.

또 하나의 이야기는 '나카타'라는 인물을 둘러싼 이야기이다. 그는 글을 깨우치지 못한 대신에 고양이와 대화할 수 있는 기묘한 능력을 가진 초로의 남자로 등장한다. 그도 소설 중반에 무엇인가에 쫓기듯 호시노라는 청년의 트럭을 얻어 타고 시코쿠 지방으로 와서 카프카 소년이 있는 도서관을 찾아온다.

카프카 소년이 집을 나온 것은 친아버지에게 '너는 언젠가 네 손으로 아버지를 죽이고, 언젠가 네 어머니와 자게 될 것이다'라는 그리스 신화의 오이디푸스와 같은 예언을 들었기 때문이다.

이 예언이 그대로 이루어지는 것을 피하기 위해 그는 도쿄 집을 떠나

시코쿠로 향한 것인데, 결국 그의 아버지는 누군가에게 처참하게 살해당하고 만다. 카프카 소년은 자각이 없는 채로 그 행위의 주체가 자신이라고 생각한다.

또 그는 다카마쓰의 도서관에서 만난 '사에키 씨'도 아무런 근거 없이 자신의 어머니와 동격으로 생각한다. 그리고 그녀와 실제로 성관계를 가져 가상적인 형태나마 그에게 주어진 예언이 이루어지고 만다.

작품 주제와 관련해 의미를 갖고 있는 가상적인 부친 살해와 모친과의 성관계 중 1960년대의 회귀라는 관점에서 읽을 수 있는 것이 바로 사에키와 맺은 성적관계이다.

이 작품에서 그녀는 작가와 동년배인 1950년에 태어났고, 1969년에 작품의 표제와 같은 이름인 '해변의 카프카'라는 제목의 가요를 만들어 큰 인기를 얻은 적이 있는 여성으로 등장한다. 음악활동을 했던 당시 그녀에게는 애인이 있었는데 1970년 학원분쟁 중 계파 간 대립의 희생양이 되어 죽임을 당했다. 이 사건이 준 충격에 대해서 사에키는 다음과 같이 이야기하고 있다.

> 내 인생은 스무 살 때 끝났습니다. 그 이후의 인생은 그저 지루하게 이어지는 후일담에 지나지 않습니다. 그것은 어둑어둑하고, 굽어지고, 아무 곳으로도 통하지 않는 기나긴 복도와도 같은 것이에요. 하지만 나는 그런 인생을 살 수밖에 없었습니다. 공허한 하루하루를 받아들이고 공허한 채로 다시 내보내기만

하는 것이지요. — 제42장

사랑하는 사람의 죽음을 계기로 합리화되긴 했어도 그녀에게 1970년대 이후 시대는 '공허'한 시간의 퇴적에 지나지 않았다. 바꿔 말하자면 그녀의 삶의 시간은 1969년에서 정지된 채 멈춰 있었던 것이다. 이를 반증하듯 카프카 소년은 「해변의 카프카」의 앨범재킷 사진을 보면서 '사진 안에서 시간이 멈추어 있다. 1969년 — 내가 태어나기 한참 전의 풍경이다'라는 감회에 젖는다.

이렇게 사에키라는 인물의 윤곽을 따라가보면 카프카 소년이 '엄마'와 동격으로 여기는 그녀와 성관계를 갖는다는 것은 그야말로 하루키의 원점이기도 한 1960년 말이라는 '모태'적 시공간과의 합일을 뜻한다.

아울러 이는 어떤 의미에서는 카프카 소년 자신에게도 '원점'으로 역행하는 것이었다. 여기서 우리는 1965년을 주요한 시간적 무대로 삼고 있는《상실의 시대》와의 연관성을 염두에 둘 필요가 있다.

두 작품의 출간일을 보면《상실의 시대》가 1987년 9월 10일,《해변의 카프카》는 2002년 9월 10일이다. 요컨대 이 두 작품 간에는 '정확히 15년'이라는 시간적 거리가 있다. 그리고 카프카 소년이 집을 나와 여행을 떠난 것은 그가 '정확히 15살'이 되었을 때다. 이러한 합치가 우연히 일어났다고 보기는 어렵다. 작가가 의식적으로 설정한 하나의 기호로 읽어야 할 것이다. 그리고 이러한 합치가 의미하는 것은 카프카 소년이《상실의 시대》의 세계에서 잉태된 존재라는 점이다. 이러한 사실을 뒷받침하듯 이 두 작품 사이에서 중첩되는 부분들을 여럿 찾아볼 수 있다.

주인공이 연상의 여성에게 매력을 느껴서 성관계를 갖는 이야기도 공통적인 전개방식이다.《상실의 시대》에서는 자폐적인 삶에 내던져진 나오코가 정신치료를 위해 찾았던 교토의 아미기숙사라는 시설에서 자살한 후, '나'는 그녀의 상담원 격이었던 '레이코 씨'라는 30대 여성과 성관계를 갖는다.

'레이코 씨'는 명백히 '사에키 씨'의 전신이며 작품 속 그녀의 나이 또한 작품 발표 당시 작가의 나이와 거의 비슷하게 설정되어 있다. 비유적으로 말하자면 카프카 소년은 이 관계로 잉태된 인물인 것이다. 따라서 그가 '레이코 씨'의 후신인 '사에키 씨'를 자신의 '엄마'와 동일시하는 것은 그런 의미에서 지극히 자연스러운 일이다.

사에키가 나오코를 윤회하는 측면을 갖는 것도 중요한 중첩점이다. 사에키의 인생이 '스무 살 때 끝났다'고 하는 것처럼 1970년에 21살의 나이로 자살한 나오코 역시 사에키의 인생이 끝난 무렵과 거의 같은 나이에 인생이 말 그대로 '끝'났던 것이다. 나오코는 결코 1970년대적인 분위기 속에서 죽어간 것은 아니지만, 사에키는 그녀의 죽음을 비유적으로 반복하며 나오코가 살지 못한 1970년대 이후 시간을 공허함으로 채색하며 살아가고 있는 것이다.

예루살렘상 수상 연설의 의미

'1960년대'를 묻어버리는 것을 모티브로 출발한 무라카미 하루키가 이러한 형식으로 1960년대로 회귀하는 방향성을 제시하고 있는 것은 기묘한 전개방식이라고도 할 수 있다. 또한 그에게 1970년대의 수용은 어디까지나 그 모티브를 표현하기 위한 방법적인 장치였다.

하루키에게 중요했던 것은 시대에 뒤떨어진 이념에 집착함으로써 살기 어려운 현실세계를 살아갈 수 있게 하려는 것이었다. 그것은 바꿔 말하면 이미 지나가버린 시대에 대한 집착이 그만큼 견고히 잔존하고 있다는 얘기가 된다.

물론 하루키가 1960년대적 반체제 성향을 다시금 표방하고자 하는 것은 아니다. 1970년대를 수용하는 것이 방법론적 장치였던 것과 마찬가지로 1960년대로 회귀하고자 하는 것 또한 현대 비판의 수단인 것이다. 그러므로 하루키가 자신이 살고 있는 포스트모던적 현대를 외면하고자 하는 것은 아니었다.

그는 1970년대 이후 사회에서 국가권력의 폭력과는 다른 형태로 개인의 억압이 진행되고, 또 그로 인해 인간의 공동화현상이 일어나는 상황에 대해 이의를 제기하고자 하는 것이다.

물론 이것은 포스트모던 비판으로써 그다지 새로운 것은 아니다. 과거에도 포스트모던시대의 제도적 혹은 자율적인 가치관의 상실을 소비와 쾌락주의로 메꾸어보고자 했다. 또한 동시에 자폐적인 삶이나 내적인 공허감을 가져오는 시대로 바라보고자 했던 논조가 있었다. 한편 '오타쿠 계열 문화'가 갖는 의미를 긍정적으로 평가하는 아즈마 히로키[33]의 견해처럼, 그러한 사회를 새로운 문화를 생성하는 기반으로 파악하고자 하는 논자도 적지 않다. 이런 논자들과 비교해보면 무라카미 하루키 쪽이 포스트모던에 대해 더 비판적이다.

하루키가 그리는 포스트모던적 현대는 한결같이 1970년대 후반 이후 고도 정보사회의 진전 속에서 인간에게 공허함을 가져다주는 시공간인 것이다. 이러한 면에서 하루키의 심성은 현대사회에 대해 이의를 제기하고자 한다. 2009년 2월에 예루살렘상을 수상했을 때 그의 연설은 이러한 심성을 잘 나타내주고 있다.

이 연설에서 하루키는 '달걀과 벽'이라는 비유를 통해 '높고 단단한 벽과 그 벽에 부딪혀 깨지는 달걀이 있다면 나는 언제나 그 달걀 편에 서고 싶습니다'라고 말하며 약자인 개인의 입장에 대한 공감을 이야기했다. 하루키는 여기서 '높고 단단한 벽'이 국가권력 혹은 여러 강력한 무기들만을 이야기하는 것이 아니라 오히려 우리들이 살고 있는 사회의 '시스템'을 가리키고 있다고 강조했다.

'시스템이 우리를 만든 것이 아닙니다. 우리들이 시스템을 만든 것입

---

33) 東浩紀. 일본의 비평가이자 소설가. 스스로를 '사상가 견습'이라고 칭한다. 도쿄 공업대학 세계문명센터 인문학원 디렉터 · 특임교수와 와세다대학 문화구상학부 교수이다.

니다'라는 말에서도 알 수 있듯이, '시스템'은 일차적으로 개인을 억압하는 폭력적 장치가 아니라 오히려 개인이 그 안에 살며 편리함을 누리고 있는 우리 삶의 조건이다.

이와 같은 양면성은 정보사회와 밀접한 관계가 있는 광고회사에서 일을 하며 양식을 얻고, 한편으로는 정보조작의 힘에 의해 주체성을 빼앗겨버린다는 사실을 깨닫게 되는《양을 둘러싼 모험》의 주인공을 떠올리게 한다.《세계의 끝과 하드보일드 원더랜드》의 '나'도 고도 정보사회에서 살아남는 것과 '마음'을 잃어버리는 것 사이에서 표리를 이루는 인물로 조형된 것이다.

또한 하루키는 이 연설에서 인간이 가진 '촉지'觸知(촉감에 의한 지각)의 존엄을 지키는 것이 작가의 사명이라고 말하고 있다. 실제 창작에서는 반대로 그것을 지키는 어려움이 주로 표현되었는데, 포스트모던 정보사회의 '시스템'은 많은 작품에서 그것을 저해하는 조건으로 기능하고 있다. 그리고 지켜야 할 '촉지 가능한, 살아 있는 혼'이 존재하는 곳으로서 거슬러 올라가 떠오른 것이 1960년대라는 잃어버린 시공간이었다.

'텅 빔'空을 품은 인간

이러한 관점에서 보면 무라카미 하루키는 오히려 모던 지향적 작가인 것이다. 그러한 가운데 그는 《중국행 슬로우 보트》(1980) 등에 담긴 아시아 침략의 문제, 혹은 《태엽 감는 새》(1994~95)에 삽입된 노몬한전투[34] 이야기를 통해 전쟁의 폭력 문제를 제기해나갔다.

여기서 다시 《해변의 카프카》로 돌아가보면 카프카 소년에게 주어진 예언의 전반부인 '아버지를 죽인다'라는 명제도 이와 연결됨을 알 수 있다.

이 주제를 생각하는 데 중요한 요소는 작품 속 두 주인공인 카프카 소년과 나카타의 관계이다. 카프카 소년의 아버지인 다무라 고이치의 살해는 카프카 소년이 시코쿠에 갔을 때 일어났으므로 그가 직접적으로 살인에 가담했다고 생각하기 어렵다. 그런데도 그는 자신의 셔츠가 피범벅이 되어 있는 것을 보고 자신이 살인을 감행했을 것이라고 생각한다.

실제로 살인을 지시한 주체로 보이는 나카타는 어떤 사명감에 사로잡혀서 '조니 워커'라는 인물을 살해한 것이었다. 그리고 이 '조니 워커'와 다무라 고이치의 동일성을 시사하면서 나카타가 관여한 것임을 드러내고 있다.

이러한 연관성은 카프카 소년과 나카타라는 두 인물이 표리관계를 이루는 상호분신이라는 것을 이야기하고 있다. '나'와 쥐, '나'와 그늘과 같

---

34) 할힌골전투. 우리나라에선 주로 노몬한사건으로 알려져 있다. 1939년 5월부터 8월까지 몽골과 만주국의 국경지대인 할힌골강 유역에서 있었던 소련군과 몽골군 대 일본제국의 관동군과 만주국군의 전투를 말한다.

은 형식으로 반복적으로 나타났던 주인공과 부주인공의 분신적 관계가 여기에서도 작품 전개의 열쇠가 되고 있다.

그러나《해변의 카프카》에서 양자는 이전 작품보다 같은 비중으로 다루어진다. 특히, 나카타가 매개함으로써 비로소 명확해지는 문제가 이 작품의 아버지 살인 이야기에 담겨 있다.

나카타는 읽기, 쓰기 능력이 떨어지는 인물인데 그 부족함은 제2차 세계대전이 끝나기 직전에 피난 간 야마나시에서 조우한 사건이 계기가 되었다. 학교에서 산으로 소풍을 갔을 때 학생들이 갑자기 집단최면에 걸렸다. 다른 아이들은 바로 회복됐지만 나카타 소년 혼자만 의식이 돌아오지 않았다. 결국 나카타의 지적 능력은 회복되지 않았다. 그는 자신의 이름조차 쓸 수 없는 상태가 된 채로 50년 이상을 살아온 것이다. 자신의 상태에 대해 나카타는 다음과 같이 말하고 있다.

> "나카타는 단지 머리가 나쁜 게 아닙니다. 나카타는 비어 있는 겁니다. 그 사실을 이제야 확실히 깨달았습니다. 나카타는 책이 한 권도 없는 도서관과 같습니다. 옛날에는 그렇지 않았지요. 나카타 속에 책이 있었습니다. 줄곧 생각해 내지 못했는데 지금 생각이 났습니다. 그래요. 나카타는 예전에는 보통 사람들과 다를 바 없는 사람이었습니다. 그런데 어느 순간 일어난 어떤 일 때문에 나카타는 텅 빈 그릇 같은 사람이 되어 버린겁니다."

여기에 이 작품에서 제시하는 또 하나의 공허함이 있다. 사에키는 사랑하는 사람의 죽음과 조우하면서 1970년 이후의 시간을 '공허한 하루하루를 받아들이고 공허한 채로 보내는 것 뿐'이라고 말한 바 있다. 반면 나카타는 지적 활동을 벗어버린 '텅 빈' 상태에서 세계대전 이후의 시간들을 살고 있다.

이 두 사람에게 투영된 '텅 빔'이 동일한 성질의 것이라고 할 수는 없지만 그렇다고 전혀 무관한 것도 아니다. 즉, 사에키 씨의 '텅 빔'이 1970년대 이후 포스트모던적 시대에 대한 비판의식의 표출이었다면, 나카타 씨의 '텅 빔'에는 인간의 정신을 손상시키는 폭력의 장으로서 전쟁에 대한 비판이 담겨 있다. 양자는 작가의 문제의식 중에 명확히 연계되어 있다.

구체적인 인과관계를 생각해보면 나카타 씨의 변화는 인솔 교원이었던 오카모치 선생이 가한 폭력에 기인하는 것으로 보인다.

오카모치 선생은 소풍가기 전날 밤 전쟁터에 나가 있는 남편과 성관계를 하는 꿈을 꾼다. 그것이 계기가 되었는지 인솔 도중에 갑자기 월경이 시작되고, 설상가상으로 그것을 조치했던 수건을 나카타 씨— 즉, 나카타 소년이 발견하여 그녀에게 가져온다. 이에 격노한 오카모치 선생이 나카타 소년을 구타한 후에 집단최면이 발생했던 것이다. 이 사건과 집단최면 발생의 인과관계는 명확하지 않지만 결국 나카타 소년만 집단최면에서 깨어나지 못했으므로 정신적 훼손과 폭력은 밀접한 연관이 있어 보인다.

오카모치 선생이 나카타 소년에게 폭력을 행사한 것은 자신의 성욕에 대해 그가 힐난하는 듯한 느낌을 받았기 때문이다. 그녀가 격분한 이유는 들켜버린 자신의 욕정이 교사로서 바람직한 행동이 아니라는 가치관이 내재되어 있었기 때문이다.

특히 전쟁 중에는 '후방' 여성들에게도 부부간의 사랑이 국가에 대한 사랑보다 우선해서는 안 된다는 교육이 이루어지고 있었다. 따라서 그녀가 충동적으로 행사한 폭력은 나카타 소년 개인에게 향한 것이라기보다는 그에게 비추어진 가상의 남편을 상대로 한 자신의 성욕을 향한 것이다.

'아버지 살인=왕 살인'의 비유

따라서 오카모치 선생이 행사한 폭력의 밑바닥에는 전쟁 이전 혹은 전쟁 중에 형성된 가치관의 원천으로서 '천황'이 있다고 볼 수 있다.

고모리 요이치는《무라카미 하루키론—'해변의 카프카'를 정독하다》(平凡社新書, 2006)에서 오카모치 선생의 폭력 장면에서 천황과의 연관성을 언급하며, '오카모치 선생의 남편이 필리핀 전에서 전사한 본래의 책임은 히로히토 천황에게 있는 것이고, 오카모치 선생은 나카타 군을 때린 것에 대한 책임이 있는 것이므로 오카모치 선생의 말 속에는 나카타와 쇼와 천황 히로히토가 중첩되어 있다는 얘기가 된다'라고 서술했다.

그러나 이는 지극히 납득하기 어려운 논리이다. 오히려 최대 희생자인 나카타가 정신의 공백상태로 전후 시간을 살아가야만 했던 만큼 그에게 폭력을 가함으로써 '텅 빈' 상태로 만든 오카모치 선생을 천황과 같은 선상에 놓는 것이 옳은 해석일 것이다. 이렇게 생각해보면 카프카 소년의 아버지를 비유하는 '조니 워커'의 살해는 '아버지 죽이기'임과 동시에 '왕 죽이기'의 의미를 가지며, 이를 통해 이 작품이 아버지를 죽인 오이디푸스 신화를 바탕에 깔고 있다는 사실이 드러난다.

카프카 소년이 '엄마'와 동일한 위치로 설정된 '사에키 씨'와 성관계를 갖는 것이 실체적 행위였다면, 아버지인 다무라 고이치의 살해는 간접적인 거리를 수반하고 있다. 실질적인 행위자가 나카타 씨 쪽으로 기우는 것은 카프카 소년과 나카타 양자 간에 존재하는 분신관계와 함께 그 감정적인 계기가 나카타 측에 있다는 사실을 시사한다.

그는 자신의 친구인 고양이들을 내키는 대로 죽여버리는 '조니 워커'에게 증오심을 갖게 되어 칼로 살해를 감행한다. 그 증오는 원래 자신을 '텅 빈' 존재로 만들어버린 전쟁, 그리고 그 기점에 자리하는 천황에게 향해야 마땅할 것이다. 그리하여 다무라가 나카타에게 살해당함으로써 '조니 워커-다무라 고이치'가 '왕-천황'에 해당하는 존재라는 것이 드러난다.

'조니 워커'에게 농락당하듯 죽임을 당하는 '고양이'란 전쟁터에서 스러져간 병사들의 비유이다. 그렇기 때문에 그들처럼 전쟁에서 '상실된' 인간인 나카타가 그들과 말을 섞을 수 있었다.

또한 주목해야 할 것은 《해변의 카프카》에 '왕-천황 죽이기'의 은유가 곳곳에 감춰져 있다는 점이다. 카프카 소년과 나카타 씨 두 사람 모두 나카노구 노가타 주민이며 시코쿠 지방의 다카마쓰로 떠난다는 공통점도 갖고 있다. 여기서 '나카노'와 '다카마쓰'라는 지명 또한 천황을 상대화하는 존재로서 맥락을 갖는다.

'다카마쓰'의 존재는 쇼와천황의 남동생이었던 '다카마쓰미야 노부히토 친왕'을 상기시킨다. 자유로운 평화주의자의 면모를 가진 다카마쓰미야는 종종 군 통솔자인 쇼와천황에 대한 비판을 하기도 했다.

전쟁 말기에 쓰인 일기에는 지극히 어려운 전국을 맞이한 천황이 '어찌 해볼 도리가 없다'라며 포기한 듯한 평온함을 보이는 것에 대해 '한심한 일이다. 어떻게 평시와 위기를 구별하시지 못하는가?'(1945. 8. 9)라는 개탄스러운 마음이 기록되어 있다.(《다카마쓰미야 일기》, 中央公論社, 1996~97) 전쟁상황에서 '신'이었던 천황에 대해 이러한 비판적 언사를 서슴지 않았다는 것 역시 '왕 죽이기'의 의미를 띠고 있다고 할 수 있다.

또 '나카노'는 말 그대로 나카노에 있는 '육군나카노학교'陸軍中野学校와 연관되는 지명이다. 정보장교 육성을 목표로 설립된 이 학교는 1939년에 구단자카에서 나카노로 이전되었다. 정보수집 능력의 단련을 목표로 실전적이고 합리주의적 교육이 철저하게 이루어졌던 곳이다.

천황에 대해서도 '무엇보다 천황도 우리와 같은 인간이다'라는 인식을 갖고 있었고, 이러한 인식은 생도들에게도 확산되었다. 생도들이 교관 조수에게 '우리들도 일본 국민이므로 천황가를 존경하는 마음은 남아 있다. 그러나 천황도 인간이다'라는 발언을 하기도 했다.(하타야마 기요유키, 《秘録—육군나카노학교》, 1971) 이러한 가치관 역시 '왕 죽이기'적 상대화로 볼 수 있다.

나아가 비유적 차원에서는 나카타를 시코쿠까지 데리고 가는 호시노 청년이 주니치 드래곤즈 야구단 팬으로 설정되어 있는데, '호시노'와 '드래곤즈'의 연관성은 말할 나위도 없이 '호시노 센이치' 전 주니치 드래곤즈 감독이다. 호시노 센이치야말로 선수시절 요미우리 자이언츠의 '왕정치' 선수의 최대 호적수로 '왕 죽이기'에 목숨을 걸었던 선수였다. 또 후반부에 반복적으로 언급되는 베토벤도 프랑스혁명으로 대표되는 군주제 타도파에 속해 있던 낭만주의 예술가이다.

이러한 비유는 직접적인 이미지라기보다는 그와 '연관되는' 인과성으로 성립하는 '환유'적 표현이며, 이러한 환유의 연쇄작용은 나카타에게 부여된 '왕-천황 죽이기'의 속성을 부각시킨다.

사실 이러한 속성은 본래 카프카 소년 자신에게 주어져도 되는 것이지만, 문제의 기점인 전쟁이 그에게는 너무 먼 과거의 일이므로 연장자 분신을 두는 방식으로 나카타에게 투영시키고 있는 것이다.

이러한 양자의 분신관계는 후반부에 그들을 교차시키는 다카마쓰의 고무라甲村기념도서관을 매개로 그들에게 주어진 이름을 생각하는 부분에서도 명백하다. 나카타의 이름은 한자로 쓰면 '中田'인데 이 두 한자를 합치면 '甲'이라는 한자가 된다. 그리고 '村'는 다무라 카프카의 이름 한자 중 하나이기도 하다. 즉, '甲村'이란 이 두 사람의 이름을 서로 합하여 성립한 것으로, 이 가공의 도서관이 양자를 매개하는 시설이라는 것을 나타낸다.

또 이 소설 모두에서 '카프카'가 체코어 '카라스'(까마귀)라는 말이라고 소개하는데, 굳이 여기서 체코어의 의미에 대해 언급하는 것은 그 말에 '카라'空라는 음이 나카타의 '텅 빔'과 중첩되기 때문인 것은 말할 나위도 없다.

'매개체'로서의 주인공

사에키와 나카타의 '공허함'은 은유를 통해 어느 정도 그 내면을 들여다볼 수 있는 반면에, 주인공 카프카 소년의 '공허함'은 그 실체를 알기 어려운 부분이 있다.

카프카 소년은 작가가 공허함을 투영한 포스트모던적 현대를 사는 인물이므로 그런 점에서 '공허함'을 담당하고 있다고 볼 수 있다. 하지만 그는 고무라기념도서관에서 소세키 전집을 차례로 읽어가는 등 지적 호기심이 왕성한 소년이었다. 또 성적 욕구에 이끌려 행동하는 것에도 적극적이었다. 오히려 보통 소년들보다 강한 의욕과 행동력을 가진 소년이었다.

그런 카프카 소년이 '카라스'(까마귀)에 담긴 '카라=텅 빔'을 품고 있다면, 그것은 그의 정신이 빈곤하다기보다는 그가 사에키나 나카타와 같은 타자의 공허함을 불러들이는 '매개체' 역할과 같은 존재였기 때문일 것이다.

카프카 소년의 내면에 아버지를 살해할 수밖에 없는 절박한 증오는 없었다. 그 때문에 그에게는 아버지를 죽였다는 실감이 없다. 그러나 나카타에게 잠재되어 있는 전쟁에 대한 증오에 합류하는 방식으로 '왕 죽이기'를 은유하는 '아버지 죽이기'가 수행된 것이다. 또 사에키 씨에 대해서는 어머니의 부재라는 공허가 그녀를 끌어들이게 했다. 카프카 소년이 그런 매개체와 같은 존재이기에 나이 차이가 많이 나는 연상의 여성과 성관계를 갖도록 그를 이끌었던 것이다.

그러나 반대로 보자면 카프카 소년이 자율성이 강한 소년이라는 사실 자체가 그를 '매개자'로 설정하기 위한 전제라고도 할 수 있다. 그가 오이디푸스와 동일한 예언을 듣고 바로 집을 나오는 발단은 원래부터 그에게 가족이 점하는 비중이 그리 크지 않았다는 것을 이야기해준다.

카프카 소년은 네 살 때 엄마가 여동생을 데리고 집을 나간 이후 아버지와 살게 되었다. 그렇기 때문에 원인 제공을 한 아버지에 대해 적어도 친근감을 느끼고 있지는 않았을 것이다. 그런 의미에서 카프카 소년의 강한 자율성과 가족과 유대관계의 빈약함은 표리관계에 있는 것이며, 그에게 나카타와 사에키 씨를 연결시킨 '공허함'은 후자에서 연유한 것으로 볼 수 있다.

카프카 소년을 통해 전형화되는 것은 1970년대 이후 포스트모던적 시대의 허무함이자, 전쟁이라는 폭력의 장이 갖는 허무함이다. 그리고 그 기점에는 하루키의 모던 지향적인 의식이 자리하고 있다.

앞서 언급한 '중국'에 진 빚에 관한 표현에서도 볼 수 있듯이 하루키는 아시아 침략의 역사에 매우 큰 관심을 보이고 있다. 따라서 1960년대로 회귀한다는 방향성이 그 연장선상에서 근대 일본의 중심 문제인 '전쟁'과 연결되는 것은 지극히 자연스러운 흐름이다.

《해변의 카프카》에서도 후반부에 아버지 살해 혐의를 피하기 위해 내려간 시코쿠 지방 숲 속에서 태평양전쟁 시절의 병사들과 조우하는 이야기를 통해 과거로 시간 이동이 그려지고 있다.

거기에는 사에키 씨를 떠올리게 하는 소녀가 등장했고 그럼으로써 이 두 과거가 하나로 연결된다. 그리고 그 무렵 호시노 청년은 자는 듯 죽어 있는 나카타의 입 안에서 기어나온 정체 모를 흰 생물체를 말살하려고 분투하는데, 나카타 안에 들어와 공허한 존재가 되었던 그 '흰 것'이야말로 전쟁의 폭력성을 형상화한 것임에 틀림없다.

그 때문에 호시노 청년은 '지독한 편견으로 강경히 말살한다'라는 베트남전쟁을 주제로 한 영화 「지옥의 묵시록」의 대사를 인용하면서 그 '흰 것'과 맞섰다.

이러한 표현에서 엿볼 수 있듯이 하루키의 모던 회귀는 당연히 그것을 긍정하는 측면에서 이루어진 것이 아니다. 1970년대 이후 포스트모던 시대가 공허했다고 해도 모던이라는 1960년대는 이미 상실되었다. 나아가 그 모던 저편에 드리우는 전쟁과 침략의 문제성에 대한 하루키의 시각은 한층 더 비판적이다.

이 부분에서 소세키의 시각과 중첩되는 부분을 찾아볼 수 있다.《태엽 감는 새》에서 포로로 잡힌 일본 병사의 살가죽을 벗기는 러시아군의 잔인한 모습이 그려지는 장면을 보더라도, 전쟁을 경험하지 않은 하루키에게 전쟁이라는 이미지는 집약적이자 돌출적으로 표출되는 폭력의 장으로 각인되었음을 알 수 있다. 또한《중국행 슬로우 보트》와 같은 작품에 보이는 중국이라는 나라는 소세키의 작품에서 그려지는 한국(조선)보다는 정치적 색채를 탈색시킨 차원에서 가해의 기억과 죄책감을 환기하는 장치로 작용하고 있다.

그런 점에서 하루키가 그리는 전쟁은 같은 세대 작가인 무라카미 류가 종종 전쟁을 정체된 일상생활에 대한 안티테제로 파악하고, 전쟁 발발을 폭력이 지배하는 비일상적 시공으로의 이동이라는 관점으로 그려내는 것과 닮아 있다. 일본을 쳐들어온 북한군 부대가 후쿠오카 시를 점령해버린다는《반도를 나와라》(2005)에서 볼 수 있듯이, 무라카미 류에게 전쟁은 그 전쟁을 망각한 채 살고 있는 현대의 공허한 평온함을 섬뜩하게 절감하는 계기가 된다.

그 배후에는 역시 포스트모던적인 현대를 상대화시키고자 하는 시각이 자리하고 있다. 단적으로《태엽 감는 새》의 모티브로 '일본에서 개인을 추구해가다 보면 역사로 갈 수밖에 없다'(《무라카미 하루키, 가와이 하야오를 만나러 가다》村上春樹, 河合隼雄に会いに行く, 岩波書店, 1995)는 생각을 갖고 있는 하루키 쪽이 육체의 폭력성에 경도되기 쉬운 무라카미 류에 비해 상대적으로 역사를 통해 만들어진 퇴적에 관심이 높은 것이라고 볼 수 있다.

또한 이 발언에는 '개인'과 국가의 '역사'가 하나로 연결된다는 소세키와 동일한 착상이 드러나 있어 작가 하루키의 모던 지향적 입장을 읽을 수 있다.

4

미래와 과거를 왕래하는 이야기

두 사람의 일본에 대한 소망은?

소세키는 제국주의적인 확장이 종식되기를 바라는 소망을 새로운 시대를 사는 젊은 '나'에게 의탁하며 《마음》을 집필했지만, 그의 희망을 배반하듯 일본은 다이쇼시대에 접어들어서도 제1차 세계대전에 참전하며 제국주의적 확장을 지속해나갔다.

그러한 상황을 반영하듯 《마음》의 미래지향적 관점과는 반대로 《미치쿠사》道草와 《명암》明暗에서는 근대화를 걸어온 일본의 과거가 주인공의 궤적을 따라 그려지고 있다.

한편 하루키는 점점 명확해지는 모던 회귀 지향 속에서 시선을 과거로 돌리는 일이 적어지지만, 《1Q84》에서는 1980년대 중반을 무대로 하면서 오히려 1960년대로 연결되는 낭만적인 '마음'이 인간들을 서로 이어주는 세계를 작품 속에서 그리게 된다.

소세키

7장 '미래'의 시선

마음

미치쿠사 한눈팔기

명암

시공을 이동하는 인물

나쓰메 소세키와 무라카미 하루키는 각자의 소설에서 등장인물들이 사는 시공간을 이동시키는 공통적인 서술방식을 채택하고 있다.

하루키는 지금까지 살펴본 바와 같이 등장인물을 과거로 이동시키는 경우가 적지 않다. 이러한 과거로 가는 이동이 비교적 명료하게 보였던 것은《1973년의 핀볼》의 두 쌍둥이 여자아이이다. 어느 순간 갑자기 등장하는 그녀들은 명백히 작품 내 시간을 사는 '살아 있는' 인간이 아니라 작품의 집필 시기인 1980년에서 작품 시간 속으로 보내진 존재들이었다.

《바람의 노래를 들어라》에서도 손가락이 네 개밖에 없는 여자아이의 경우라든가, '내'가 몇 년 전 과거로 이동하는 것으로 상정된 장면들을 통해 시간 이동을 그리고 있다. 또한 전 장에서 살펴봤던《해변의 카프카》의 카프카 소년도 소설 후반부에 이르러서 숲에서 태평양전쟁 당시로 시간 이동하여 병사들과 조우한다.

하루키와 관련하여 조금 더 언급하자면 이러한 서술적 기법이 극대화된 작품이 바로《상실의 시대》이다. 주인공 '나'는 연인 나오코가 교토의 아미료阿美寮 요양원에 살고 있을 때 미도리라는 여성과도 사귀게 되는데, 그녀 또한 집필 당시의 시간에서 작품 속 시간인 1970년 전후로 보내진 인물이라 할 수 있다.

미도리에 대한 표현들과 그녀의 언행들을 살펴보면 그녀가 1970년 전후에 살고 있다고 보기에는 상당히 부자연스러운 면이 많다. 예를 들어 그녀가 '나'에게 불러준 「500마일」, 「꽃은 어디로 갔는가」, 「노를 저어라 아이켈」과 같은 노래들은 소설에서 '옛날에 유행했던' 노래로 열거되고 있지만, 사실 이 노래들은 모두 그 장면의 시간인 1969년 당시에 인기가 있었던 포크송이므로 작품 속 시간에서 봤을 때 결코 '옛날에 유행했던' 노래가 아니다.

그리고 미도리는 당시 'Go Go'라고 불렸던 시설을 '디스코'라고 말하고 있고, 당시에는 존재하지 않았던 일본의 '포르노영화'를 '나'와 함께 보러 가기도 한다. 나아가 그녀는 《자본론》 같은 건 뭐가 뭔지 모르겠다는 말을 함으로써 주위 학생들에게 경멸의 대상이 되기도 한다. 이러한 그녀의 언행에는 전체적으로 1970년 전후 시대와는 어울리지 않는 가벼움이 배어 있다. 이러한 미도리의 모습들은 결국 그녀가 소설 집필 당시인 1980년대 후반에 존재하는 인물이라는 사실에서 비롯된다.

이러한 설정은 작품 속에서 미도리를 이미 죽어버린 나오코의 '환생'으로 존재하도록 하기 위한 것이다. 나오코가 자살한 해는 제11장에서 밝히고 있듯이 1970년이지만, 제3장 말미에서 '내'가 기숙사 룸메이트인 '돌격대'한테 받은 반딧불을 허공에 날려버리는 장면이 바로 나오코의 죽음을 상징적으로 표현한다. 그리고 바로 이어지는 제4장부터 미도리가 등장한다.

미도리를 이런 방식으로 등장시키는 것은 미도리가 나오코의 환생이라는 사실을 암시하기 위해서이다. 연령 설정을 보더라도 반딧불이 던져진 1969년 여름에 나오코가 미도리로 환생한 것이라면 작품을 발표한 1987년 9월의 미도리는 18살이 된다. 이는 작품 속에서 주어지는 그녀의 연령과도 다르지 않다.

아마도 이렇게 쾌활한 소녀는 나오코가 살지 못했던 시절을 대신 살기 위해서 등장시킨 것이며, 그 때문에 미도리는 '내'가 나오코에 대해 집착을 갖고 있는 것을 알지만 그녀를 질투하는 일은 없다. 하루키 자신도 '나'와 '나오코', '나'와 미도리의 관계에 대해 '평행선상의 흐름'이며 '삼각관계가 아니다'라고 분명히 밝힌 바 있다.(《상실의 시대의 비밀》, 문예춘추, 1989. 4)

그리고 하루키는 자신이 디자인한 이 책의 장정을 통해서도 나오코와 미도리가 이른바 '동일인물'이라는 것을 드러낸다. 상하 2권으로 출판된 이 작품은 상권은 빨간색, 하권은 초록색(미도리)의 단색으로 표지가 디자인되어 있다.

이 색상 조합에 담긴 의미를 찾는 일은 그리 어려운 일이 아니다. 상권의 빨간색은 1960년대 말에 고양되었던 이념들 혹은 그러한 분위기에 휩싸여 있던 도쿄라는 대도시를 의미하며, 하권의 초록색(미도리)은 나오코가 도쿄를 떠나 살게 된 아미료 요양원의 소재지인 교토의 산속을 의미함과 동시에 표제인 '노르웨이의 숲'과도 맥락을 같이한다.

'미래'로 인물을 이동시키는 소세키

소세키에 대해 언급해야 할 장에서 하루키에 대한 이야기로 지면을 할애하게 되었지만 모름지기 작가란 이와 같은 복잡한 방식의 유희를 통해 작품의 주제를 표현해가는 경우가 적지 않은 법이다. 여기에서는 구체적으로 언급하지 않겠지만 미시마 유키오와 오에 겐자부로의 작품에서도 이와 같은 '유희'를 심심찮게 찾아볼 수 있다.

등장인물이 사는 시공간을 이동시키는 기법에서 소세키는 하루키와는 반대로 미래로 인물을 이동시키는 경우가 종종 있다.

예를 들면《문》의 소스케와 오요네 부부는 결혼 6년차라는 설정이지만, 그들의 결혼이 작품을 발표한 해의 한일합병을 함의하고 있다면 그들이 살고 있는 시공간은 '메이지 19년(1886)=다이쇼 5년(1916)'이라고 볼 수 있다. 그 시점에서 아이를 갖지 못한 채 점점 더 불투명해져가는 미래를 감지하며 일상을 살아가는 그들의 모습은 다름 아닌 일본의 제국주의적 확장에 대한 소세키의 냉소적 시각의 소산이다.

《도련님》의 작품 속 화자도 작품의 발표 시점보다 미래에 존재하는 것으로 보인다. 도련님이 교감인 빨간셔츠에게 제제를 가하고 시코쿠의 중학교를 그만둔 것은 러일전쟁 승리 축하연이 열린 1905년 가을이었는데, 작품이 발표된 것은 약 반년 뒤인 1906년 3월이었다.

그 사이에 도련님은 중학교 교사에서 전철 기술자로 직업을 바꾸었다. 또 소설 말미에는 도련님을 돌봐준 하녀 기요가 폐렴에 걸려 '올해 2월'에 세상을 떠났다는 얘기가 나온다. 이는 시간적으로 볼 때 별다른 문제가 없어 보이지만, 만약 모든 일들이 그대로 일어났다면 매우 바쁘게 돌아갔을 것이다. 그리고 기요가 세상을 떠난 것이 정말로 1906년 '2월'이라면 아직 49제도 끝나지 않은 단계이므로 '기요의 묘는 고히나다小日向의 요겐지養源寺에 있다'라는 말미의 기술과 모순된다.

자연스러운 전개라면 도련님은 도쿄로 돌아와 전철 기술자가 되고, 함께 살게 된 기요와 몇 년간을 지낸 후에 그녀의 죽음을 맞이하고, 그녀를 '고히나다의 요겐지'에 안치한 후 어느 정도 시간이 경과한 시점에서 이 이야기를 썼어야 한다. 그러므로 그는 실제로는 작품의 발표 시기보다 몇 년은 더 미래 시점에 있는 것으로 추정된다.

이와 유사한 설정을 더 명료한 방식으로 보여주는 것이 《마음》이다. 상권과 중권의 작품 속 화자인 '나'는 메이지시대의 종언과 함께 스스로 생을 마감한 '선생'과의 관계를 추억하며 이야기를 전개하는데, 작품 발표와 같은 시간에 '내'가 있었다면 선생의 죽음에서 1년 반 정도밖에 경과하지 않은 시점이 된다.

그러나 '나'의 말투가 전반적으로 침착한 톤이었던 것을 보더라도 선생의 죽음으로부터 상당한 시간이 경과한 시점임을 느낄 수 있다. 또 서술 중에 '아이를 가진 적이 없었던 당시의 나'라는 글귀가 보이는데 현 시점의 '나'는 결혼해서 아이가 있는 것으로 설정되었다. 물론 1년 반이라는 기간은 아이를 갖는데 충분한 시간이지만《도련님》과 마찬가지로 선생의 죽음으로부터 좀 더 오랜 시간이 경과한 시점으로 보는 것이 자연스럽다고 생각된다.

《마음》에서 보이는 작품 속 화자의 시간 설정에 대해서는 지금까지도 여러 차례 논의의 대상이 되어왔다. 하스미 시게히코[35]는「고모리 요이치小森陽一, 이시하라 치아키와石原千秋의 정담鼎談」(《소세키 연구》 제6호, 1996. 5)에서 작품 중에 '시간의 간격을 지시하는 문장이 많은 것을 볼 수 있다'라는 점을 근거로 '다이쇼시대도 거의 끝나갈 무렵에 쓰인' 것 아니냐는 해석을 제시하고 있으며 고모리와 이시하라도 이에 동조하고 있다.

또 마쓰자와 가즈히로는 '내'가 타자인 선생의 유서를 공개하는 것이 저적권 문제와 결부되므로 당시 저작권 보호기간인 '30'년이라는 기간이 선생의 자살 시점과 '내'가 이야기를 시작하는 시점에 설정되어 있다는 논리를 제시했다.(《생성론의 탐구—텍스트 초고 에크리튜르》, 나고야대학출판부, 2003)

이 지적들은 모두 타당성이 있으며 선생의 죽음 이후 적어도 10년 내외의 시간이 경과한 시점에서 '내'가 작품 속 화자가 되었다고 생각하는 것이 자연스럽다. 그리고 이러한 가정은 소세키의 서술방식을 미루어 볼 때 특별히 이상한 것도 아니다.《마음》 이외의 작품에 대해서 지

35) 蓮實重彥. 영화평론가. 도쿄대 총장을 역임했다.

적한 경우는 거의 없지만, 실제로는 앞서 살펴본 바와 같이 소세키의 다른 작품에서도 반복적으로 이런 식의 설정으로 이야기를 진행시키는 경우를 쉽게 찾아볼 수 있다.

이와 같이 소세키와 하루키는 화자나 등장인물들이 사는 시공간을 이동시키는 방식을 작품에서 활용하고 있다. 그러나 그 방향성이 대조적인 이유는 집필 당시의 현재 시점과는 다른 시점에 현실 비판을 위한 기점을 두고 그 관계 속에서 이야기를 구축해가고자 하기 때문이다.

그 기점이란 하루키에게는 과거 시점인 1960년대 후반의 이념적인 시대인 것이고, 소세키에게는 아직 도래하지 않은 미래 시점 즉, 전쟁과 침략에 의한 국가의 확장이라는 '거대담론'을 극복한 시대였다.

소세키는 원래부터 1906년에 발표한《단편》에서 밝히고 있는 것처럼 '과거가 없는 것은 현재 또한 없다. 그저 미래만 있을 뿐이다'라고 쓸 정도로 미래 지향적인 작가였다. '백년 후'의 미래 시점에서 자신이 살고 있는 현재를 상대화해서 바라보고자 했던 작가였다.

소세키는 또《단편》의 '내가 살고 있는 세계를 멀리서 바라본다. 멀리서 바라보면 자신이 살고 있는 세계의 높고 낮음, 깊고 얕음, 그리고 자신을 둘러싼 주위와 관계가 명확히 보인다'라는 기술을 통해서도 거리를 두고 자신을 상대화시켜 바라보는 중요성을 강조했다.

소세키는 영국 유학을 통해 이미 자기 자신과 일본이라는 나라와 공간적인 거리를 둔 경험이 있다. 그때의 경험이 이러한 생각의 밑바탕이 되었을 것이라 생각한다. 이렇게 '거리가 먼 것'은 당연히 시간적인 거리와도 상통하는 것으로 볼 수 있다. 또한《단편》앞부분에서 '존경'의 대상이 된 '황족', '화족', '부자', '권세가'들에 대해서도 '백년 뒤에는 이들을 존경하는 사람은 아무도 없을 것'이라고 추측하고 있다.

'메이지'로서의 선생과 '다이쇼'로서의 '나'

소세키의 작품에는 이러한 착상과 현실 비판 의식에서 비롯된 미래의 시각이 녹아 있는 경우가 많다. 그리고 그런 시각과 함께 과거와 현재, 그리고 미래의 시간들이 서로 교차하면서 나타나는 것이《마음》의 세계라 할 수 있다

이 작품에서 보이는 서술방식의 특징은 세대가 다른 두 사람이 작품 속 화자가 되어 일인칭으로 이야기를 풀어가도록 설정하고 있는 점이며, 이는 바꿔 말하면 '두 사람의 주인공'이 존재한다는 사실이다. 두 사람 모두 '나'라는 일인칭을 쓰고 있기 때문에 여기에서는 편의상 '나'와 '선생'이라는 표기로 두 사람을 구별하고 있지만, 두 사람의 일인칭 주인공이 거의 비슷한 비중으로 작품에 등장하면서 이야기를 전개해간다는 구조 자체가 이 작품에 함의된 주제를 표현한다.

선생은 '유서'를 '나'에게 맡겼고, 고향에서 위독한 아버지를 간병하던 '나'는 그 유서를 받아들고 아버지를 버려둔 채 도쿄행 기차에 몸을 실

게 되는데, 이러한 '나'의 행동은 매우 자연스럽지 못한 행동이다.

특히 선생이 가족인 아내가 아니라 피도 섞이지 않은 '나'에게 유서를 맡긴다는 사실 자체가 파격적인 것이며, 이는 작품에서 밝혔던 아내에 대한 사랑을 배반하는 것이라고도 해석할 수 있다. 선생은 유서 말미에서 아내를 '순백'한 채로 두고 싶기 때문에 자신이 죽음에 이르는 사정에 대해서 아무 말도 하지 않았다고 쓰고 있는데, 선생이 진정으로 아내를 사랑했다면 반대로 그녀에게 모든 진실을 고백하는 선택도 가능했을 것이다.

또 '나'의 경우도 이미 이 세상 사람이 아닌 것을 알고 있음에도 죽음의 문턱에 와 있는 아버지를 버려두고 선생에게 가버린다는 것은 아들로서 타당한 행동이라 보기 어렵다.

그러나 이러한 부자연스러움이야말로 이 작품의 고유성을 상징한다. 여기서 부상하는 것은 선생과 '나' 사이의 유대관계이자 자신의 친아버지가 아닌 선생의 삶을 계승하는 인물로 설정되어 있는 '나'의 존재이다.

이는 그들이 같은 정도의 비중을 갖고 '두 사람의 주인공'으로서 이 작품에 등장하고 있다는 것을 의미한다. 또한 선생과 '나'는 소세키적 은유법으로 각각 '메이지'와 '다이쇼'시대의 일본을 표상하는 존재로서 설정되어 있다.

《마음》이 발표된 시기는 앞서 밝힌 대로 메이지 천황의 서거로 한 시대가 막을 내린 후 약 1년 반이 경과한 시점이었다. 동시에 다이쇼라는 새로운 시대가 막을 열었지만 아직은 메이지시대의 여운이 잔존하고 있었던 시기였다.

특히 연령적으로 볼 때 메이지 일본과 함께 보폭을 맞추며 살아온 소세키에게는 이 시대가 종언을 고했다고 하는 것에 대한 특별한 감회가 있었을 것이다. 메이지 천황의 죽음을 맞이하면서 그가 일기장에 '개원의 초서'改元の詔書 혹은 '조견식 초칙'朝見式詔勅 등을 옮겨 적었던 것을 보더라도 알 수 있다.

하지만 지금까지 살펴본 바와 같이 소세키는 메이지라는 시대에 애착을 가지면서도 그 방향성에 대해서는 비판적이었다.

소세키는 '현대 일본의 개화'에서도 밝히고 있듯이 메이지 일본이 서양을 모방하면서 성급하게 물질적인 '개화'를 이루고자 했던 움직임은 전통으로 계승되어온 일본인의 생활과 문화를 충분히 내재화하지 못한 채 공연히 국민들만 피폐하게 만들 뿐이라는 인식을 갖고 있었다.

물론 생활면에서 서양화되어가는 움직임 자체가 민중을 피폐하게 만든다는 것은 있을 수 없는 일이다. 민중을 피폐하게 만든 직접적인 요인은 전쟁이다. 특히 러일전쟁을 위해 일본의 국가 채무는 어마어마한 규모로 늘어났고, 국민에게는 과중한 증세와 8만 명이 넘는 전사자의 희생을 강제했다. 나아가 메이지시대는 전쟁과 침략을 통한 국가 확장의 결과로 대만과 한국이 일본의 식민지가 되는 등 타국민의 희생도 강제했던 것이다.

특히 앞서 제3장에서 살펴본 바와 같이 소세키가 직업작가로서 새로운 생을 시작했을 무렵인 메이지 40년대 전반은 한일합병이 진행되었던 시기였다. 그리고 소세키는 그 시기에 쓴 작품들에서 한일합병을 부정적으로 그리고 있다. 일본이 서양제국과 어깨를 나란히 할 수 있을 정도의 진정한 근대국가가 되는 것이 소세키의 강렬한 희망이었지만, 자신의 삶과 궤도를 같이하는 메이지 일본은 유감스럽게도 바람직한 모습을 보여주지 못했던 것이다.

그때까지 작품의 주인공에게 메이지 일본의 모습을 투영해온 소세키는 메이지시대가 종언을 고함으로써 주인공에게 '죽음'을 선택하도록 할 필요성이 발생했다. 또한 그 '죽음'을 통해 메이지가 걸어온 방향성에 대한 매듭을 짓고자 했다.

선생이 메이지 천황의 죽음, 그리고 천황을 따라 자결한 노기乃木 대장의 순사, 그리고 선생도 이를 따라 자신의 생을 마감하려고 한다는 것은 오카와 쇼헤이大岡昇平가 '선생은 억지로 작가에게 죽임을 당했다'라고 언급한 것처럼(《소설가 나쓰메 소세키》, 筑摩書房, 1988) 개연성이 없다. 그러나 소세키의 창작논리에서 보면 필연성이 있는 것이며, 오히려 거기에서 시대의 전환에 담긴 메시지를 읽어낼 수 있다.

선생은 유서 말미에 '기억해주십시오. 나는 이렇게 살아온 것입니다' 라고 글을 마치면서 '나는 나의 과거가 선이든 악이든 다른 사람에게 참고가 되도록 하겠습니다'라고 밝히고 있는 것을 보더라도 선생이 '살아온' 여정이 메이지 일본이 걸어온 길과 다르지 않음은 분명하다.

제5장에서 살펴봤듯이 선생이 K와의 경쟁에서 승리하고 '아가씨'를 얻게 된 경위는 전쟁과 침략으로 점철된 메이지 일본 제국주의의 팽창을 투영하고 있는 것이었다. K의 자살을 계기로 선생은 그 공허함을 인식하게 되었고, 유서를 쓰는 시점에서는 과거의 자신을 비판적으로 바라보기에 이르렀다. 그리고 그러한 선생의 변화가 유서에서 '아가씨-아내'에 대한 엇갈린 평가를 낳게 했던 것이다.

선생이 유서를 가족이 아닌 '나'에게 맡기고자 했던 것은 전도양양한 그가 자신의 전철을 밟지 않았으면 하는 바람에서 비롯된 것이다. 바꿔 말하면 다이쇼라는 새로운 시대가 대외적인 전쟁과 침략으로 점철된 메이지와는 다른 시대로 전개되길 바라는 소세키의 소망이 표출된 것이다.

이와 같은 관점에서 보면 선생은 '나'에게 학문을 전수한 일이 없음에도 '선생'이라고 불리는 의미를 이해할 수 있다. 선생이란 한자는 '먼저 태어난' 인간을 말하며, '메이지'는 그야말로 '다이쇼'에 앞선 시대로서 '선생'인 것이다.

한편 고향에서 투병중인 '나'의 아버지도 그러한 관점에서는 '선생'이 되겠지만, 소세키의 은유법에서는 《산시로》의 구마모토가 그러했듯이 '고향'이란 대부분 부정적으로 파악되는 전근대적 세계를 비유한다. 또한 관계를 끊어야 할 대상이었기 때문에 '나'는 위독한 상태인 친아버지보다도 선생과의 연속성을 우선시했던 것이다.

'메이지 정신'이란 무엇인가?

'내'가 선생의 자살과 친아버지의 죽음을 두고 차별적인 태도를 보이는 것은 소세키 내면에 자리한 일본 역사에 대한 평가가 투영되어 있기 때문이다.

반복적으로 언급한 것처럼 소세키는 미래 지향적 작가이며 '에도', '도쿠가와'에 대해 냉담한 반응을 보이고 있어 전근대적 세계에 대한 집착은 없었던 것으로 파악된다. 이는 소세키가 살았던 시대가 일본이 서구 열강들의 위협에 내몰려 있는 상황에서 비록 '외부로부터'일지라도 근대국가로서 내실을 기해야 할 필요성이 대두되었던 시기였기 때문이다.

물론 소세키는 그런 메이지 일본을 비판적으로 바라보았지만, 그 배경에는 일본이 이미 어느 정도 근대국가로서 기반을 다지고 청일 · 러일전쟁이라는 두 번의 큰 전쟁에서도 승리함으로써, 외부의 위협에도 무너지지 않을 만큼 국력이 갖춰진 국가로 성장했다는 시대적 인식이 자리하고 있다.

한편 소세키보다 20세 넘게 나이가 많은 후쿠자와 유키치에게 당시 일본으로 접근해왔던 서구 열강들의 존재는 훗날 소세키가 느끼는 그 것보다 훨씬 무서운 위협이었다. 그는 그 위협을 타개하기 위해서는 국민이 상대측의 학문인 '실학'을 흡수해서 국력 증강의 기반을 다지는 것이 급선무라고 생각했다. 그렇기 때문에 소세키가 존중했던 한문학도 후쿠자와에게는 '예로부터 한학자가 가정을 잘 건사하는 경우는 적으며'라는 야유를 보내듯이 세상물정 모르는 인간이 집적거리는 비실용적인 영역일 뿐이었다.

그러한 점에서 전근대적인 것에 대한 후쿠자와의 시선은 소세키보다 훨씬 더 냉담하지만 두 사람의 생각에는 큰 공통점이 있다. 그것은 두 사람 모두 국가의 독립과 자립이 최우선이었으며, 개인의 정신적 자율조차도 그것을 실현하기 위한 조건으로 간주되었던 시대를 살았다는 점이다.

특히 이러한 국가와 개인과의 관계를 더 명확히 제시한 것은 후쿠자와 쪽이다. 그의 대표 저서인 《학문의 권장》學問のすすめ에서 강조되었던 '일신 독립하여 일국 독립한다'라는 명제는, '실학'을 습득하여 정신적인 자율성을 획득한 인간들이 집합함으로써 자국을 지킬 수 있을 만큼 기개 있는 국민들이 양성되고, 서구 열강들의 위협에 대처할 수 있는 국가적 독립성을 갖게 된다는 주장이었다.

이와 같이 국가와 개인을 연결시키는 착상은 소세키의 작품세계에서도 찾아볼 수 있다. 일례로 《문학론 노트》에 보이는 'F=n×f'라는 등식은 국가의 집합적 관심을 개인이 나누어 갖는다는 인식을 의미하는 것이다.

대부분의 작품에서 주인공에게 동시대 일본의 모습을 투영하는 소세키적 인물 조형들이 그러한 인식의 연속선상에 있는 것은 말할 나위도 없다. 그리고 이와 같이 국민 개인과 국가를 연속선상에서 파악하는 정신이야말로《마음》종반부에 나타나는 '메이지 정신'을 의미하는 것이다.

하권 마지막 부분에서 선생은 메이지 천황의 서거 소식을 접하고 '메이지 정신이 천황으로 시작하여 천황으로 끝난 것' 같아서 '메이지 영향을 가장 강하게 받은 우리들이 여전히 살아남아 있다는 것은 분명히 시대 착오적이라는 느낌이 내 가슴을 강하게 내리쳤다'라고 밝히고 있다.

이러한 감회가 선생을 자살로 이끈 계기가 된 것으로 제시되어 있지만, 이 '메이지 정신'에 관한 구체적 내용은 유서에서 밝혀지지 않았다.

이와 관련된 내용을 찾아보자면 상권에 '자유와 독립과 나 자신으로 충만한 현대에 태어난 우리들'은 그에 대한 '희생'으로 '쓸쓸함을 맛볼 수밖에 없는 것이다'라고 '나'에게 말하는 선생의 말이 있다. 그리고 지금까지 선생의 이 말을 연계시킴으로써 '메이지 정신'의 윤각이 드러난다는 주장들이 다수 제시되기도 했다.

한편으로 '자유와 독립과 나 자신'을 '메이지 정신'으로 파악하는 견해도 적지 않다. 가라키 준조唐木順三는 선생을 '메이지 정신'인 '자유와 독립과 나 자신'에 희생되어 쓰러진' 인간이라 하였고(《현대일본문학 서설》, 春陽堂, 1932), 세누마 시게키瀬沼茂樹는 '자유와 독립과 나 자신'과 '메이지 정신의 종언'을 동일시하고 있다.(《나쓰메 소세키》, 도쿄대학출판부, 1970)

이에 대해 야마자키 마사카즈와 미요시 유키오三好行雄는 '자유와 독립과 나 자신'을 '메이지 정신'의 핵심요소로 파악하면서도 그것을 고집함으로써 자기 내면에 공허함을 가져온 모순에서 이 시대를 특징짓는 '정신'을 찾고 있다.

야마자키는 메이지시대의 지식인이 자주독립사상을 지나치게 추구하다 보니 타자로부터 작용되는 수동성을 결백하게 배척하고자 '치유할 수 없는 기묘한 쓸쓸함'을 안게 되어버린 것이라는 논리를 제시하고 있다.(《외롭고 쓸쓸한 인간》, ユリイカ, 1977. 11)

또 미요시는 '자유와 독립과 나 자신으로 충만한 현대'를 긍정해서라기보다는 그것을 운명으로 받아들이면서 '저 멀리에 인간이 인내하지 않으면 안 되는 고독과 적막함을 알아버린 정신'으로써 '메이지 정신'을 파악하고 있다.(「마음 감상」, 《감상현대일본문학 5》, 가도카와서점, 1984)

한편으로 선생의 말과 관계없이 '메이지 정신'을 메이지 천황의 죽음을 계기로 해서 소급적으로 환기된 정신으로 파악한다면, 그것은 메이지 천황이 '대제'大帝로서 국가를 이끌어간 시대정신이라는 뜻이 되므로 반대로 국가와의 동일화가 전면으로 떠오른다.

에토 준에 따르면 선생은 '희미해져가는 메이지 정신을 위해' 죽은 것이며, 그로 인해 그의 자살은 '그 무엇과도 연결되지 않는, 형식을 상실한 자아의 폭위에 대한 자기 처벌의 의미일 수 있는 것이다'.(《결정판 나쓰메 소세키》, 新潮社, 1974)

또한 야스다 요주로保田與重郎는 소세키를 염두에 두면서도《마음》에 대한 직접적인 언급을 피하고 있지만「메이지 정신」이라는 논고에서 '메이지 정신은 이른바 청일 · 러일전쟁을 국민 독립전쟁으로 생각한 정신이다'라고 단언하고, 그 '메이지 정신을 숭고하게 상징한 분이 메이지 천황이었다'라고 주장하고 있다.(「메이지 정신」,《文藝》, 1927. 2~3)

선생에게 '현재'란 언제인가?

지금까지 추적해온 소세키의 사고방식에 근거해 보자면 '메이지 정신'에 대한 양면적인 시각은 지극히 자연스러운 일이라 할 수 있다. 개인 '사'私의 '자유와 독립과 나 자신'을 존중하는 것도, 또 메이지 천황으로 상징되는 '공'公을 신봉하는 것도 '메이지 정신'을 형성하는 두 가지 지평이기 때문이다.

개인과 국가를 서로 연결시키고자 하는 후쿠자와와 소세키의 착상에 근거해서 보면 '자유와 고독과 나 자신'이라는 말은 결국 개인과 국가

쌍방에 적용되는 것을 알 수 있다. 개인이 자주독립정신을 습득하는 것은 동시에 국가 간의 경쟁에서 자국의 독립성과 주체성을 확보하는 것이기 때문이다.

물론 그것이 당시의 시대적 정신이었던 만큼 개인과 국가를 연결시켜 표현하는 문학가나 사상가들은 후쿠자와와 소세키 이외에도 여럿 존재한다.

예를 들면 소세키보다 3살 위인 후타바테이 시메이는 국가적 관심과 하나가 되는 것을 가장 우선시한 작가였다. 그리고 그는 자신의 필명에서도 알 수 있듯이 문학과 관련된 활동을 국가적 관심의 합일점에서 탈락한 것으로 보고 그로 인한 소외감 속에서 평생을 살았던 인물이었다.

그는 작가가 된 이후에도 러일 외교를 담당하고 싶다는 청운의 꿈을 버리지 못하여 도쿄외국어대학 노어과 교수직을 버리고 대륙으로 건너가기도 했다. 또한 교육칙어에 경의를 표하지 않았다는 이유로 일고一高에서 해직되었다.

러일전쟁 전에는 비전론非戰論을 주장했던 우치무라 간조內村鑑三와 같은 기독교 사상가에게서 이러한 사상을 찾아볼 수 있다. 우치무라가 예수를 신봉하고 자국에 대한 공헌을 중시하는 '두 개의 J'(Jesus와 Japan)를 표방했던 것은 잘 알려진 사실이다.《나는 어떻게 기독교인이 되었는가》라는 자서전에서 우치무라는 '우선 인간이 되는 것, 나아가 애국자가 되는 것, 이것이 내가 외국에 나가는 목적이었다'라고 밝혔다.

하지만 '일신 독립하여 일국 독립한다', 'F=n×f', '두 개의 J'라는 표현에서 알 수 있는 '메이지 정신'이 개인과 국가를 하나의 연결선상에서 바라보는 정신이라고 할지라도, 《마음》의 선생이 말하는 '자유와 독립과 나 자신'이라는 말이 직접적으로는 개인의 존재에 더 무게중심을 둔 표현이라는 점은 부정할 수 없다.

아마 소세키도 그런 쪽에 비중을 두면서 선생에게 이 말을 하게 한 것으로 생각된다. 실제로는 국가의 독립을 확보하는 것이 우선시됨으로써 개인주의가 오히려 국가의 독립을 저해하는 요인으로 간주되었던 시대를 염두에 두면서 굳이 선생에게 '자유와 독립과 나 자신으로 충만한 현대에 태어난 우리들'이라는 표현을 하도록 한 것은 미래 시간을 작품 속으로 끌어오는 소세키 특유의 서술 기법의 산물인 것이다.

선생이 태어난 것은 메이지시대 초년으로 그가 어린 시절을 보낸 메이지 10~20년대는 제국헌법과 교육칙어의 반포와 함께 천황을 중심으로 한 중앙집권국가를 형성해나가고, 러시아의 남하를 막기 위해 한반도를 확보하고자 하는 군사적 방향이 명확해진 시기였다.

만약 선생의 '현대'가 그러한 시대였다면 역시 후쿠자와 유키치가 역점을 둔 국가의 독립과 자립이 중시되었을 것이다.

따라서 선생의 말 중에서 국가보다 개인 쪽에 비중을 둔 '현대'가 함의하는 시간은 그가 살았던 시대라기보다는 오히려 작품이 쓰인 다이쇼 초기일 것으로 생각된다. 물론 그 시기가 선생의 청년기를 가리키는 것이라면, '현대'라는 말이 사용되고 있는 것은 기묘한 일이기도 하다. 그런 의미에서 이 '현대'는 넓은 의미로는 메이지유신 이후의 근대 전체를 함의하면서 더 직접적으로는 선생보다 젊은 '내'가 살아가려는 새로운 시대를 시사하고 있다.

메이지시대가 끝나갈 무렵에는 그간의 국가 주도에 역행하는 흐름 즉, 개인의 개성을 강력히 주장하는 흐름이 대두되었다. 소세키는 그러한 시대 조류를 감지하면서 그 주체가 될 작품 속 인물로서 '나'를 설정한 것이다.

실제로 소세키의 자택에서 모임을 가졌던 '목요회'에는 스즈키 미에키치鈴木三重吉, 데라다 도라히코寺田寅彦, 모리타 소헤이森田草平, 아쿠타가와 류노스케芥川竜之介와 같은 재능 있는 젊은이들이 모였다. 이후 그들은 다이쇼시대의 문화와 문예를 책임지는 기수로 성장해갔다.

그렇다고 소세키의 영향을 받은 젊은 문학가들이 개인의 개성을 찬양하는 작품 성향을 대표하는 작가들이 된 것은 아니었다. 오히려 그 흐름을 주로 담당했던 이들은 아쿠타가와가 '문단의 천창을 활짝 열다'(「그 무렵 나(의 일)」, 1918)라고 평했던 무샤노코지 사네아쓰武者小路実篤, 시가 나오야志賀直哉, 아리시마 다케오有島武郎 등의 시라카바파白華派 작가들이었다.

메이지 말기에 등장한 그들이 개인이 '자유와 독립과 나'를 주장할 수 있는 '현대'를 선도해간 것이다. 그런 의미에서는 이를 '다이쇼 정신'이라 규정해도 무방할 것이다.

자신의 감성적 판단에 따른 '개인주의'를 표방하면서도 '우리들의 지향점은 국가주의이기도 하고 세계주의이기도 하며 동시에 개인주의이기도 한 것이다'(「나의 개인주의」, 1914)라는 표현으로 개인을 국가와의 관계 안에서 파악하고자 했던 소세키와 달리, 그들은 개인이 각각의 개성에 따라 사는 것을 태생적 인간성의 발로로서 긍정하고자 했다.

물론 당시 일본사회가 이러한 개인주의 내지 개성주의를 적극 수용하는 단계에 이른 것은 아니었다. 오히려 1911년에 발표된 이노우에 데쓰지로井上哲次郎의 《국민도덕》에서 보이는 "개인주의는 '세상에 있는 한 개인이다, 나는 일본국민이 아니다, 세상의 일원'이라고 하는데 그런 식이라면 국가가 성립될 수가 없다"라는 말에서도 알 수 있듯이, 어디까지나 국가의 일원으로서 국민이 존재한다는 생각은 여전히 힘을 얻고 있었다.

시라카바파 작가들도 자신들의 삶의 방향으로서 스스로의 개성을 신장시키고자 하는 것이 국가나 공동체와 대치되는 일이기도 하다는 것을 당연히 인식하고 있었다. 아리시마 다케오의 대표작인 《어느 여자》或る女(1919)는 그러한 갈등이나 경쟁을 신세대 여성을 통해 그리고 있다. 이 작품은 히라쓰카 라이초로 대표되는 페미니즘운동이 부흥기를 맞이하던 시대를 배경으로 하는데, 여주인공인 요코가 자신의 개성에 따라 살

아가려고 함으로써 사회로부터 소외되고, 결과적으로 거칠고 야성적인 남자에게 종속되면서 육체적으로도 무너져가는 운명을 걷는다.

'자신'='메이지 일본'의 나약함

소세키는 이러한 시대사조를 염두에 두면서 새로운 시대로서 '다이쇼'를 젊은 '나'에게 투영시켰다. 그 '내'가 결국에는 전근대를 상징하는 친부가 아닌 '메이지'의 은유인 선생을 계승한다는 착상으로《마음》을 창작한 것이라 생각된다.

아울러 선생과 '내'가 결연관계가 아닌 이유는 다이쇼라는 새로운 시대가 '메이지'와 차별화되기를 기대했기 때문이다. 동시에 그로 인해 선생은 메이지의 종언과 함께 그 생을 마감해야 했던 것이다.

그러나 일본은 소세키가《마음》을 통해 기대했던 방향으로 나아가지는 않았다. 결국 다이쇼시대에 들어와서도 전쟁과 침략을 통한 국력 확장을 멈추지 않았다. 역설적이게도《마음》의 연재가 완결된 1914년 8월에 일본은 제1차 세계대전 참전으로 중국 청도에 출병하여 독일군을 함락시켰다. 이로써 '다이쇼'라는 새로운 시대 역시 전쟁과 침략으로 점철된 시대가 되리라는 전망은 자명했다.

이와 같은 사태는 소세키에게 매우 씁쓸한 일이었을 것이다. 그리고 이를 반영하듯 이듬해 1915년에 쓰인《미치쿠사》는 자전적 형식을 취하면서 이전의 소세키 작품에서는 볼 수 없었던 과거 지향적 시선으로 이야기를 구성하고 있다.

이 작품에서는 외국 유학을 마치고 귀국한 겐조라는 학자가 등장한다. 귀국 후 일본에서 생활을 시작하려고 하는 와중에 과거 양부였던 시마다가 접근해와서 끈질기게 금전적 지원을 요구하는 것을 고민하는 이야기가 전개된다.

이 이야기는 1906년부터 1909년에 걸쳐서 소세키 자신에게 실제로 일어났던 일이 바탕이 되었다. 당시 소세키는 이미 절연관계였던 양부 시오하라 마사노스케가 작품 속 시마다처럼 접근을 해와서 고민 끝에 완전한 절연을 위해 다시금 돈을 건넬 수밖에 없었다.

《미치쿠사》에서는 《마음》과는 반대로 양부인 시마다가 쉽게 매장되지 않고 끈질기게 살아남는데 이러한 구성에 담긴 의미는 바로 전근대적인 강인한 생명력일 것이다. 그것은 끈질긴 근성뿐 아니라 노령의 시마다 머리가 흰머리 하나 없이 검디검은 것을 겐조가 불편하게 생각하고 있었다는 내용에서도 미루어 짐작할 수 있다.

한편 주인공 겐조는 작가의 분신으로서 이 작품에서도 여전히 메이지 일본을 표상한다. 《마음》에서 선생의 자살이라는 형식을 빌려 단판을 지었던 '메이지'가 《미치쿠사》에 다시 등장하는 이유는 앞선 작품에서 보여준 메이지의 결말이 지나치게 작가 개인적인 염원으로 채색되어 있었기 때문이다.

그리하여《미치쿠사》에서는 겐조에게 투영된 메이지 일본의 귀추를 작가 자신의 궤적과 현실적인 인식을 따라 새롭게 되짚고 있다. 작품의 기조를 이루는 것은 그가 세대가 다른 사람들에게 위협을 받고 있는 것처럼 그려지는 이야기이다. 그는 아버지 세대인 양부 시마다로부터는 집요한 금전적 요구에 시달리고, 세상에 태어난 자기 자식에게는 기쁨보다는 오히려 뭔지 모를 두려움을 느끼는 등의 모습을 보인다.

겐조는 새로운 생명을 얻은 아기에게서 '형태가 분명치 않은 무슨 덩어리' 같다는 인상을 받으며, '이 세상 어딘가에서 아기가 태어나면 또 어딘가에서는 나이든 노인이 죽어간다라는, 세상 이치나 공상이라 하기에도 애매한 이상한 생각'을 한다. 즉, '누군가가 대신 죽어야 하는 것이다'라는 생각이다.

이 아기는 작품 속 시간으로는 메이지시대에 태어났지만 작품 집필 때의 의식이 투영되어 있어 다이쇼라는 '새롭게 태어난' 시대를 비유하는 존재가 된다. 그리고 겐조 생각에 새로운 생명의 탄생으로 '대신 죽어야 하는' 대상이란, 곧 겐조 자신에게 투영된 메이지라는 시대인 것이다.

즉, 이 작품에서는 끈질기게 명맥을 유지하는 '전근대'와 새롭게 탄생한 '다이쇼'라는 시대 사이에서 마땅히 있을 곳을 찾지 못하고 죽어가는 사람으로 그려지는 겐조에게 '메이지'가 투영되어 있다.

더구나 새로운 시대를 표상하는 아기도 결코 희망에 찬 새 생명이 아니라 '형태가 분명치 않은 무슨 덩어리'와 같은 뭔지 모를 음산한 존재로 그려진다. 여기에는 다이쇼라는 새로운 시대가 어떤 방향으로 나아갈지 모르는 미지의 시대에 불과하다는, 희망적 관측을 제거해버린 소세키의 현실적인 시각이 담겨 있는 것이다.

그리고《미치쿠사》가 자전적 형식을 취하고 있는 것은 죽음이 멀지 않음을 예감한 작가가 자신의 과거를 다시 되돌아보는 측면을 가지고 있기 때문이다. 동시에 이미 종결된 메이지 일본의 궤적을 새롭게 개괄하고자 하는 동기에 따른 것으로 해석된다.

바로 이것이《마음》의 집필 동기이기도 했지만,《미치쿠사》에서는 앞선 작품과는 다르게 더 현실적인 인식에 입각해서 시도되었다. 그러면서 겐조의 삶의 기점을 애매하게 두는 데 역점을 두었다.

소세키 자신도 그랬듯이 겐조는 유아기에 시마다 집에 양자로 보내져서 남의 집에서 성장했지만, 작품 속에서 겐조의 본가에 대한 언급을 거의 찾아볼 수 없다. 다만 '어렸을 때 기억이 샘솟듯 밀려올 때가 있었다'라는 구절은 있지만, 그 기억 속 광경에는 '언제나 모자를 쓰지 않는 남자' 즉, 시마다의 모습이 있었다.

그럼에도 '이런 광경을 기억하고 있으면서도 그때 내가 무슨 생각을 했는지는 왜 기억이 나지 않는 것일까?'라며, 겐조는 자신의 삶의 기점에 대한 공백감을 느끼고 있었다. 그 결과 겐조는 '그러나 지금의 나는 어떻게 만들어진 것일까?'라며 미미한 자신의 존재를 실감한다. 이러한 겐조의 감회는 그대로 '일본'으로 바꿔서 생각할 수 있다.

소세키는 《문학론 노트》에서도 근대 일본이 에도시대의 연장선상에서 존재하는 것이 아니라, 사쓰마와 조슈번이라는 막부 타도 세력의 '방향전환'에 의해 겨우겨우 서양을 따라갈 수 있을 정도의 위치에 도달한 것이라는 인식을 피력했다. 요컨대 근대 일본이 이전 시대와 원활한 연속성을 바탕으로 새로운 시대의 막을 연 것이 아니라, 서구 열강의 접근을 계기로 많은 혼란과 투쟁을 거치면서, 무엇보다 외부의 위협에서 살아남는 것을 최우선으로 생각하며 살아남은 결과 근대국가로서 어느 정도 모양새를 갖추기에 이른 것이라고 소세키는 생각했다.

그렇기 때문에 근대의 기점으로 거슬러 올라가보면 '에도'가 저물고 '메이지'가 시작되면서 두 시대가 혼재 양상을 보이는 애매함이 부상한다. 그것이 바로 겐조의 공백감으로 표출된 것이라 볼 수 있다.

제1차 세계대전과 소세키 작품 속 '숙부'들

소세키가 만년에 남긴 수필 《점두록》点頭録(1916)에는 그간 우의적으로 외부세계를 표상해왔던 그의 관심들이 표출되어 있다.

그는 이 수필에서 2년 전 일본도 참전했던 제1차 세계대전을 논하면서 '개인의 경우라도 단순히 싸움을 잘하는 것이 자랑은 아니다. 공연히 남을 해칠 뿐이다. 국가와 국가도 마찬가지이다. 단순히 이길 가능성이 높다고 하여 멋대로 전쟁을 하면 이웃이 성가시고 괴로울 뿐이다'라고 밝혔다. 개인 간의 '싸움'을 국가 간의 '싸움'으로 비유하는 소세키적 착상이 여기에도 나타나 있다.

이러한 표현은《도련님》에 보이는 '세상에 전쟁이 끊이지 않는 이유가 있군. 결국엔 사람도 완력이 중요하다'라는 구절에도 나타난다. 이와 같이 소세키의 작품세계에서는 개개인의 '완력'을 수반하는 대립이 늘 국가 간 전쟁을 염두에 두고 그려졌음는 것을 알 수 있다.

또 이《점두록》에서는 군국주의 대 개인주의라는 구도로 독일과 영국 · 프랑스의 대립을 파악하고 있다.

'독일로 대표되는 군국주의가 다년간 영국과 프랑스에서 배양되어온 개인의 자유를 파괴하게 될 것인가를 관망하고 있다'라는 시각으로 이 전쟁의 귀추를 바라보고 있는 소세키의 눈에는, '독일이 정면으로 내세우고 있는 군국주의의 승리라고 볼 수밖에 없다'라는 글에서도 알 수 있듯이, 전자의 끈질긴 강인함이 강렬한 인상으로 남아 개인의 자유를 존중하는 영국과 프랑스의 앞날이 위기에 처하고 있다는 감회를 피력하고 있는 것이다.

흥미로운 것은 이렇게 군국주의와 개인주의를 대치시키는 도식이 소세키 자신의 근대 일본에 대한 시각과 동일하다는 사실이다.《마음》에 나타나는 '메이지 정신' 자체가 개인의 정신적 자율과 군사력에 의한 자국의 자립을 동시에 지향하는 흐름을 함의하고 있었다. 또한 남녀관계에서 '승리'를 쟁취하는 주인공들은 모두 일본이 이룬 '군국주의'의 성과를 상징했다.

그러나 현실에서 보면 국가 간의 전쟁은 그 어떤 경우라도 '군국주의'의 상호 충돌일 뿐이다. 특히 '군국주의 대 개인주의'와 같은 구도에서 제1차 세계대전의 본질을 파악하려는 시각은 비현실적일 수밖에 없다.

영국은 19세기 말부터 독일과 해상에서 패권경쟁이 치열했다. 1904년에 프랑스와 영불협상을, 1907년에 러시아와 영노협상을 체결한 것은 다름 아닌 패권 유지를 위한 것이었다. 프랑스 역시 독일의 선전포고를 받자 의회는 즉시 거국일치체제를 취할 것을 결정하고 독일에 대항하려고 했다.

아마 소세키가 염두에 두고 있었던 것은 마치 독일의 모습을 투영하듯 자국에서도 지속될 것 같아 보이는 '군국주의'를 향한 뿌리 깊은 열망과 시대적 흐름에 대한 우려였을 것이다. 그것이 '개인주의'가 대두한 다이쇼라는 시대에서도 지배적으로 지속되리라 전망했던 것이다.

그리고 같은 해에 집필이 시작됐지만 소세키의 죽음으로 인해 미완의 작품으로 남은 《명암》(1916)은, 이러한 상황을 바탕으로 다이쇼시대에도 멈출 줄 모르는 '군국주의'에 대한 비판을 담은 내용으로 전개되고 있다.

이 작품의 주인공도 이전 작품과 마찬가지로 근대 일본을 우의적으로 함의하는 존재이다. 그는 메이지에서 다이쇼로 이행하는 과정을 보여주기 위해 결혼한 지 얼마 안 된 젊은 회사원으로 설정되었다. 쓰다라는 이름의 그는 결혼을 생각하고 있었던 기요코라는 여성이 갑자기 떠나버린 후 오노부라는 여성과 선을 보고 결혼하지만, 기요코가 왜 자신을 떠났는지 지금까지도 의아하게 생각하는 인물이다.

그리고 쓰다는 심한 치질을 앓고 있어 '근본적 치료'를 하기 위해 수술을 받은 후 요양차 요시카와라는 상사 부인이 추천하는 온천장에 가게 되는데, 거기에서 기요코와 조우하면서 소설은 중단되었다.

이러한 작품 설정에 보이는 하나의 특징은 주인공 부부가 어려서부터 함께 숙부 밑에서 성장했고, 지금도 여전히 관계가 지속되고 있다는 점이다.《마음》에서도 그랬듯이 소세키의 작품에서 '숙부'는 주인공을 돌봐주면서도 배신하는 존재로 등장하는 경우가 많다.《문》에 나오는 소스케의 숙부도 자신의 사업을 위해서 소스케 아버지 재산을 유용하는 인물로 그려졌다.

이러한 인물 조형의 기점에 자리하는 것은 신뢰했던 독일과 프랑스가 등을 돌리고 러시아와 함께 요동반도 반환을 요구한 청일전쟁 이후의 삼국간섭이었을 것이다. 실제로 영국을 포함한 이들 국가들은 '아버지'와 같은 에도시대를 대신해서 일본을 근대화로 이끄는 '숙부'와 같은 존재였다. 그러한 숙부와 주인공 부부가 친숙한 관계를 유지하는 것은 일본이 참전한 제1차 세계대전의 구도와도 같다고 볼 수 있다.

제1차 세계대전은 영국 · 프랑스 · 러시아 연합국과 독일이 대치하는 형상으로 전개되어가지만, 일본은 영일동맹을 통해 동중국해역에서 영국선박의 보호를 요청한 영국의 요구를 수용하고 청도로 출병함으로써 연합국의 일원으로서 독일군과 전쟁을 하게 된다.

요컨대 일본이 그 이전까지는 종종 대립관계를 형성했던 서구 열강과 연계를 하게 된 것이며, 그것이 《명암》의 주인공 부부와 숙부의 관계에 투영되어 있는 것이다.

쓰다를 온천장으로 보낸 요시카와 부인도 숙부에 준하는 역할이므로 일본군을 청도에 보내는 계기가 된 영국에 해당한다. 이를 시사하듯이 그녀는 영국을 한자로 표기한 '英吉利' 중의 한 글자가 이름에 붙여져 있다. 따라서 쓰다에게 후지이, 오노부에게 오카모토는 프랑스 · 러시아에 해당하는 인물이라고 볼 수 있다.

《명암》과 《꿈》의 속편

이렇게 제1차 세계대전을 통해 일본은 삼국간섭 때와는 다르게 강대국 구도 속에서 입지를 굳혔다. 하지만 독일과는 대치관계가 반복되고 있었기 때문에 당시 일본인들은 약 20년 전 사건을 떠올렸다.

1914년 8월 18일자 아사히신문에는 '다시 기억하는 요동 반환 조인 광경'憶起す遼東還附調印の光景이라는 제목으로, '피로써 쟁취한 요동반도는 삼국간섭 결과 마침내 청국으로 반환되었다. 우리 국민의 원한과 인

내가 어언 20년. 지금이야말로 독일에게 갚아야 할 때가 왔다'라는 기사가 게재되었다.

여기서 간과할 수 없는 것은 독일의 삼국간섭에 대한 분풀이를《명암》의 주인공 쓰다에게 투영하고 있다는 점이다. 기요코가 돌연 그를 떠나버린 것은 삼국간섭에 의한 '요동 반환'에 대한 비유이며, 그 때문에 기요코에게는 '청나라'와 관련 있는 이름이 붙여졌다.

그리고 요시카와 부인을 통해 온천장에 기요코가 있다는 정보를 알게 되어 그녀를 찾아 온천장으로 향하는 것은 청도 출병에 해당하는 전개라고 볼 수 있다. 이 군사 행동이 20년 전의 사건을 상기시키는 계기가 되었듯이, 쓰다도 온천장으로 가는 길에 과거의 기억을 돌이켜보고 있다.

> 나는 지금 꿈에서 본 것의 속편을 따라가보려고 하고 있다. 도쿄를 떠나기 전부터, 좀 더 정확히 말하자면 요시카와 부인이 온천행을 권하기 전부터, 아니 더 깊게 들어가보자면 오노부와 결혼하기 전부터, … 그래도 뭔가 아직 표현이 부족하다. 실은 기요코가 돌연 등을 돌린 그 찰나의 순간부터, 나는 이미 이 꿈에서 본 뭔가에 씌었던 것이다.

이것은 그야말로 삼국간섭 이후의 일본을 이야기하는 것으로 읽을 수 있는 구절이다.

요컨대 일본은 '기요코가 돌연 등을 돌린 그 찰나의 순간' 즉, 요동 반환을 강제당한 시점부터 서구 열강에 복수를 해야 한다고 하는 '꿈에서 본 뭔가에 씌'어서 군사력 증강에 매진하였다. 그리하여 러일전쟁에서 승리함으로써 일단 러시아 대해서는 복수를 달성했지만, 다시 제1차 세계대전에 참전함에 따라 이번에는 독일을 상대로 그 '속편을 보게 된' 것이다.

여기에는 서구 열강에 대항할 수 있을 정도의 군사력으로 국력 확장을 도모하고자 하는 메이지 이후 일본의 방향성을 '꿈에서 본 것'으로 상대화시키는 소세키의 시각이 드러나 있다. 그러한 점에서 《마음》에서 선생의 이중적인 인물 조형에 담긴 일본의 변용에 대한 기대는 《명암》에 이르러 바닥나게 된 것이다.

선생은 학창시절 돈과 물건을 '전유'하는 것을 최우선으로 생각하는 물질주의적인 삶을 선택했고, 그에 따라 '아가씨'를 얻었다. 그러나 선생이 K의 자살이라는 비극을 계기로 해서 그 이후로는 오히려 자기 말살적인 삶을 스스로에게 강제한 것은 바로 과거의 자신에 대한 자기 비판의 산물이었다.

여기에는 일본이 제국주의적 방향을 전환하기를 바라는 소세키의 기대가 함의되어 있지만, 결국에는 그것이 공허한 일임을 알게 됨으로써 《명암》의 주인공 쓰다는 예전 선생이 그랬듯이 허영심이 강한 물질주의자로 그려진다.

그리고 이러한 쓰다의 삶의 방식을 비판하는 역할로 고바야시라는 프롤레타리아적인 인물이 등장한다. 그는 이전 작품에서 보이는 '히라오카→야스이→K'의 계보를 잇는 이른바 주인공을 위협하는 존재이다. 여기에서도 고바야시는 '조선에 가는' 사람으로 설정되었고, K와 마찬가지로 이름 이니셜이 'K'라는 점을 미루어 볼 때 '한국(조선)'의 문맥을 담당하고 있음을 시사한다.

소세키의 죽음으로 《명암》이 미완으로 끝나면서 쓰다와 기요코, 그리고 오노부의 행방은 알 수가 없다. 그러나 기요코가 '청나라'를 함의하는 이상 쓰다와 기요코가 다시 맺어지는 일은 없었을 것이다. 미즈무라 미나에水村美苗는 중도에 끝난 《명암》을 이어서 쓴 소설 《명암 속편》(1990)에서 오노부가 온천장을 찾아가 기요코와의 관계를 알고 절망한 나머지 폭포에 몸을 던지려고 했지만 결국 단념하는 이야기를 구성하고 있다. 실제로 쓰다가 그녀와 '이별'을 맞이하는 전개는 충분히 가능성이 있었을 것으로 생각된다.

여기서 잊어서는 안 되는 것은 쓰다가 심한 치질을 앓고 있고, '근본적인 수술'로 치료의 가능성이 주어져 있다는 점이다. 당시 일본을 비판적 시각으로 바라보면서 미래에 대한 전망을 가지려 했던 소세키의 상상력은 식민지의 표상인 그녀들을 모두 상실하면서 쓰다를 통해 근대 일본이 근본적인 '변용'을 이룰 수 있는 가능성을 그리고자 했던 것이 아니었나 생각된다.

하루키

8장 '마음'과 '마음'의 연결, 그리고 '이야기'에 대한 관심

어둠의 저편

1Q84

'자각'에 대한 기대

나쓰메 소세키가 종종 미래 시점에서 현재를 상대화하려고 한 것에 반해 무라카미 하루키는 종종 자신의 기점인 1960년대 말의 이념적 고양의 시대로 거슬러 올라가고자 했다. 이는 작가의 개인적 관심에 의한 것일 뿐 아니라, 그 배경에는 미래의 변용을 특별히 긍정적인 방향으로 예견하기 어려운 현대의 상황이 있을 것이다.

가까운 미래를 시간적 무대로 하는《세계의 끝과 하드보일드 원더랜드》에서도 계산사인 '나'는 자신의 뇌를 사용해서 숫자 정보를 암호화하는 일을 한다. 이는 현실세계에서 있을 수 없는 일이지만 그곳에서 진행되는 정보전쟁은 현대사회의 연장선상에 있다.

이에 반해 제4장에서 언급한《어둠의 저편》(2004)은 하루키 작품 중에서 미래 변화에 대한 기대가 담긴 보기 드문 작품이다.

이 작품은 마리라는 여대생과 일본인 손님에게 폭행당한 중국인 창녀와의 만남을 계기로 이야기가 전개된다. 그리고 마리와는 대조적으로 수개월째 잠자고 있는 그녀의 언니 에리에 대한 이야기가 삽입되어 있지만, 소설은 계속 자기만 하던 에리의 몸에 미미한 변화가 생길 때 막을 내린다.

모든 사람들이 잠든 심야에 깨어 있는 마리와 하루 종일 자고 있는 에리의 대비가 의미하는 것은 명확하다.

중국인 학교로 전학을 가면서 자신이 받았던 이지메라는 폭력에서 벗어날 수 있었던 마리는 그 이후부터 중국에 관심을 갖게 되었고, 대학에서도 중국어를 배우고 있다. 그리고 작품 속 그녀가 중국인 창부에게 보이는 공감과 동정은 다름 아닌 작가 내면에 있는 '중국'에 대한 관심이 그대로 투영되어 있는 것이다.

따라서 이 창부에게 폭행을 가한 컴퓨터 기술자인 시라카와라는 남자는 고도의 생산기술을 달성한 근대 일본을 우의적으로 표현한 것이고, 계속 잠을 자는 에리는 시라카와가 자신의 폭행에 대해 죄의식을 느끼지 않는 것처럼 이웃 나라에 대한 폭력의 역사에 대해 계속 '잠자고' 있는 대다수의 일본인의 의식을 비유하는 존재로 보인다.

소설 종반부가 돼서야 잠에서 깨어나는 에리의 미미한 변화에 대해 작품 속 화자인 '우리들'은 '지금 느끼는 떨림은 앞으로 오게 될 어떤 자그마한 태동일지도 모른다. 혹은 그 작은 태동의 미약한 징조일지도 모른다'라고 의미를 부여하고 있다.

작품의 우의적 구도에 비추어 본다면 이 '자그마한 태동' 혹은 그 '미약한 징조'란 일본인 전체가 자신들의 근대사에서 아시아 각국에 가했던 폭력의 발자취를 각성하고, 또 그것을 자각하면서 새로운 관계를 구축해가기 위한 한 걸음을 내딛을 수 있는 가능성을 시사하고 있다.

이 작품의 화자가 '우리들'이라는 복수 일인칭인 것은 일본과 중국을 비롯한 아시아 각국과의 관계가 일본인이 총체적 차원에서 짊어져야 할 문제라는 것을 시사한다. 그리고 이 작품의 서술방식이 통례적인 과거형이 아니라 현재형을 연결하는 방식으로 이루어져 있는 것은 그러한 의미와 문제가 여전히 진행 중이며, 아직 해결하지 못하고 있다는 사실을 암시하고 있다.

《어둠의 저편》에서 주목해야 할 것은 이러한 아시아에 대한 폭력이라는 주제가 젠더 문제와 중첩되어 있다는 점이다.

이 작품에는 여성이 중심적으로 등장한다. 중국인 창부가 폭행당한 공간인 러브호텔의 종업원으로 등장하는 3명의 등장인물도 모두 여성이다. 장 처음에 시간이 제시되고 심야에 사건이 진행되는 것은 마리나 그녀들이 살고 있는 공간이 사회의 밝은 측면에서 전개되는 '낮'의 이면 세계라는 것을 말해주고 있다. 이 '낮-밤'의 대조성은 곧 '남-여'의 대조성과 호응한다.

이러한 도식은 단편 「잠」眠り(1989)에서도 보이는데, 17일 동안이나 잠을 못자는 상태에 빠진 여성 화자인 '나'는 그 시간을 독서하는 것으로 보낸다. 즉, 《안나 카레리나》와 같은 장편소설을 독파하면서 '나는 내 이생을 확장시켜 나가고 있는 것이다'라는 생각을 한다.

다시 말하면 '남-여'의 대조성은 '주-종'의 위계성을 가진 역사가 바탕에 깔려 있는 것이다. 나아가 《어둠의 저편》에서는 그 위계성이 '일본-중국(아시아)'이라는 메이지시대에서 태평양전쟁에 이르는 침략행위가 가져온 국가 간의 '주-종'관계와 중첩되기도 한다. 마리가 중국에 친근감을 가지고 있으면서 폭행당한 중국인 창부에게 공감을 갖는 것은 이러한 의미가 표현된 것이다.

《댄스 댄스 댄스》 속편으로서의 《1Q84》

요컨대 무라카미 하루키의 내면에는 현대사회에서 여성이 여전히 남성중심사회의 억압을 받으며 살고 있다는 인식이 깔려 있다.

이는 하루키가 부각시키게 되는 모던 회귀적인 문제성에서 파생되는 것이다. 이렇게 여성에 대한 폭력적 억압이라는 모던적 주제가 하나의 축으로 성립되고 있는 작품이 2009년부터 이듬해에 걸쳐 발표된 《1Q84》(2009~10)이다.

이 작품은 이전 작품에서도 반복적으로 사용되었던 기법 즉, 두 인물을 둘러싼 이야기가 장을 교차하면서 따로따로 진행되다가 점차 양자 간의 관계성이 명료해지는 기법으로 쓰였다.

이야기를 이끌어가는 인물은 입시학원에서 수학을 가르치면서 소설을 쓰고 있는 덴고라는 청년, 그리고 스포츠 강사면서 여성에게 폭력을 휘두른 남자들을 작은 아이스픽으로 응징하는 역할을 담당하는 아오마메라는 특이한 이름을 가진 여성이다.

이들은 초등학교 시절 같은 반이었던 남녀이다. 딱 한 번 손을 서로 맞잡았던 경험을 갖고 있지만 그 이후 만날 기회가 없어 서로 마음속에 상대를 품고 살아왔다. 현재는 서로 먼 지점에서 살고 있는 두 사람의 거리가 점점 좁혀지면서 3권에서는 드디어 두 사람이 서로 조우하기에 이른다.

두 사람을 연결시키는 계기가 되는 것이 잡지 문학상에 응모된 '공기 번데기'라는 작품이었다. 작가는 난독증이지만 비정상적이리만큼 예리한 직감을 가진 후카다 에리코라는 열일곱 소녀였다.

그런데 '공기 번데기'는 실제로 그녀 자신이 집필한 것이 아니다. 그녀가 무녀처럼 하는 말을 보호자의 딸인 아자미라는 소녀가 받아 적은 것임이 나중에 밝혀진다. 이 작품의 특이함이 눈에 들어온 편집자가 덴고에게 다시 고쳐 쓰도록 해서 수상에 이른다. 이 과정에서 덴고는 '후카에리'라는 필명으로 기록되면서 후카다 에리코와의 관계가 성립되고, 나아가 그것이 매개가 되어 아오마메와도 관계가 형성되기에 이른다.

서로 멀리 떨어져 살고 있는 사람들이 뜻하지 않는 인연으로 관계를 맺어간다는 착상으로 쓰인 선행 작품으로는 1988년의 《댄스 댄스 댄스》가 있다. 《양을 둘러싼 모험》의 속편에 해당하는 이 장편소설은 주인공 '내'가 홋카이도를 다시 찾으면서 이야기가 시작된다. 그리고 홋카이도에서 도쿄로 돌아오는 비행기를 같이 타고 오면서 유키라는 소녀를 알게 되고, 소설가인 그녀의 아버지가 강권하여 하와이에 가게 된다. 그리고 거기서 예전에 '귀 모델'이었던 기키의 모습을 본 것 같은 느낌을 받는다. 일본으로 돌아오고 나서 그는 영화 스크린에서 기키가 배우가 된 중학교 시절 동급생 고탄다와 함께 출연하고 있는 것을 목격하고 자신을 둘러싼 여러 인물들이 '서로 연결되어 있다'는 것을 인식하기에 이른다.

고탄다와 재회한 '나'는 그가 기키와 관계를 가졌던 얘기를 듣고 그녀를 매개로 한 관계가 이미 두 사람에게 존재했음을 알게 된다. 한편 고탄다와 기키가 나오는 영화를 본 유키는 비정상적이리만큼 예민한 직감력으로 고탄다가 그녀를 죽였다고 말한다. 고탄다는 그것이 사실이라는 것을 인정하는 듯한 말을 한 이후 자동차에 탄 채로 바다에 뛰어들어 자살을 해버린다.

여러 면에서 《댄스 댄스 댄스》와 《1Q84》는 서로 유사한 설정을 갖는 작품으로 보인다. 《1Q84》의 덴고가 소설을 써서 자립할 수 있는 직업 작가가 아니듯이, 《댄스 댄스 댄스》의 '나'는 스스로를 '넉가래'라고 칭하고 있듯이 저널 한편에서 잡문을 쓰는 일을 하고 있다.

또 덴고가 마음에 두고 있으면서도 다시 만나리라고는 예상하지 못했던 아오마메라는 여자와 관계가 형성되어가듯이, '나'는 기키나 고탄다라는 서로 간에 이미 거리가 존재했던 인물들과 직간접적으로 관계를 부활시켜 간다. 그리고 그 매개자가 되는 두 사람은 모두 무당과 같은 직감력을 소유하고 있는 후카에리와 유키라는 10대 미소녀들이다.

나아가 《1Q84》의 종반부에서 덴고와 아오마메가 서로 맺어지듯이 《댄스 댄스 댄스》에서도 '나'는 삿포로 '돌고래 호텔'의 여종업원과 성교를 하게 된다. 그녀도 '유미요시'라는 특이한 이름의 소유자였다. 이렇게 이름의 특이함이 화제가 되는 것도 공통점이다.

덧붙여 이 두 작품의 시간적 무대도 매우 유사하다.《댄스 댄스 댄스》의 사건이 전개되어가는 것은 1983년이다. 이는《1Q84》의 시간설정 1년 전에 해당된다. 그러한 점에서《1Q84》는《댄스 댄스 댄스》의 '속편'으로 성립하고 있는 면이 있다. 또한 두 작품에 존재하는 21년이라는 시간적 거리로 인해 유사한 요소에 담기는 의미는 대단히 큰 변용을 보인다.

《댄스 댄스 댄스》의 배경을 이루고 있는 것은 작품 속에서도 반복적으로 강조되고 있는 '고도자본주의 사회'이며, 초라했던 예전의 '돌고래 호텔'이 대규모 '돌핀 호텔'로 변모한 것도 지역 토지를 무대로 한 투기적 부동산 매매의 결과였다.

'나'는 이 '고도자본주의 사회'의 시스템 자체를 부정하고 있는 것은 아니다. '모두가 불필요하다고 생각하는 것을 전혀 만들어내지 않는다면 대공황이 일어나 세계경제는 엉망이 되어버릴 것이다'라고 생각하고 있다. 그가 저널리즘 한편에서 기생하며 일을 할 수 있었던 것도 이러한 '불필요한 것'을 용인하는 사회의 은총인 이상 이러한 상황을 용인하는 자세를 취하는 것은 당연한 일이다.

표제인《댄스 댄스 댄스》란 '불필요한' 소비를 바탕으로 존재하는 '고도자본주의 사회'와 보조를 맞추며 끊임없이 '춤'을 추며 사는 삶이라는 의미가 담겨 있다. 따라서 이러한 이미지가 작품을 발표한 당시의 거품경제 상황을 반영하는 것임은 말할 나위도 없다.

이 작품이 세상에 나온 1988년은 그야말로 '거품경제'라는 신조어가 생긴 시기였다. 당시 1980년대 중반부터 급속히 진행된 엔고 현상의 영향으로 수입 비용 절감을 통한 기업의 이익 증가를 가져온 반면, 수출 규제 강화로 인해 국내시장에 자금이 몰린 결과 토지와 주식이 급등하였다. 작품 속에 등장하는 '돌고래 호텔'이 '돌핀 호텔'로 변모하는 것 또한 이러한 '거품경제'의 일환으로 파악할 수 있다.

물론 작품 속 시간인 1983년은 아직은 버블경기가 본격적으로 시작된 상황은 아니었다. 그러나 작가의 집필 당시의 의식이 반영됨으로써 다소간 미래 상황을 끌어들이는 형식으로 그려져 있는 것이다.

왜 지금 낭만적인 이야기인가?

따라서 '내'가 갖게 되는 감각 즉, 생각지도 않았던 사람들과 '관계를 맺어'간다는 느낌은 '고도자본주의 사회'에서 확대되어가는 소비와 정보의 네트워크와 중첩되는 감각일 것이다.

한편《1Q84》에서는 '거품경제' 종식 후 일본의 정체된 경제상황을 반영하듯 물질적 과잉을 드러내는 묘사는 보이지 않는다. 그리고 여기서 덴고와 아오마메를 조우하게 만든 것은《댄스 댄스 댄스》보다 훨씬 더 낭만적인 인간의 '마음' 작용에 의한 것이었다.

아오마메는 초등학생 시절에 딱 한 번 손을 잡았던 상대인 덴고를 계속 마음에 두고 살아왔다. 또한 '나라는 존재의 중심에 있었던 것은 사랑이었다. 나는 변함없이 덴고라는 열 살 소년을 애틋하게 생각한다'라는 자각을 갖고 있다. 반면 그녀는 성적인 면에서 모험가이기도 했다. 스치는 인연의 남성과 성관계를 갖는 일도 한두 번이 아니었다. 그것에 대해서도 '아오마메가 때때로 참을 수 없이 남자들과 자고 싶어지는 것은 그녀 마음에 담고 있는 덴고의 존재를 가능한 순수하게 지키고 싶었기 때문이었을지도 모른다'라고 그 이유를 설명한다.

한편 덴고 마음속에는 아오마메의 마음처럼 그녀를 사모하는 마음이 명확했던 것은 아니었음에도 '아무 할 일도 없고 그저 멍하게 있을 때 자신도 모르게 자꾸 그 열 살 소녀를 떠올리고 있는 것을 느끼며 스스로 놀라'기도 했다. 그럴 때면 '내 마음은 그 여자아이를 도저히 떠날 수가 없나 보다'라는 느낌을 갖는다.

그들이 경험하는 '1984년'에서 '1Q84'로의 이동이란 요컨대 서로 멀리 떨어진 지점에 살고 있어 본디 만날 수 없는 사람들끼리 서로의 가슴에 담고 있는 상대에 대한 '애틋한 마음'에 의해 만남이 가능해지는 세계로 들어가는 것을 의미한다.

아오마메의 살해 대상이 되는 교단 '사키가케'의 리더이자 후카에리의 아버지이기도 한 후카다 다모쓰는 초인적인 통찰력의 소유자로 등장한다. 그는 스스로 '1Q84년'으로 이동해버렸다고 느끼는 아오마메의 내면을 헤아려 다음과 같이 말하고 있다.

> '만약 자네가 1984년에 머물러 있다면 덴고 군이 자네를 여전히 마음에 두고 있다는 사실을 네가 알 수는 없었겠지. 이렇게 1Q84년으로 왔기에 어쨌든 너는 그 사실을 알게 된 것이지. 너희 두 사람의 마음이 어떤 의미에서는 하나로 맺어져 있다는 사실을…'
>
> — 제13장

이러한 후카다의 말에는 작가가 작품에 담은 모티브가 드러나 있다. '1984년'이 산문적인 현실세계의 논리가 지배하는 세계인 것에 반해, '1Q84년'이란 '마음'이 매개가 되어 사람과 사람이 맺어지는 낭만주의적 세계이다.

그러한 점에서 불투명한 '마음'을 갖지 않음으로 인해 주인공이 포스트모던적인 정보사회를 살아갈 수 있었던《세계의 끝과 하드보일드 원더랜드》의 '하드보일드 원더랜드' 세계, 바로 그 세계를 뒤집은 지점에《1Q84》가 성립하고 있는 것이다. 그리고《세계의 끝과 하드보일드 원더랜드》가 포스트모던 비판을 저변에 깔고 있다는 점을 감안한다 하더라도《1Q84》는 하루키의 모던 회귀적 방향을 강하게 드러낸 작품임을 알 수 있다.

즉, 이 작품의 무대가 1960년대는 아니지만 하루키가 청년기를 경험한 1960년대 말의 낭만적이고 이념적 연대에 대한 애착이 작품 속에 녹아 있다. 그것이 덴고와 아오마메를 이어주는 힘으로 작용하고 있다고 생각할 수 있다.

덴고와 아오마메는 남과 여라는 이질적인 성을 나누어 갖고 있다. 3권의 종반부에서는 섹스를 하기에 이르지만, 여기서 아오마메가 오랫동안 소프트볼 중심 선수로 활약했고 현재도 스포츠 강사로 일하고 있으며, 또 남자의 목숨을 빼앗는 자객이기도 하는 등 '마초적'인 특성을 갖고 있다는 점을 간과할 수 없다. 신체적으로도 그녀는 키가 큰 반면 가슴이 빈약한 것을 한탄하는 남성적인 특징을 갖고 있다.

또 하루키가 반복적으로 사용하는 두 인물이 별개의 이야기를 이끌어가는 전개방식에서 그 두 사람은 3부작에서의 '나-쥐' 혹은 《해변의 카프카》의 '카프카 소년-나카타 씨'와 같이 늘 분신관계에 있는 두 남성이었다.

그러한 계보와 아오마메에게 부여된 특성을 염두에 둔다면 덴고와 아오마메는 비유적으로는 '남자끼리'의 관계인 것이다. 또한 3부작에서 매장되어 《세계의 끝과 하드보일드 원더랜드》에서 이별을 고한 분신적 존재를 다시 불러들여 주인공과 합일시키는 이야기가 《1Q84》라고도 할 수 있다.

이는 일종의 모던 회귀의 형태이다. 그리고 그것이 《해변의 카프카》 등과 같이 이 작품에서도 '놀이'를 수반하며 표현되고 있다.

덴고와 아오마메가 '1984년'에서 '1Q84년'으로 이동한 표시로 그들이 함께 두 개의 달이 나란히 하늘에 걸려 있는 것을 보게 되는데, '달'이라는 한자를 두 개 붙여 놓으면 '붕'朋이라는 한자가 된다. 그렇다면 그들에게는 처음부터 '친구'朋友 관계가 함의되어 있었음을 시사한다.

나아가 낭만적인 '마음'의 지표인 'Q'는 그 외향적 모양이 컴퓨터의 부속물인 '마우스'를 상기시킨다. 이 '마우스'는 물론 '쥐'라는 뜻이다. 따라서 그들이 간 곳은 3부작에서 쥐가 살려고 했던 낭만적 이념이 지배하는 세계임을 넌지시 전하고 있다.

'1Q84'와 '1984년'의 관계

덴고와 아오마메가 서로를 원하는 행동이 상징적으로는 잃어버린 분신을 다시 불러들여 합일하고자 하는 행동이라 할지라도 그것이 성애로 집약되는 에로스와 무관하다고는 말할 수 없다.

이것은 이른바 플라톤의 《향연》 중 아리스토파네스가 말했던 에로스적 욕구 관련 우화를 이야기한 것이라 할 수 있다.

아리스토파네스는 인간이 예전에는 두 개의 얼굴과 네 개의 손발을 갖고 회전하면서 지상을 이동하고 있었는데, 제우스에 의해서 두 개로 절단된 이후 잃어버린 자신의 반쪽을 원하고, 그 반쪽과 일체화하고자 하는 에로스적 충동으로 움직이게 되었다고 말한다. 그리고 이 합일해야 할 상대는 이성에 한정되지 않고 동성이라도 가능한 것이며, 그러한 점에서 에로스적 욕구가 아니라 결여된 자신의 반쪽을 메우고자 하는 의욕이 된다. 그 때문에 에로스는 아름다운 신이 아니라 결여체로서의 '추한 신'으로 그려지는 것이다.

'1Q84'의 덴고와 아오마메는 각각 성적 파트너가 없었던 것은 아니다. 다만 그것은 어디까지나 생리적 욕구로서 성욕을 충족시키는 성교일 뿐이라는 것을 밝히고 있다. 그들은 그 깊은 내면에 결여감, 공백감을 안고 있다는 점에서 이미 '에로스적' 존재인 것이다. 그것을 메워주는 상대로서 점차적으로 명확해지는 존재가 바로 아오마메에게는 덴고, 또 덴고에게는 아오마메인 것이다.

이는《1973년의 핀볼》의 '내'가 번역 일로 어느 정도 물질적인 만족을 얻으면서도 치유하기 어려운 내면의 공백감을 감지하고 '스페이스십'이라는 핀볼머신과의 만남을 통해서 공백감을 메우려는 전개와 매우 유사하다. 그리고 이 작품에서 '내'가 만나고자 하는 '스페이스십'도 나오코의 모습을 한 1960년대의 잔해였다.

그리고 '1Q84'의 저변을 흐르는 이러한 모던 회귀적인 구도를 강화시키는 요소가 앞서 언급한 여성에 대한 폭력이라는 주제이다.

양성적 존재였던 아오마메는 '여성'으로서 동성에게 가해진 폭력을 용납할 수 없다고 생각하는 동시에 '남성'으로서 그 폭력의 주체를 말살하고자 한다. 이러한 그녀의 태도는 이 작품에서 폭력이 갖는 위치

를 보여준다

여성에게 가해진 폭력을 계기로 이야기가 작동하고 있는 것은《어둠의 저편》도 마찬가지이다. 이 작품에서 가해-피해의 관계는 일본이 아시아 각국에 행사해온 정치적 폭력관계를 상기시킨다.

또《태엽 감는 새》에서 노몬한사건의 일화로 그려지며, 주인공 자신이 빠져들었던 폭력은 인간이 갖는 타자성이라는 주제를 환기시키는 것이었다. 또는《세계의 끝과 하드보일드 원더랜드》의 '내'가 아파트에 침입한 2인조에게 아랫배를 칼로 베이는 폭력을 당하는 것은 그를 둘러싼 정보전쟁의 가혹함이 표출되어 있다.

《1Q84》에서의 폭력은 이러한 선행 작품에 비하면 현대로 이어지는 포스트모던적 문맥이라기보다 반대로 여성이 육체적인 힘이 월등한 남성의 지배 아래에 놓이기 쉬웠던 모던 내지 프리모던적인 성격을 띠고 있다. 아오마메가 후카다를 죽이려고 하는 것도 그가 종교집단 내의 소녀를 겁탈하고 자궁을 파괴하는 폭력을 행사했기 때문이다.

따라서 아오마메와 후카다의 대화에서 후카다 자신이 스스로 이야기하는 '왕 죽이기' 신화도 그 주제의 중요한 구성요소였던《해변의 카프카》와는 이질적인 의미를 갖는다.

제6장에서 언급한 대로《해변의 카프카》에서는 오이디푸스 예언을 매개로 등장시킴으로써 카프카 소년의 '아버지 죽이기'가 '왕 죽이기'의 비유가 되고, 그것이 나카타 씨에 의해 대행됨으로써 전쟁 책임자로서

천황을 부인하는 것으로 연결된다. 그러나 《1Q84》에서 후카다 살해는 그러한 우의적 확장성을 찾아볼 수 없다.

여기에서 '왕'이란 신체적으로 여성을 초월하는 성으로서의 '남성'을 가리킨다. 그렇기 때문에 후카다는 거대하고 위압적인 살덩이로 그려지고 있다. 후카다가 살해된 후에 '사키가케'는 아오마메에게 명확한 반격을 하지 않는다. 반대로 그 죽음을 은폐하려고 하는 반응을 보인다. 이는 후카다의 존재가 종교적 · 정치적으로 지배적인 거대함을 보유하고 있지 않았다는 사실을 암시하고 있다.

'사키가케' 조직이 보여주는 폭력의 미온성은 이 작품이 《1Q84》의 표제에서 연상되는 조지 오웰의 《1984년》과는 서로 다른 지평에 서 있다는 것을 명백히 드러낸다. 이 표제는 독자로 하여금 무라카미 하루키가 오웰적 세계의 틀을 어떤 식으로 다시 짰는지에 대한 관심을 촉발시키지만, 그러한 기대를 가지고 작품을 읽기 시작한 독자는 허탕 치듯 힘이 빠지게 된다.

발표 당시부터 35년 후의 미래에 해당하는 1984년을 무대로 하는 《1984년》의 시민은 '텔레스크린'에 의해 감시당한다. 생활, 사상, 표현 등 모든 면에 걸쳐 통제를 받으며 살고 있다. 관료로서 역사기록을 개정하는 일을 하고 있는 주인공이 사회 통제에 대한 의문을 가지면서 사상경찰에게 체포되어 집요한 신문과 고문으로 철저한 자기 파괴를 강제당하는 내용이다.

이 작품은 《1Q84》에서도 후카에리의 보호자인 에비스노에 의해 '스탈린주의를 우화화한 것'으로 언급되었다.

그러나 앞서 살펴본 바와 같이 《1Q84》에서 행해지는 폭력은 《1984년》의 폭력과는 서로 다른 것이다. 《1984년》에 그려지는 감시사회는 오히려 제4장에서 다루었던 《양을 둘러싼 모험》에서 눈에 띄지 않는 형식으로 그려져 있다. 그것이 연장된 지점에서 《1Q84》가 쓰였을 가능성도 있을 수 있다. 실제로 《어둠의 저편》에서는 자본주의사회가 가진 대량생산 시스템의 단적인 예로서 프라이드치킨 제조과정이 화제가 되면서 그 부분에 '조지 오웰적'인 표현이 사용됐다.

'이야기의 힘'에 대한 신봉

그러나 결과적으로 《1Q84》는 상품과 정보가 유통되는 자본주의사회의 시스템으로 인간들을 유입시키는 포스트모던적 감시사회의 비인간성을 주제로 한 작품이 되지는 않았다.

그 이유는 하루키의 모던 회귀 방향이자 사회 시스템에 대한 저항 장치로서 '이야기의 힘'에 대한 신봉이었다고 생각된다. 이 문제를 생각할 때 중요한 것은 이 작품이 발표된 2009년 2월에 이스라엘에서 이루어졌던 하루키의 예루살렘상 수상연설이다.

여기서 하루키는 소설가의 역할이 '인간 정신의 존엄성을 두드러지게 하고 그것에 빛을 비추는' 것이며 '인간성이 시스템 망 속에 휘말려 그것에 망가지고 멸시당하지 않게 하기 위한 수단'으로서 '이야기'가 존재한다는 것을 강조했다.

그리고 10년 전 가와이 하야오와의 대담에서도 'detachment, aphorism이라는 부분을 점점 이야기로 전환해갔다'(《무라카미 하루키, 가와이 하야오를 만나러 가다》, 1995)라고 했듯이, 하루키에게 '이야기'란 외부 세계와 거리를 좁히고, 거기에서 오는 위협에 대한 방어벽 역할을 하는 장치인 것이다.

또 그는 예루살렘상 수상연설에서 '삶과 죽음에 관한 이야기를 쓰고 사랑이야기를 써서 사람을 울리고 혹은 두려움에 떨게 하거나 웃게 함으로써 개개인이 갖는 인간 정신의 고귀함을 밝히고자 계속 시도하는 것, 그것이 소설가의 일입니다'라고도 말한 바 있다.

여기서 주목할 것은 《1Q84》가 그야말로 '삶과 죽음의 이야기', '사랑이야기'로 성립하고 있다는 점이다. 이 작품은 덴고와 아오마메의 '사랑이야기'가 축을 이루고, 후반부에서는 덴고의 아버지가 죽어가는 모습이 그려진다. 그리고 덴고와 후카에리의 성교의 결과로 아오마메가 임신을 한다는 불가사의한 내용으로 이야기가 전개되는 것을 볼 때 분명 '삶과 죽음'의 주제가 다른 한 축으로 작품 이야기에 담겨 있는 것을 볼 수 있다.

그러한 내용이 독자를 '울리고' '두려움에 떨게 하고' '웃게 하는' 효과를 줬는지는 별개 문제로 간주하더라도, 적어도 작가가 이야기의 기능으로 생각하는 요건을 충족시키는 방식으로 이 작품이 성립하고 있다는 것은 부정하기 어렵다.

그 결과 이 작품은 이른바 '스토리텔링론으로서의 이야기'라는 성격을 갖기도 한다. 주인공의 한 사람인 덴고도 소설을 쓰는 것을 주요 일로 삼고 있고, 후카에리에 의해서 원형이 만들어진 '공기 번데기'를 읽을 만한 소설작품으로 다시 고쳐 쓰는 경위를 전반부의 중심 내용으로 구성하고 있다.

그리고 본디 만날 수 없어야 마땅한 사람들이 '마음'의 연결을 통해서 관계를 생성시켜간다는 이 작품의 주제는 덴고와 후카에리 사이에서도 찾아볼 수 있다. 덴고는 문학상에 응모한 '공기 번데기'를 읽고 그 표현의 핵심이 되는 부분을 찾아 원형에 이야기로서 색채를 가미하게 된다. 이는 바로 '작가'인 후카에리의 내면을 거슬러 올라가 그녀와의 인연을 만들어가는 행위인 것이다.

아오마메가 《1Q84》 세계로 이동하는 것이 '덴고가 쓴 이야기 속으로 들어가게' 되는 것과 같다면, 마찬가지로 덴고가 '공기 번데기'를 다시 쓰는 것은 그가 '후카에리가 만든 이야기 속'으로 들어가는 것에 해당한다.

그런 의미에서 본다면 《1Q84》는 '공기 번데기'라는 이야기를 매개로 해서 '후카에리-덴고-아오마메'라는 3명이 연계되어가는 이야기인 것이다. 이는 작품에 담긴 '마음' 내지 '정신'이 자리하는 곳으로서 이야기라는 주제와 명확하게 조응한다. 덴고와 후카에리의 성교에 의해서 아오마메가 임신한다는 전개 역시도 '관계 맺음'을 전제로 하며 이 명제를 강조하고자 하는 전개방식임은 명백하다.

문학작품 생성의 우화

《1Q84》를 관통하는 '스토리텔링론으로서의 이야기'의 성격은 후카에리와 덴고의 공동작업으로 태어난 '공기 번데기'라는 작품 내용 자체에도 반영되어 있다.

후카다를 살해한 후 교단의 추적을 따돌리기 위해서 숨어 지내게 된 아파트에서 아오마메가 이 작품을 읽는다는 설정으로 그 내용이 소상히 소개된다. 그것은 후카에리가 몸담고 있었던 '사키가케'를 상기시키는 '집단' 안에 사는 주인공 소녀가 키우던 산양을 죽게 한 것을 계기로 해서 그 이후 전개상황을 목격해가는 이야기였다.

죽은 산양 입에서는 '리틀 피플'이라 불리는 작은 인간들이 나타나 공기 속에서 실을 뽑아내는 것처럼 '공기 번데기'를 만들어갔고, 그것이 1미터가 넘는 크기가 되었을 때 소녀는 그 안에 자신과 똑같이 생긴 두 분신이 들어 있는 것을 발견한다. '리틀 피플'들은 그것이 그녀의 'daughter'이며 그녀 자신은 그 'mother'라는 것을 고백한다.

그 이후 소녀는 '집단'을 탈피해서 아버지 친구 집에서 지내게 되고 중학교 때 한 남자아이와 친하게 지내지만 그 소년도 결국 소녀를 떠나게 된다고 하는, 후카에리-덴고-아오마메 세 사람의 상황을 상기시키는 이야기가 전개된다. 그러나 결국 내용의 중심은 '리틀 피플'이라는 불가사의한 존재가 '공기 번데기'를 만들어가는 데 있다.

이 '리틀 피플'은 당연히 오웰의 《1984년》에서 '빅 브라더'와의 대비 관계를 상기시키기는 하지만 그 의미 부여는 참으로 이질적이다. '빅 브라더'가 감시사회의 근간에 있는 권력 장치의 비유인 것에 반해 '리틀 피플'은 개인을 억압하는 권력과도 인간을 초월하는 신과도 다른 것이었다.

분명 후카다가 아오마메에 대해서 말하는 자신이 '리틀 피플'의 목소리를 듣는 'receiver'라는 표현은 '리틀 피플'이 '신'의 위상을 점하는 존재임을 시사하는 것처럼 보이기도 한다. 그러나 이 작품에서 '리틀 피플'의 함의는 한정적인 것이 아니라 보호자 에비스노가 '리틀 피플은 눈에 보이지 않는 존재이다. 그것이 좋은 것인지 나쁜 것인지 실체가 있는지 없는지 그것조차 우리들은 알 수 없다'라고 말하듯이, 그것이 인간에게 어떠한 힘을 미치는 존재인가는 명확히 제시되어 있지 않다.

오히려 작품에 제시되어 있는 그들의 능력은 초월적 위치에서 인간세계를 지배하는 것이 아니라 죽은 자의 부재를 메우려는 듯이 '공기 번데기'를 만들어 누군가의 분신인 'daughter'를 그곳에 담는 데 있다. 물론 이것은 이야기로서 '공기 번데기'의 내용이지만 아오마메가 독후감으로 느끼듯이 그것은 작가인 소녀가 '온 몸으로 빠져나온 틀림없는 현실'이라 해석할 수 있다.

실제로 3권에서 덴고 · 아오마메와 함께 그들을 추적하는 중심 인물로 등장하는 우시가와가 아오마메의 동료인 다마루에게 살해당한 후 그의 입에서 '리틀 피플'이 나타나 '공기 번데기'를 만들기 시작한다. 또 '리틀 피플'은 모습을 드러내지 않지만 덴고는 그의 아버지가 죽은 후 침대에 '공기 번데기'가 태어나 그 안에서 열 살 소녀 아오마메를 품고 있는 것을 목격한다.

'공기 번데기'에서 이야기하는 '리틀 피플'의 양상은 명백히 문학작품 생성의 우화를 나타내고 있다. 작가는 종종 '죽은 자' 즉, 과거의 인물이나 사건을 소재로 해서 거기에서 뽑아낸 실을 짜듯이 소설이나 희곡을 창작하고 그곳에 자신의 분신을 끼워넣는다.

따라서 '리틀 피플'이란 이 차원에서는 작품을 구성하는 말 혹은 그 말이 품고 있는 '언어의 혼령'을 의미한다. 그렇기 때문에 에비스노는 '리틀 피플'을 '눈에 보이지 않는 존재'라고 하는 것이며, 덴고는 후카에리가 이야기한 스토리를 다시 고쳐 쓰는 것으로 거기에 담겨 있는 '혼'에 감응해가는 것이다.

후카다가 자신을 정의하는 'receiver'와 후카에리로 상정되는 'perceiver'의 관계도 작품 창작의 원리를 시사하고 있다.

후카에리는 난독증임에도 '공기 번데기'의 주체이며 그녀가 'perceiver'로서 지각한 이야기의 원형을 일차적으로는 에비스노의 딸인 아자미가, 이차적으로는 덴고가 'receiver'로서 받아 구체적인 작품으로 형상화시켜나간다.

이 작품에서 최대 'receiver'는 덴고이다. 그의 직무 능력을 후카다로부터 들은 아오마메도 '나는 요컨대 덴고 군의 이야기를 구성하는 능력에 의해서, 당신의 말을 빌리자면 receiver로서의 힘에 의해 1Q84년이라는 별세계로 옮겨왔다는 겁니까?'라고 묻고, 후카다는 그렇다고 시인한다.

후카에리와 덴고를 축으로 하는 'perceiver'와 'receiver'의 관계는 작가가 모티브로서 찾아낸 소재를 소설작품으로 다듬어가는 경위를 비유한 것으로 보인다. 물론 많은 경우 한 사람의 작가가 양자를 겸하게 되지만 외적인 존재가 'perceiver'가 되는 경우도 적지 않다.

예를 들면 미시마 유키오三島由紀夫의 《금각사》(1958)에서 'receiver'는 금각을 방화한 말더듬이 청년 승려 하야시 요겐林養賢이며, 그의 행위와 말을 미시마가 'receiver'로서 받아들임으로써 한 편의 소설작품을 완성하고 있다. 무라카미 하루키 자신이 현실 속 인물과 사건을 'perceiver'로 하는 경우는 별로 없지만 지하철 사린사건을 일으킨 아사하라 쇼코麻原彰晃의 존재는 짐짓 그 이후 작품에 'perceiver'로서 기능하고 있다고 할 수 있다.

하루키는 '국민작가'이기를 그만두는가?

《1Q84》가 '스토리텔링론으로서의 이야기'로서의 성격을 갖고 그에 따라 '리틀 피플'도 감시사회의 앞잡이가 아니라 이야기를 구축하는 '언어의 혼령'적인 색채를 띠게 된 배경에는 하루키의 이야기관뿐 아니라 국어교사였던 아버지의 죽음이라는 개인적인 사정이 있는 것으로 추정된다.

이스라엘 연설에서도 하루키는 일부러 1년 전에 90세로 돌아가신 아버지를 언급하며 매일 아침 전장에서 죽어간 사람들을 위해서 기도를 올리는 아버지의 모습을 이야기했다.

《1Q84》에서도 아버지의 죽음이 이야기된다. NHK 방송국 수금원이었던 덴고 아버지의 죽음과 그 이후 '공기 번데기'의 모습이 그려져 있는데, 어쩌면 그것은 작가가 아니었던 아버지를 그가 오랫동안 몸담고 있었던 언어세계의 소산으로 이미지화하고 있는 것일 수도 있겠다.

후카에리가 좋아한다는《헤이케 이야기》도 무라카미 류와의 대담(《워크 돈 런》, 1981)에서 하루키가 '아버지가 말이야, 특히 내가 어렸을 때 「마쿠라노소시」라든가 「헤이케 이야기」 같은 걸 시켰어'라고 말했던 아버지의 유물과도 같은 작품인 것이다. 그런 점에서는 이 작품에서 변주되는 '관계맺음'의 주제는 죽은 자와의 관계라는 차원으로도 성립하며 오히려 그것이 동기의 큰 부분을 이루고 있다고도 볼 수 있다.

흥미로운 것은 이렇게 죽은 자와의 관계까지도 포함하면서 멀리 떨어진 곳에서 사는 사람들이 서로 연락이 되어 관계를 맺어간다는 낭만적인 착상을 나쓰메 소세키의 작품세계에서도 찾아볼 수 있다는 것이다. 이러한 경향은 특히 소세키의 초기 단편소설에서 보인다. 《런던탑》(1905)에서는 런던탑을 찾은 작품 속 화자가 거기서 수백 년 전에 처형된 공주와 왕자의 모습을 환영으로 보게 되면서 그들에게 접근해간다. 《취미의 유전》(1906)은 이러한 구상이 더욱 선명하게 나타나는 작품으로 러일전쟁에서 전사한 지인 '히로 씨'의 묘를 참배를 하는 아름다운 여인을 보면서 작품 속 화자인 '나'는 그녀가 히로 씨가 사모했던 여인이 아닌가 생각한다. 또 '나'는 그들의 관계가 각각의 선조가 정열적인 사랑으로 맺어진 사람들이라 그것이 '유전'된 결과가 아닐까라는 생각에 그 진실을 탐색하는 데 분주해진다는 얘기가 소개된다.

탐색 결과 '나'는 자신의 추측이 맞는 것 같다는 확신을 갖기에 이른다. 이렇게 낭만적인 이념이 시간과 공간을 모두 초월해서 인간을 연결한다는 주제는 《1Q84》보다도 훨씬 앞선 선구적인 것이라 해도 과언이 아니다.

하지만 소세키는 이런 낭만주의적인 이야기를 점차 봉인시키게 된다. 그 계기가 된 것은 1907년 아사히신문사에 입사하여 자신이 '저널리스트'임을 자각하면서 본래 소세키 내면에 자리하고 있었던 외부세계의 '진실'을 잡아내어 표상하는 방향성이 더 명확해진다.

이러한 변화에 따라 서술인칭을 그 이전 작품에서 쓰였던 '나'(《나는 고양이로소이다》, 《도련님》, 《풀베개》, 《취미의 유전》)와 같은 1인칭에서 3인칭으로 바뀌어 간다. 여기에도 표상의 축이 '나'에서 '비아'非我로 이행해갔음을 볼 수 있다.

하루키도 초기 작품부터 대부분 '나'라는 일인칭이 사용되고 있지만 《해변의 카프카》와 《1Q84》에서는 3인칭이 사용되었다. 그러나 그 인칭의 변화가 갖는 의미는 소세키와 조금 다르다고 할 수 있다. 하루키는 '자신'을 기점으로 하는 것이 아니라 '이야기'로서의 자율성을 중시하는 입장에서의 변화인 것이다.

그리고 그 핵심을 인간의 '마음'에 두면서 《1Q84》에서는 외부세계와 관계를 맺는 측면이 거의 탈색되기에 이른다.

분명 후카다 다모쓰가 이끄는 교단 '사키가케'는 '옴진리교'[36] 혹은 '야마기시회'[37]와 같은 현실세계의 종교집단을 상기시키는 것이며, 아오마메의 부모가 속해 있던 '증인회'도 '여호와의 증인'을 바탕에 깔고 있다. 그러나 이들 종교단체의 모습보다도 오히려 그것을 성립하게 만드는 특이한 가치관에 바탕을 둔 인간관계의 차별화를 통해 《1Q84》에

---

36) 아사하라 쇼코(麻原 彰晃)가 설립한 일본의 종교단체로, 1984년에 설립되었다. 줄여서 옴(aum, オウム)으로 불리기도 했다. 1989년 11월 4일에 사카모토 쓰쓰미 변호사 일가족 살해사건, 1994년 6월 27일에 나가노현 마쓰모토시에서 마쓰모토 사린사건을, 1995년 3월 20일에 도쿄 지하철 사린사건을 일으키는 등 극악무도한 범죄행위를 저지른 악명 높은 종교단체로 알려져 있다.

37) 야마기시 미요조(1901~1961)가 주창한, 모든 사람이 행복한 무소유-공용-일체의 이상사회를 실현하기 위해 만들어진 단체.

서 보이는 '마음의 관계맺음' 그 낭만성이 두드러지게 나타난다고 할 수 있다.

그 비중 자체가 하루키에게는 현실 비판으로서 의미를 갖는 것이겠지만, 이전의 작품 계보에서 보았던 시대와 역사에 대한 비판성은 희박해졌다고 볼 수 있다.

하루키는 이른바 소세키가 봉인한 방향성으로 가려는 것으로 보인다. 그것은 하루키가 '국민작가'의 자리에서 내려와 '판타지' 작가가 되어버린다는 의미다. 그러나 아버지의 죽음이라는 개인적인 사정에 결판을 낸 후에는 다시 시대와 사회, 그리고 개인과의 관계를 이야기하는 지점으로 돌아올 가능성도 가늠해볼 수 있다. 개인적으로는 그렇게 되기를 기대하면서 향후 전개를 지켜보고자 한다.

마치면서

필자가 무라카미 하루키와 나쓰메 소세키에 대해 논하는 것은 이번이 처음이 아니다. 두 작가에 대해서는《나카가미 겐지와 무라카미 하루키 : 탈 60년대적 세계의 향방》(도쿄외국어대학출판부, 2009)과《소세키 안의 제국 : 국민작가와 근대 일본》(翰林書房, 2006)이라는 책을 집필한 바 있다. 이 책은 위의 두 저서에서 중요한 부분을 뽑아 근현대 일본을 대표하는 두 작가의 공통부분을 짚어내보고자 기획되었다.

이 책을 쓰게 된 계기는 2010년 12월 필자가 근무하고 있는 도쿄외국어대학에서 개최된 심포지엄 '세계문학으로서의 무라카미 하루키'에서 발표한「무라카미 하루키와 나쓰메 소세키」라는 주제 발표였으며, 그 발표 내용을 바탕으로 해서 더 폭넓은 독자들과 만나기를 소망하며 집필하게 되었다. 하루키의 최신작《1Q84》에 대해서는 이 책을 쓰면서 처음 논하였다.

하루키와 소세키에 대한 필자의 이해는 기본적으로 앞선 저서들과 변함이 없다. 무엇보다 단순히 그들이 인기작가란 이유보다는 두 작가 모두 자신이 몸담고 있는 일본이라는 국가와 사회를 끊임없이 비판적인 입장에서 표현해온 이유로 '국민작가'적 존재가 되었다는 공통점을 전면에 부각시키고자 했다.

이는 자명한 일인 것처럼 보이지만 '들어가며'에서 언급한 대로 지금까지 두 작가는 오히려 사회에 등을 돌린 개인주의자로 파악되는 경우가 더 많았다. 특히 소세키는 그런 면이 더욱 강하여 '국민작가'로 인식하기 어려울 수 있기 때문에, 일본이라는 국가와 함께 살았던 측면에 무게중심을 두면서 '국민작가'로서 두 작가를 파악해보고자 했다.

또한 한정된 분량 속에서 작가 자신의 언설과 작품 속 표현의 방향성을 비교하는 데 중점을 두고 논하고자 했다. 이는 주로 작품의 파악, 해석에 대한 '이면'을 끄집어내기 위함이지만 논리를 전개해가면서 통감하게 된 것은 작가가 표현을 향한 이념이나 마음가짐을 이야기하는 언어는 결코 '거짓'이 아니라는 점이었다.

예를 들어 소세키가 '창작자의 태도' 혹은 '문예의 철학적 기초'에서 논하는 창작의 이념은 분명 《도련님》이나 《그리고 나서》, 그리고 《마음》에 그대로 나타나 있다. 또 하루키가 예루살렘상 수상연설에서 말한 '이야기'의 이념은 같은 해에 발표된 《1Q84》에 그대로 담겨 있었다. 첫 장에서 인용하기도 했지만 미국에서 대담 때 밝혔던 《바람의 노래를 들어라》의 완성에 이르는 경위 등은 거의 '스포일러' 수준으로 작가 나름의 작품 구축방식을 시사하고 있다.

물론 처음부터 작가의 글과 말을 따라가면서 작품 독해를 진행했던 것은 아니다. 다만 작품에 대한 파악이 어느 정도 수준에 이른 시점에서 작가 자신이 이야기했던 말들을 살펴보면 분명 그것이 창작에서 실행되고 있음을 알 수가 있었고 독해에 대한 방증이 되기도 했다.

1970년대 이후의 텍스트론적 해석에서는 '작가의 죽음'이라는 관점이 제창되면서 작가의 존재를 배제하고 작품을 논하는 것이 주류가 되었다. 물론 그것 자체는 올바른 방법임을 부정할 수는 없으나 작품을 자율적 텍스트로서 독해한다고 해도 결국에는 그 근원에 있는 사회나 시대를 바라보는 작가의 의식을 거슬러 올라가게 되는 것이기 때문에 작가의 존재 자체를 잘라내버리는 것은 불가능한 일이다

예전에 창작행위에서 작가의 존재에 초점을 두고 논한 저서《작가를 둘러싼 모험 : 텍스트론을 넘어서》(新曜社, 2004)에서, 작가가 작품 표상의 방향성을 이루는 '기능'으로써 존재함을 다니자키 준이치로와 오에 겐자부로를 중심으로 논한 바 있다. 이 부분에 대해서도 필자의 시각에는 변함이 없으며 이번 소세키와 하루키의 작품과 언설을 통해서도 확인할 수 있었다.

그리고 무엇보다 책 내용에서 언급한 바와 같이 소세키와 하루키 사이에서 여러 공통항목을 찾을 수 있었다는 점은 매우 흥미로운 일이었다. 시대의 전환, 아시아와의 관계, 인간이 갖는 공허함 등으로 향하는

의식과 방법에서 양자 간에 공통된 부분이 매우 많았다. 아울러 그러한 것들이 제법 '놀이'적 부분을 포함하고 있다는 점에서도 공통점을 찾아볼 수 있었다.

물론 그것들이 근대에서 볼 수 있는 보편적 문제인 이상 어느 작가를 예로 들어도 공통적인 것은 당연하다고도 할 수 있지만, 상대적인 차원일지라도 두 작가 간의 중첩성이 두드러져 보이는 것은 역시 두 작가가 '국민작가'다운 창작자임을 말해주고 있다고 생각한다.

이른바 연구서 이외의 책을 내는 것은 나로서도 처음이었고, 나름대로는 일반 독자가 읽기 쉬운 논리와 문장으로 쓰고자 노력했다. 이 책이 훌륭한 두 작가의 작품세계에 가까이 가는 길잡이가 되길 바란다.

이 책에 인용된 나쓰메 소세키의 작품은 《소세키 전집》(岩波書店, 1993~99), 무라카미 하루키의 작품은 각각 초판 단행본임을 밝혀둔다.

역자 후기

이 책의 저자는 나쓰메 소세키와 무라카미 하루키 두 작가를 '국민작가'로 규정한다. 그러나 엄밀히 말하면 소세키는 '국민작가'라는 타이틀이 어색하지 않지만 하루키에 대해서는 이견이 있을 수 있으며 실제로도 하루키를 '국민작가'로 묘사하는 경우는 많지 않다. 그런 의미에서 저자는 '모름지기 국민작가라 함은 세대와 성별을 초월한 폭넓은 독자층에게 지속적인 지지를 받는 작가'라 규정하고, 소세키와 하루키는 자신들이 살고 있는 '일본'이라는 국가와 시대사회상, 그리고 그 향방까지를 작품에 꾸준히 반영해왔기 때문에 '국민작가'에 필적할 만한 작가라고 서두에서 밝히고 있다.

또한 저자는 이 책을 통해 메이지시대와 현대를 대표하는 두 작가의 소설, 그리고 소설 이외의 저서나 강연 등에서 밝힌 작가의 말과 글을 토대로 작가로서 시대의식과 표현방식에서 공통점을 찾아내고 그들이 조국 일본을 어떤 시선으로 바라봤는지에 대해 새로운 읽기를 시도하고 있다.

근대문학의 아버지 – 나쓰메 소세키

1867년에 출생한 나쓰메 소세키는 메이지유신 한 해 전에 태어나 1916년에 작고함으로써 에도시대(1603~1867)와 메이지(1867~1912), 그리고 다이쇼시대(1912~1926)와 생을 함께한 작가이다. 물론 에도시대의 경우 갓난아기 때 1년밖에는 살지 못했지만 어려서부터 섭렵했던 한학의 소양과 에도시대를 대표하는 정형시인 하이쿠를 읊었던 소세키의 삶은 다분히 에도시대의 정서를 담아내고 있었다고 봐야 할 것이다.

그리고 메이지 원년부터 다이쇼시대가 막을 열 때까지 대변혁기의 메이지시대를 온전히 살아낸 소세키는 '메이지 정신'을 이야기할 만큼 전형적인 메이지인이며, 메이지 일본의 근대화 궤적을 비판적 시각으로 바라보았던 작가였다.

나아가 소세키의 10여 년간의 작가생활 중 말년은 '근대의 극복'을 표방하며 1910년대 예술문화 활동이 활발히 진행되었던 다이쇼 데모크라시 제1기와 겹친다. 이렇게 소세키는 세 시대에 걸쳐 살며 일본의 근대화에 대한 깊이 있는 고민과 함께 19세기 말부터 20세기 초 근대 일본을 그려낸 작가로 인정받고 있다.

하이쿠 시인이기도 했던 소세키는 영문학 연구자, 교수직을 거쳐 30

대 후반부터 아사히신문에 입사하여 작품 활동을 시작한 후 거의 1년에 한 작품씩 집필할 정도로 정력적인 문필활동을 이어나갔다. 10여 년에 불과한 작가생활 동안에 근대문학의 아버지라 불릴 만큼 근대 일본문학을 대표하는 작가가 되었다.

소세키는 한학과 영문학, 그리고 '문학이란 무엇인가'라는 문제, 나아가 메이지 일본이라는 문명론적인 본질까지 깊이 있게 파고들어 대격변의 시대를 사는 인간들의 내면을 섬세하게 묘사한 작가로 추앙받으며 오랜 시간 동안 독자들의 공감을 얻어왔다. 또한 그의 문학은 하루키만큼은 아니더라도 메이지 문인 중에서는 세계적으로 가장 널리 알려져 있으며 많은 독자와 연구자를 확보하고 있는 작가이기도 하다.

1980년대의 소세키 – 무라카미 하루키

나쓰메 소세키는 무라카미 하루키가 존경하는 작가로 유명하고, 무라카미 하루키는 '1980년대의 나쓰메 소세키'라 불리기도 한다.

하루키가 일본 작가들보다는 미국을 중심으로 한 영미문학의 영향을 더 많이 받았다는 것은 주지의 사실이지만 소세키에 관해서는 정독자로 알려져 있다. 그는 20대 초반에 읽었던 《문》을 가장 좋아하는 소세키의 작품으로 꼽으며, 《태엽 감는 새》를 집필할 때 이 소설에서 많은 영감을 얻었다고도 밝힌 바 있다.(《생각하는 사람》, 新潮社, 2010)

이 책의 저자도《양을 둘러싼 모험》에서 양은《산시로》를, '내'가 키우고 있는 고양이는《나는 고양이로소이다》를 연상시키는 문맥이 의도적으로 투입된 점을 지적하며, 하루키 소설에서 다양하게 보이는 '소세키의 그림자'에 대해 언급하고 있다.

소세키와 하루키는 외국생활 경험을 통해 일본을 타자화한 점, 작품에 드리우는 폐쇄감, 일본문학의 특징이기도 한 문단과 무관한 작가라는 점, 시대를 뛰어넘은 문장가로서의 면모 등의 공통점이 지적되며 종종 비교의 대상이 되기도 한다.

특히 두 작가의 문체는 시대를 초월하여 인정받고 있다. 일례로 소설가 시바 료타로는 「소세키의 슬픔」이라는 강연에서 소세키를 '근대 일본어 문장의 아버지'(시바 료타로의 나쓰메 소세키관, 다카하시 세이치로, 이문화교류, 2004)라고 평한 바 있다. 그만큼 소세키는 메이지 일본의 근대화 과정에서 '전통'의 한문학과 '새 시대'의 영문학으로 대변되는 동서양의 문화적 마찰 속에서 새롭게 소케키의 문체를 창조해냈던 것이다. 하루키 또한 데뷔작《바람의 노래를 들어라》의 '완벽한 문장 따위는 존재하지 않는다. 완벽한 절망이 존재하지 않는 것처럼'이라는 구절이 말해주듯, 표현자로서의 고뇌를 바탕으로 절묘한 비유, 감각적이고 세련된 하루키만의 문체를 완성시켰다. 이로써 하루키는 일본은 물론 다른 나라 작가들에게까지 많은 영향을 미친 작가이다.

하루키는 1949년생으로 전쟁을 경험하지 않은 세대이며, 대학시절 직접 참여를 하지는 않았지만 전공투 학생운동을 목격한 세대이다. 그러한 대학시절의 경험은 그의 문학의 근간을 이루고 있으며, 주지하는 바와 같이 그의 문학은 1967년에서 1972년에 걸쳐 격렬했던 대학분쟁 당시의 격양된 분위기와 철저히 비정치적인 등장인물들을 통해 고도자본주의 사회를 사는 젊은이들의 공허와 상실을 경쾌하고 감각적으로 표현해왔다는 평가와 함께 무국적성, 도시적 감성, '탈이념', '탈현실' 등의 키워드로 읽혀왔다.

시대의 격변기 – 문명개화와 정보화시대

소세키의 시대와 하루키의 시대는 그야말로 거대한 변혁이 휘몰아친 시대였다. 문명개화와 정보화사회라는 큰 물결이 기존 가치관을 뒤흔들며 일상에 파고드는 엄청난 변화, 그리고 러일전쟁이나 반체제 학생운동과 같은 거대담론이 시대의식 형성에 지대한 영향을 미친 시대이기도 했다. 그리고 소세키와 하루키는 이러한 사회적 격변기에 작가로 활동하며 새로운 변화를 직시하고 작품에 반영해온 작가였다.

메이지는 모방의 시대라 해도 과언이 아니었다. 서양의 압력으로 시작된 문명개화는 일본의 전통을 무시하고 서양의 것이 곧 새 것이고, 새 것이 곧 가치 있는 것으로 받아들이는 맹목적인 추종으로 진행되었다.

후쿠자와 유키치는 개국 20년 만에 200년간 걸릴 일은 해냈다며 일본

민족의 문명개화속도를 자랑스러워했지만 소세키는 반대의 입장을 보였다. 소세키는 '현대 일본의 개화'에서 일본의 근대화를 서양의 수입과 모방의 결과로 규정한다. 일본이 걷고 있던 근대국가의 방향성에 대해 비판적인 시각을 갖고 있었다. 서양의 개화는 내부에서 자연스럽게 발전했다는 의미의 '내부로부터의 변화'였지만, 일본은 외압으로 어쩔 수 없이 선택하게 된 '외부로부터의' 개화였다는 것이다.

서양에 대한 맹목적인 추종은 일본으로 하여금 서구 선진국의 제국주의까지도 모방하게 했다. 이러한 근대 일본의 식민지주의적 내셔널리즘은 강압적이고 야만적인 국가주의를 낳았고 결국 무수히 많은 존엄한 인명을 앗아갔다. 《문》에서 보이는 '아무리 러일전쟁에서 승리하여 일등국이 되었다 해도 별 볼일이 없습니다'라는 히로타 선생의 말은 이러한 소세키의 의식이 투영된 것이라 볼 수 있다.

이러한 소세키의 의식은 노몬한 현지를 탐방한 하루키의 감회를 상기시킨다. 하루키는 《태엽 감는 새》에 삽입했던 노몬한사건의 현장을 방문했을 때, '아무것도 없는 이런 불모지 땅을 차지하려고 왜 사람들은 의미도 없이 서로를 죽여야 했는가 하는 생각에 격한 무력감이 엄습했다'라고 아사이신문에 기고한 수필(2012. 9. 28)에서 전하고 있다.

소세키가 러일전쟁으로 대표되는 국가권력의 폭력을 이야기했다면, 하루키는 자신도 모르는 사이에 스스로의 주체성을 갈취당하는 정보사회의 폭력성을 이야기했다. 하루키가 정보사회의 발전을 1970년대 이후의 시대 조류로 파악하고, 특히 초기 3부작에 그러한 시각이 반영되었다고 보는 저자의 시각은 타당하다. 하루키는 국가권력이 휘두르는 폭력과는 다른 형태로 소리 없이 진행되는 개인의 억압이 불러오는 인간의 공동화를 우려한다. 이른바 정보사회에 의한 새로운 폭력에 주목하고 있는 것이다.

하루키는 이러한 정보사회의 폭력적 장치를 예루살렘상 수상연설에서 '높고 단단한 벽'이라는 사회의 '시스템'이라 표현했다. 사회의 '시스템'은 폭력적 장치이지만 그것은 정보화사회를 사는 인간들이 스스로 만든 것이며, 또 인간은 그 안에서 편안함을 누리고 있다는 양가적 의식을 보여주고 있다. 이러한 양가성은 소세키에게 보였던 양가적 의식을 연상시킨다. 소세키는 일본의 제국주의적 팽창에 대해 자국의 안녕을 확보한다는 차원에서 반기면서도 타국의 주체성을 짓밟는 행위라는 점에서 부정적인 시각을 나타내는 양가적 의식을 보이고 있는 것이다.

소세키와 하루키 – 낯설게 읽기

이 책의 가장 흥미로운 주제는 기존 논단에서 주류를 이루었던 '소세키와 하루키=개인주의 성향의 작가'라는 도식에 대한 비틀기를 시도했다는 점이다. 저자는 두 작가의 작품에서 '개인' 저편에 있는 '국가'를 보고, 그들이 조국 '일본'을 어떻게 바라봤으며, 또 그것을 어떤 방식으로 작품에 투영해갔는가 하는 문제를 추적해갔다.

저자가 처음부터 밝히고 있듯이 두 작가는 공히 개인주의 성향이 강한 작가로 평가받아왔다. 소세키는 「나의 개인주의」라는 강연 제목이 바로 그를 상징하는 이미지가 되었고, 하루키도 정치성이 배제되고 개인주의가 극명하게 드러나는 소설을 써온 작가로 인식되어왔다.

그러나 저자는 소세키가 '에고이즘이나 자아와 같은 근대인의 내면 문제를 추구한 작가라는 시각을 재고해야 한다고 주장한다. 소세키의 작가적 관심사는 무엇보다 자신이 살고 있는 국가와 사회의 모습을 짚어내는 것이었기 때문이다.

소세키는 「나의 개인주의」에서 자신의 인생과 문학은 '자기 본위'에 입각한 것이라 밝히고 있다. 여기서 '자기 본위'란 자신의 개성의 핵심 부분에 다다르는 것을 이르는 것이지 '제멋대로 자유를 구가하고자 하는 이기적인 자유'를 뜻하지 않는다. 소세키는 자유가 의무를 수반하는 것임을, 자신의 자유를 주장하고 싶으면 타인의 자유를 인정해야 하는 것임을 강조하고 있다.

저자에 따르면 소세키에게 국가는 이른바 확장된 개인이다. 소세키는 일본이 성숙한 근대국가로 발전하는 것은 매우 중요한 명제이지만 그를 위해 전쟁이나 침략이라는 방법을 택하는 것은 바람직하지 않다고 생각했던 것이다. 왜냐하면 자기 본위에 입각한 개인이 존중받기 위해서는 그 개인의 기반이 되는 각 나라의 독자성 또한 존중되어야 하기 때문이다.

'우리들은 국가주의이기도 하고 세계주의이기도 하고 또 그와 동시에 개인주의이기도 한 것이다'(나의 개인주의, 1914)라는 소세키의 발언은 자신의 감성적 판단에 따른 '개인주의'를 표방하면서도 개인을 국가와의 관계성 속에서 파악하고자 했던 그의 의식이 잘 드러나 있다.

소세키가 영국 유학생활을 통해 일본을 타자화하게 된 것과 마찬가지로 하루키도 오랜 외국생활을 통해 일본이라는 '국가'를 의식하게 되었다. 특히 1991년부터 프린스턴대학 연구원으로 있을 때 아시아에 대한 관심이 본격화되었으며, 《태엽 감는 새》에서 전쟁의 폭력성을 여실히 드러낸 노몬한사건을 연구한 것도 이때라고 전해진다. 《태엽 감는 새》는 하루키가 'aphorism'과 'detachment'의 단계에서 'commitment' 단계로 전환되는 매우 중요한 작품이다.

그리고 1995년 한신아와지 대지진과 옴진리교의 도쿄 지하철 사린사건이 큰 계기가 되어 하루키는 오랜 외국생활을 접고 귀국을 결정한다. 귀국 후 곧 《태엽 감는 새》를 출간했고, 1999년에는 지하철 사린사건 피해자들을 인터뷰한 《언더그라운드》를 발표했다. 《언더그라운드》는 논픽션이기는 하지만 정치적 · 사회적 관심이 희박한 주인공들을 주로 그려왔던 이전 작품과는 달리 사회문제를 정면으로 다루었다는 점에서 신선한 충격을 주었다. 하루키는 '정치적 책임'을 지기 위해 '일본인 작가로서 일본과 정면으로 'commitment'하기로 결심하게 되었다고 밝힌 바 있다.(이안 부루마 저, 이시이 신페이 번역,《일본탐방 : 무라카미 하루키부터 히로시마까지》, 1998)) 그러한 의식의 변화가 노몬한사건에서 한신아와지 대지진, 지하철 사린사건, 최근에는 원전 반대와 영토 문제에 대한 적극적인 발언들을 통해 발현되고 있다. 이러한 하루키의 'commitment'로의 전환이 날이 밝으면 기분 나쁜 두통만 남길 뿐인 '싸구려 술'(아사히신문 기고문, 2012. 9. 28)에 취해 있는 일본을 각성시킬 수 있을지, 또 향후 어떠한 'commitment'를 보여줄지 그의 향방에 전 세계가 주목하고 있다고 해도 과언이 아니다.

무라카미 하루키의 2013년 신작과 함께 서점에 진열될 이 책은 무엇보다 주로 '개인', '개인주의'라는 키워드로 읽혀왔던 두 작가의 작품에 '국가'라는 키워드를 더하고, 일본의 국민작가 소세키와 하루키를 연결시켜 읽어본다는 면에서 독자들에게 새로운 발견을 선물하게 될 것이다. 이 책을 통해 향후 두 작가의 작품들이 다양한 시각에서 더 폭넓게 읽혀지는 계기가 되길 기대한다.

소세키 • 하루키 관련 연표

나쓰메 소세키 관련 연표

연도	나쓰메 소세키 관련 사항	사회 연표(사건사고)
1867	2월 도쿄 우시고메(현 신주쿠구)에서 부친 나츠메 고헤이 나오카쓰夏目小兵衛直克와 모친 치에千枝 사이에서 5남으로 태어났다. 본명은 긴노스케金之助이며 5남 3녀 중 막내이다.	메이지 천황이 즉위함으로써 왕정 복고王政復古 시대가 도래함.(1월) 파리에서 만국박람회가 개최됨.
1868	1살. 11월 나츠메 집안의 서생이었던 시오바라 쇼노스케塩原昌之助와 아내 야스의 양자로 보내졌다.	무진전쟁(戊辰戰爭)이 일어나 사쓰마번과 조슈번 군과 옛막부군이 충돌함.(1월)
1876	9세. 4월 양부모의 이혼으로 시오바라 가문에 적을 둔 채 나츠메 집안으로 돌아왔다.	
1878	11세. 2월 한문으로 쓴 논문 「정성론」正成論을 회람잡지에 발표함. 10월 도쿄부립 제1중학교에 입학함.	자유민권운동이 활발해짐. 오구보 도시미쓰大久保利光가 암살됨.(5월)
1881	14세. 1월 친모 치에가 세상을 떠남. 제1중학교를 그만두고 시립 니쇼가구샤二松學舍에 입학하여 한학을 공부함.	이타가키 다이스케板垣大輔가 자유당을 결성함.(10월)
1884	17세. 9월 대학예비문 예과에 입학함.	화족령華族令이 공포되어 화족제도가 정비됨.(7월)
1886	19세. 4월 대학예비문이 제1고등중학교로 바뀜. 7월 성적도 떨어지고 복막염을 앓게 되어 낙제함.	

1888	21세. 1월 시오바라 가문에서 나츠메 가문으로 호적을 다시 옮김. 7월 제1고 예과를 졸업하고 영문학을 공부하기 위해 본과 1부(문과)에 입학함.	추밀원樞密院이 설립되어 헌법초안 심의가 이루어짐.(4월)
1889	22세. 1월 마사오카 시키正岡子規를 알게 됨. 8월 친구와 치바현千葉県 보소房総 여행을 가서 한시 기행문집 《목설록》 집필.	대일본제국 헌법이 발포됨.(2월)
1890	23세. 7월 제1고등학교 본과를 졸업하고, 9월 제국대학 문과대학 영문과에 입학함. 교육칙어教育勅語가 반포됨.(10월)	
1892	25세. 4월 징병을 피하기 위해 분가하여 홋카이도로 적을 옮김.(1913년에 다시 도쿄 시민으로 복귀) 5월 도쿄전문학교 강사로 취임.	
1893	26세. 7월 문과대학 영문과를 졸업하고 대학원으로 진학함. 10월 도쿄고등사범학교 영어교사로 취임함.	
1894	27세. 2월 초기 폐결핵 진단을 받음. 염세관에 괴로워하며 12월부터 이듬해 1월까지 가마쿠라鎌倉에서 참선함.	청일전쟁 발발.
1895	28세. 4월 에히메현愛媛県 진조尋常중학교 교원으로 취임함. 12월에 귀경하여 귀족원 서기관 나카네 쥬이치中根重一의 장녀 교코鏡子와 맞선을 보고 약혼함.	청일전쟁이 끝나고 일본은 시모노세키강화조약(4월)에 의해 영토 분할을 받았던 요동반도(랴오둥)를 러시아, 독일, 프랑스의 3국간섭으로 반환하게 됨.(5월) 한국에서 명성황후 암살사건이 일어남.(10월)
1896	29세. 4월 제5고등학교 강사로 취임하여 구마모토熊本로 향함. 6월 교코와 결혼하고 7월 제5고등학교 교수로 승진함.	
1900	33세. 영어연구를 위해 영국 유학을 명받아 9월 요코하마를 출발하여 10월 런던에 도착함. 강의는 수강하지 않고 크레이크William James) 교수에게 개인수업을 받음.	치안경찰법이 공포됨.(3월) 일본을 포함한 8개국 연합군이 의화단 운동을 제압하여 베이징을 해방시킴.(8월)
1901	34세. 5월부터 2개월간 과학자 이케다 기쿠나에池田菊苗와 같이 생활하면서 자극을 받아 《문학론》을 기획함.	
1902	35세. 《문학론 노트》 집필을 시작함. 가을경 신경쇠약증이 악화되어 발광했다는 소문이 일본에 전해짐.	영일동맹이 성립됨.(2월)

1903	36세. 1월 귀국함. 3월 제5고등학교를 그만두고 4월 제1고등학교 강사로 취임하는 동시에 도쿄제국대학 영문과 강사를 겸임함. 9월부터 《문학론》의 기초가 되는 '영문학개설'을 개강함. 가을 이후에 다시 신경쇠약증이 악화됨	
1904	34세. 5월 신체시新体詩 「종군행」従軍行 「정로의 노래」征露の歌를 《제국문화》帝国文学에 발표함. 12월 마사오카 시키 문하 문장회 모임인 '야마카이'山会에서 처음으로 소설 《나는 고양이로소이다》를 낭독하여 호평을 받음.	러일전쟁이 발발함.(2월)
1905	38세. 1월 《나는 고양이로소이다》를 문예지 《호토토기스》에 발표함. 호평에 힘입어 이듬해 8월까지 연재함. 점차 교원을 그만두고 직업작가가 되기를 원하게 됨.	러시아와 동해에서 해전.(5월) 포츠머스에서 강화조약이 체결되었으나 내용에 불만을 가진 반대세력에 의해 히비야방화사건日比谷焼打事件이 일어남.(9월) 한국통감부가 설치되어 이토 히로부미가 초대통감으로 취임함.(12월)
1906	39세. 4월 《도련님》(호토토기스), 《양허집》漾虚集(大倉書店)을 발표함. 10월 제자들과의 면담일을 목요일로 정한 '목요회'를 발족함.	남만주철도회사(만철)가 발족됨.(11월)
1907	40세. 교직을 전부 그만두고 아사히신문사에 입사함. 《우미인초》虞美人草(아사히신문 6~10월) 연재함.	주식시장이 폭락하여 전후공황이 시작됨.(1월) 서울에서 한일신협약 조인, 한국을 지도하에 둠.(7월)
1908	41세 《夢十夜》(아사히신문 7~8) 연재, 《산시로》(아사히신문 9~12월) 연재.	한국에서 반일 의병운동이 정점에 달함.
1909	42세. 9월부터 10월에 걸쳐 만주와 한국을 여행하고 10월부터 12월에 아사히신문에 기행문 《만한 여기저기》를 연재함. 《그리고 나서》(아사히신문 6~10월) 연재.	하얼빈에서 이토 히로부미가 안중근에게 암살당함.(10월)
1910	43세. 8월 요양을 위해 찾아간 시즈오카 슈젠지修善寺에서 증상이 악화되어 심한 토혈을 하고 위독상태에까지 이름. 10월 귀경하여 입원치료를 받음. 《문》(아사히신문 3~6월) 연재.	대역사건이 일어남.(6월) 고토쿠 슈스이幸徳秋水를 비롯한 수백 명이 검거되어 26명이 대역죄로 형을 받음. 한일합병조약 체결.(8월)

1911	44세. 2월 문부성으로부터 문학박사를 받았으나 고사함. 8월에 관서지방으로 내려가 '도락과 직업', '현대일본의 개화', '문예와 도덕' 등의 강연을 함. 강연 후 위궤양이 재발하여 오사카에서 입원하고 9월 귀경 후에는 치질을 앓아 통원치료를 이어감.	미일신통상항해조약 조인.(2월) 이듬해에 걸쳐 각국과 신조약을 체결함으로써 관세자주권을 확립함. 중국에서는 신해혁명이 일어남.(10월)
1912	45세. 9월 치질수술을 받음. 이 무렵부터 서예와 수채화에 심취함. 《피안이 지날 때까지》(아사히신문 1~4월), 《행인》(아사히신문 12월~이듬해 11월) 연재.	천황기관설 논쟁이 일어남.(3월) 메이지 천황 서거.(7월) 장례식날 노기 마레스케가 아내와 함께 따라 죽음.(9월)
1913	46세. 1월 신경쇠약증이 극에 달함. 3월 위궤양이 재발하여 5월까지 병상에 누움.	가쓰라桂 내각이 무너지고 다이쇼정변大正政変이 일어남.(2월)
1914	47세. 9월 위궤양으로 병상에 누움. 11월 학습원学習院대학에서 '나의 개인주의'를 강연함. 《마음》(아사히신문 4~8월)연재.	시멘스사건이 일어남.(1월) 제1차 세계대전에 참전함.(8월)
1915	48세. 3월 교토에서 휴가를 보내다 위궤양으로 쓰러짐. 《한눈팔기》道草(아사히신문 6~9월) 연재.	중국에 대해 21개조 요구 조약을 체결하여 이에 대해 중국에서 반일운동이 일어남.(1월) 다이쇼 천황이 즉위함.(11월)
1916	49세. 5월부터 아사히신문에 《명암》의 연재를 시작했으나 11월 위궤양으로 쓰러져 12월 9일 대내출혈로 사망함.	요시다 사쿠조吉田作蔵가 '민주주의'를 주창하여 다이쇼 데모크라시의 단서를 제공함.(1월)

무라카미 하루키 관련 연표

연도	무라카미 하루키 관련 사항	사회 연표(사건사고)
1949	1월 12일 교토시에서 태어나 곧 효고현兵庫県 사이노미야西宮시로 이사한다. 또 얼마 후 아시야芦屋시로 이사하여 10대의 대부분을 이곳에서 지냄. 국어교사였던 양친의 영향으로 어릴 적부터 독서를 즐겼다.	시모야마사건下山事件이 일어남(7월). 미타카사건三鷹事件이 일어남(7월). 마쓰카와사건松川事件이 일어남(8월). 유카와 히데키湯川秀樹가 일본인 최초로 노벨물리학상을 수상함.(11월)
1955	6세. 니시노미야시립 고로엔초등학교西宮市立香櫨園小学校에 입학함.	
1961	12세. 아시야시립 세이도중학교芦屋市立精道中学校에 입학함.	
1964	15세. 효고현립 고베神戸고등학교에 입학함.	도쿄올림픽 개최(10월).
1968	19세. 1년 재수 끝에 와세다대학 제1문학부 연극과에 입학함. 메지로目白에 있는 전 호소카와번細川藩 저택 자리에 세워진 사립기숙사 화경숙和敬塾에서 약 반년 지낸 후 네리마練馬구 하숙집으로 옮김.	미국 베트남전쟁 개입(1965년 폭격이 시작됨). 가와바타 야스나리川端康成 노벨문학상 수상함(10월). 이듬해에 걸쳐 전국 대학에서 학원분쟁이 극심해짐.
1971	22세. 다카하시 요코高橋陽子와 학생 때 결혼하여 한때 분쿄文京구에 있는 처가집에서 생활함.	
1974	25세. 고쿠분지国分寺에 재즈카페 '피터 캣'을 오픈함.	미쓰비시三菱중공업 건물폭파사건이 일어남.(8월) 경제가 전후 처음으로 마이너스 성장을 기록함.
1975	26세. 와세다대학 제1문학부 연극과 졸업. 졸업논문 테마는 '미국영화에서의 여행의 사상'	
1977	28세. 카페를 센다가야千駄ヶ谷로 이전함.	적군파 일본 항공기 납치.(9월)
1979	30세. 6월《바람의 노래를 들어라》로 군조신인문학상 수상.(《군조》 6월→고단샤講談社, 7월)	미쓰비시三菱은행 총기 인질사건.(1월)
1980	31세.《1973년의 핀볼》(군조 3월)	이란 · 이라크전쟁 발발함.(8월)
1981	32세. 전업작가업가 되기로 결정하여 카페를 남의 손에 넘기고 치바현 후나바시船橋시로 이사함.「워크 돈 런」(무라카리 류와의 대담집, 講談社, 7월)	

1982	33세. 《양을 둘러싼 모험》으로 노마문예신인장려상 수상.(군조 8월)	
1983	34세. 처음으로 해외여행을 떠남. 아테네 마라톤 코스를 완주하고 호놀룰루 마라톤대회에 참가함. 《중국행 슬로 보트》(中央公論社, 5월) 《캥거루 통신》(平凡社, 9월)	
1984	35세. 10월 가나가와현神奈川県 후지사와藤沢시로 이사함. 《파도의 그림, 파도의 이야기》(사진집, 사진은 이나고시 고이치, 3월) 《반딧불, 헛간을 태우다》(新潮社, 7월), 《무라카미 아사히도》(若林出版企畫, 7월)	구리코, 모리나가사건이 일어남.(3월)
1985	36세. 1월 시부야구 센다가야로 이사함. 10월 《세계의 끝과 하드보일드 원더랜드》로 다니자키준이치로상 수상.(新潮社, 6월) 《회전목마의 데드 히트》(講談社, 10월)	일본항공 점보기 추락사고.(8월)
1986	37세. 2월 가나가와현 오이소大磯로 이사함. 10월 로마, 그리스에서 살기 시작함. 《빵가게 재습격》(아사히신문사, 6월)	체르노빌 원전사고.(4월)
1987	38세. 6월에 일시 귀국함. 10월 국제아테네평화마라톤에 참가한 후 89년까지 계속 참가함. 《상실의 시대》(講談社, 9월)	국철이 민영화됨.(4월) 전국 지가가 폭등함.
1988	39세. 《댄스 댄스 댄스》(講談社, 10월)	리크루트 의혹이 제기되어 이듬해 사건으로 발전함.
1989	40세. 《무라카미 아사히도 하이호!》(文化出版局, 5월)	쇼와 천황이 서거하여 연호가 헤이세이平成로 바뀜.(1월) 사카모토坂本 변호사 일가 실종사건이 일어남.(11월)
1990	41세. 2월부터 4월 오메青梅 마라톤, 오다와라小田原 하프 마라톤 등 마라톤대회에 참가함. 5월부터 91년 7월까지 《무라카미 하루키 전집 1979~1989》이 8권으로 간행됨.(講談社) 《TV 피플》(文藝春秋, 1월)	대법원 판결에서 나가야마 노리오永山則夫 사형 확정.(5월) 독일 통일.(10월)
1991	42세. 1월 미국으로 건너가 프린스턴대학 객원연구원이 됨. 4월 보스턴 마라톤에 참가함.	걸프전쟁 발발.(1월) 소련 붕괴.(12월)
1992	43세. 1월 프린스턴대학 객원교수가 됨(93년 8월까지). 4월, 보스턴 마라톤에 참가함. 《국경의 남쪽, 태양의 서쪽》(講談社, 10월)	사가와佐川 헌금 의혹이 일어남. 천황 중국 방문.(10월)

1993	44세. 7월 터프츠Tufts대학으로 자리를 옮김(95년 5월까지).	호소카와 연립내각 발족으로 자민당 일당지배체제가 무너짐.(8월)
1994	45세. 4월 보스톤 마라톤대회에 참가함. 6월 중국 내몽고와 몽골로 취재여행을 떠남. 《(이윽고) 슬픈 외국어》(講談社, 3월), 《태엽 감는 새》 제1~2부(新潮社, 4월)	마쓰모토松本 사린사건.(6월) 오에 겐자부로大江健三郎 노벨문학상 수상.(10월)
1995	46세. 3월 일시 귀국하여 지하철 사린사건 뉴스를 보게 됨. 4월 보스톤 마라톤에 참가하고 9월 고베와 아시야에서 자작 낭독회를 개최함. 《밤의 원숭이》(平凡社, 5월), 《태엽 감는 새》 제3부(新潮社, 8~4월)	한신 아와지 대지진阪神淡路大震災.(1월) 지하철 사린사건이 일어나고(3월), 옴진리교가 적발됨.
1996	47세. 2월 《태엽 감는 새》로 요미우리문학상 수상. 《하루키의 일상의 여백》(新潮社, 5월), 《렉싱턴의 유령》(文藝春秋, 11월), 《무라카미 하루키 가와이 하야오를 만나러 가다》(岩波書店, 12월)	옴진리교 마쓰모토 첫 공판.(4월)
1997	48세. 11월 뉴욕시티 마라톤에 참가. 《언더그라운드》(講談社, 3월)	고베에서 아동연속살해사건이 일어남.(3~6월)
1998	49세. 4월 호놀룰루 15킬로미터 레이스, 보스턴 마라톤에 참가. 9월 국제 철인3종경기 참가. 《변경 · 근경》(新潮社, 4월), 《약속된 장소에서》(文藝春秋, 11월)	참의원 선거에서 자민당 참패.(7월) 와카야마和歌山에서 독물 카레라이스 사건.(7월)
1999	50세. 5월 《약속된 장소에서》로 구와바라 다케오桑原武夫 문예상 수상. 《스푸트니크의 연인》(講談社, 4월), 《무라카미 하루키의 위스키 성지여행》(平凡社, 12월)	유로화가 도입됨.(1월) 도카이무라東海村 원전에서 임해사고.(9월) 컴퓨터 밀레니엄바이러스 문제 소동.
2000	51세. 1월 오이소 내에서 이사. 《신의 아이들은 모두 춤춘다》(新潮社, 2월), 《번역야화》(文藝春秋, 10월)	
2001	52세. 《시드니!》(文藝春秋, 1월), 《포트레이트 인 재즈 2》(와다 마코토와 공저, 新潮社, 4월), 《무라카기 라디오》(매거진 하우스, 6월)	고이즈미 준이치로小泉純一郎 정권 발족.(4월) 미국에서 동시다발 테러.(9월)
2002	53세. 《해변의 카프카》(新潮社, 9월)	
2003	54세. 《소년 카프카》(新潮社, 6월), 《번역야화 2—샐린저 전기》(文藝春秋, 7월)	미군 이라크 침공.(3월) 자위대 이라크 파병.(12월)
2004	56세 《이상한 도서관》(講談社, 1월), 《코끼리의 소멸》(新潮社, 3월), 《도쿄기담집》(新潮社, 9월)	야스쿠니 문제로 중일간 대립이 격화됨.
2006	57세. 3월 프란츠 카프카상, 9월 프랭크 오코너(국제단편상)상 수상.	자위대 이라크 철수.(7월)

2007	58세. 1월 아사히상, 9월 와세다대학 쓰보우치 쇼요坪内逍遥 대상 수상. 리에쥬대학University of Liège에서 명예박사학위 받음. 《뛰는 것에 대해 이야기할 때 내가 말하는 것》(文藝春秋, 10월)	참의원 선거에서 여야 역전함.(7월)
2008	59세. 6월 프린스턴대학에서 명예박사학위 받음.	버락 오바마 제44대 미국 대통령으로 당선.(11월) 금융위기 세계 강타.
2009	60세. 2월 예루살렘문학상 수상. 《1Q84》 1~2권(新潮社, 5월)	참의원 선거에서 자민당 참패.(8월) 민주당 정권 발족.(9월)
2010	61세. 《1Q84》 3권(新潮社, 4월), 《꿈을 꾸기 위해 매일 아침 나는 눈을 뜹니다》(文藝春秋, 9월)	여름에 전국적으로 기록적인 폭염이 기승을 부림.